轨洋

RAILSEA
China Miéville

［英］柴纳·米耶维/著

李懿/译

RAILSEA
by CHINA MIEVILLE
Copyright: ©2012 BY CHINA MIEVILLE
This edition arranged with The Marsh Agency Ltd & the Mic Cheetham Agency
through BIG APPLE AGENCY, LABUAN, MALAYSIA.
Simplified Chinese edition copyright: © 2024 Chongqing Publishing House Co., Ltd.
All rights reserved.

版贸核渝字（2020）第 082 号

图书在版编目（CIP）数据

轨洋 /（英）柴纳·米耶维著；李懿译. -- 重庆：重庆出版社，2024.10
书名原文：Railsea
ISBN 978-7-229-18706-4

Ⅰ. ①轨… Ⅱ. ①柴… ②李… Ⅲ. ①长篇小说－英国－现代 Ⅳ. ①I561.45

中国国家版本馆CIP数据核字(2024)第092778号

轨洋
GUI YANG

[英]柴纳·米耶维 著　李 懿 译
责任编辑：邹 禾　唐 凌　王靓婷
装帧设计：抹 茶
责任校对：杨 婧
排版设计：池胜祥

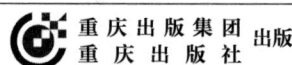 出版
重庆出版集团
重庆出版社

重庆市南岸区南滨路 162 号 1 幢 邮政编码：400061 http://www.cqph.com
重庆豪森印务有限公司 印刷
重庆出版集团图书发行有限公司 发行
E-mail:fxchu@cqph.com　邮购电话：023-61520646
全国新华书店经销

开本：890mm×1230mm　1/32　印张：11.125　字数：315 千
2024 年 10 月第 1 版　2024 年 10 月第 1 次印刷
ISBN 978-7-229-18706-4
定价：68.80 元

如有印装质量问题，请向本集团图书发行有限公司调换：023-61520678

版权所有　侵权必究

关于柴纳·米耶维的赞誉

《帕迪多街车站》
令人欲罢不能。其中的场景,难以从记忆中抹除。——《华盛顿邮报图书世界》

《地疤》
奇妙的设定,难忘的故事,皆因米耶维生动的语言和丰富的想象。——《费城问询报》

《钢铁议会》
一部杰作,充满想象的故事。——《连线》杂志

《伪伦敦》
拥有无尽创意。融合了《爱丽丝漫游奇境》《绿野仙踪》和《神奇收费亭》。——"沙龙"网站

By China Miéville
柴纳·米耶维

King Rat
鼠王
Perdido Street Station
帕迪多街车站
The Scar
地疤
Iron Council
钢铁议会
Looking for Jake and Other Stories
寻找杰克
Un Lun Dun
伪伦敦
The City& The City
城与城
Kraken
鲲
Embassytown
使馆镇

作者简介

柴纳·米耶维，1972年出生于英格兰，伦敦政经学院国际法学博士，以"新怪诞"风格奠定国际声誉，21世界重要奇幻作家。代表作品有《鼠王》《帕迪多街车站》《地疤》《伪伦敦》等。他的写作风格多半带有诡异幽默感，擅长借助奇境探讨真实人生和社会文化议题。多次囊获世界各项幻界荣誉大奖：轨迹奖、雨果奖、阿瑟·C.克拉克奖、英国奇幻奖、世界奇幻奖等。

译者简介

李懿，重庆移通学院钓鱼城科幻学院教师，毕业于厦门大学外文学院，科幻奇幻译者。代表译作有长篇小说《海伯利安》《日本合众国》《钢铁心》《逆时钟世界》，短篇小说集《寻找杰克》，以及短篇小说《雪》《斯逐》《六月夜半》《叠余历史》《浮冰》《隐娘》等四十余篇。

献给茵狄艾

目　录

第一部分

序章 …………………003

第一章 …………………004

第二章 …………………012

第三章 …………………016

第四章 …………………022

第五章 …………………026

第六章 …………………028

第七章 …………………034

第八章 …………………038

第九章 …………………040

第十章 …………………043

第二部分

第十一章 …………………049

第十二章 …………………050

第十三章 …………………055

第十四章 …………………058

第十五章 …………………063

第十六章 …………………065

第十七章 …………………070

第十八章 …………………074

第十九章 …………………078

第二十章 …………………081

第二十一章 …………………085

第二十二章 …………………086

第二十三章 …………………089

第二十四章 …………………092

第二十五章 …………………095

第二十六章 …………………098

第二十七章 …………………099

第三部分

第二十八章 …………………107

第二十九章 …………………111

第三十章 …………………117

第三十一章 …………………118

第三十二章 …………………122

第三十三章 …………………128

第三十四章 …………………129

第三十五章 …………………134

第三十六章 …………………139

第三十七章 …………………146

第三十八章 …………………150

第三十九章 …………………156

第四十章 …………………159

第四十一章 …………………163

第四部分

第四十二章 …………………169

第四十三章 …………170

第四十四章 …………173

第四十五章 …………174

第四十六章 …………180

第四十七章 …………184

第四十八章 …………185

第四十九章 …………190

第五十章 …………195

第五十一章 …………199

第五十二章 …………201

第五十三章 …………205

第五十四章 …………211

第五十五章 …………214

第五十六章 …………219

第五十七章 …………221

第五部分

第五十八章 …………231

第五十九章 …………232

第六十章 …………234

第六十一章 …………238

第六十二章 …………239

第六十三章 …………242

第六十四章 …………248

第六十五章 …………249

第六十六章 …………254

第六十七章 …………259

第六十八章 …………262

第六部分

第六十九章 …………269

第七十章 …………270

第七十一章 …………275

第七十二章 …………280

第七部分

第七十三章 …………285

第七十四章 …………288

第七十五章 …………293

第七十六章 …………299

第七十七章 …………300

第七十八章 …………303

第八部分

第七十九章 …………309

第八十章 …………314

第八十一章 …………318

第八十二章 …………320

第八十三章 …………325

第八十四章 …………331

第八十五章 …………333

第九部分

第八十六章 …………339

致谢 …………341

第一部分

南方巨鼹

学名凶猛大王鼹（Talpa ferox rex）

图片来自斯特勒盖猎鼹人慈善协会档案馆，复制已授权。

序章

这个故事,讲的是一个染血的少年。

他站在那里,像一株风中的小树,东倒西歪。他身上很红,很红。那要是颜料该多好!他两只脚周围都是鲜红的血泊;衣服上的殷红此刻越来越深,看不出曾经的颜色。他的头发湿透了,硬刺刺地支棱着。

只有那双眼睛尤为鲜明。双眼的眼白衬着凝血,似乎灼灼闪光,犹如黑暗房间中的灯盏。他眼神狂热,紧紧盯着虚空。

真实场景其实并没有描述的那么恐怖。少年也不是那里唯一染血的人;周围的人都和他一样,浑身鲜红,浸透了鲜血。而他们欢乐地唱着歌。

少年很迷茫。什么疑惑都没有解决,而他曾抱着希望。他以为到这一刻可以拨开迷雾,然而脑子里却仍旧填满空白,或者说混沌。

故事节奏太快了。当然,从任何场景开始都是可以的:这便是错综之美,这也是重中之重。但是,对开始场景的取舍,各自有长远的效果,而眼下的开端并不是最佳选择。那么倒车吧:让故事的机车头往回走,就回到少年染血之前,在那里暂停&重新向前,看看故事是怎么发展到了这里,又是血红,又是欢歌,又是混乱,还有少年脑中大大的问号。

第一章

一座肉岛！

不对。再倒一点。

一具看不到边的巨型尸体？

再倒。

就这儿。回到几周前，更冷的时候。过去几天里，他们不紧不慢地穿行过岩石夹道&①冰崖暗蓝的阴影，始终一无所获。下午近晚时分，冷峻天空下，还未染血的少年在看企鹅。他望着这些肥禽挤满一座座岩石小岛表面，蓬松开油光水滑的羽毛，挤到一起，保证温暖舒适。他已经观察了好几个小时。终于，上方的喇叭响起，他浑身一激灵。那是他&"弥底斯号"其他乘员一直在等的戒备警示。噼噼啪啪的杂音过后，内线广播传出一声惊呼："那边，它出地了！"

乘员顿时群情激昂，迅速做好了准备。拖把丢开，扳手放下，写到一半的信&雕了一半的木雕随手塞进口袋，顾不得墨水还没干，木屑还残留在刀口。去窗前！去护栏边！众人探出身子，顶着迎面而来的疾风。

乘员们在寒风中眯起眼睛，视线越过大板岩的齿状边缘，身体随着

---

① "&（and）"为作者特意使用的符号，表示并列、递进的关系。

"弥底斯号"的颠簸而摇摆。附近鸟群满怀期待地啼叫,但此时没有人向它们扔面包屑。

远远地,随透视线收束,在古老轨道相交之处,土壤翻腾涌动。岩石互相撞击,地面剧烈变化。隔着尘土,地底传来一声沉闷的号叫。

地表已面目全非。在古塑料的残桩之间,黑色泥土突然隆起,形成一座小山,还有手爪样的东西刨穿了地面。巨兽毛色漆黑。

它后脚离开地穴,直冲而上,尘云在身周爆开。庞然怪物。它吼声震天,凌空而起;跃至顶点时,竟不可思议地悬空了一刻,仿佛在勘察四周,又仿佛要招引人们观赏它的雄伟身姿。最后,它坠回地面,撞破表土,消失在地下。

巨鼹完成了出地。

"弥底斯号"乘员看得目瞪口呆,但谁的吃惊程度都不及小夏,也就是夏默斯·耶斯·阿普苏拉普,一个肌肉发达的魁梧少年。虎背熊腰的身躯有时稍显笨重,棕色头发一直理得很短,从不碍事。他早把企鹅抛在了脑后,紧紧抓着舷窗,脸庞探出车舱外,像一株渴求阳光的向日葵。远处,巨鼹在距地表一码的浅土中疾速潜行。小夏望着苔原土弯曲拱起,内心随着轨道上的车轮咯噔咯噔。

不,这不是他见过的第一只鼹鼠。有一种性情活泼的群体,名叫工鼹,和狗差不多大,总爱在斯特勒盖湾东挖西挖,港口铁轨&轨枕旁的泥土中随时冒出它们的鼹丘&拱背。他也见过大中型种的幼崽,猎手带回来庆祝石像节前夜的,在土箱里待得很憋屈,瓶口鼹&月豹鼹&蠕行黏足鼹的幼崽一应俱全。但那种无比庞大的巨鼹,世界上体形最大的动物,小夏·阿普苏拉普只在狩猎培训期间看过照片。

他曾应要求熟背一份清单,像诗一样列出的鼹鼠别名——掏洞怪、掘地兽、地爬子、地拱子。最大的那一种,他只见过曝光不足的平面照片&蚀刻版画。那种鼹鼠生有隆突的星形鼻头,凶猛嗜杀,同页画了抱头缩颈的简笔人物,用以对照比例。最后一张多折页传看很广,展开后能直观感受到它的体形,那头利维坦般的巨兽衬得旁边的速写人物极其渺小,像一个墨团。南方巨鼹,学名凶猛大王鼹,正是前方掘地的巨兽。小夏又打个激灵。

地面&轨道跟天空一样灰暗。靠近地平线的地方,一只比他人还大的鼻头再次破土而出。它堆筑鼹丘用的工具,乍看上去,小夏还以为是棵枯树,后来才发现原来是根锈迹斑斑的金属支杆,在逝去已久的年月里已然翻倒,倾斜着向上支出,像甲虫神死后的僵腿。即便在如此寒冷的荒地深处,也有打捞物存在。

乘员吊上"弥底斯号"尾节守车,从守望台出发,沿着一节节车厢飞跃向前方,沉重脚步声踏过小夏头顶,传递出紧张气氛。"是是是,车长……"瞭望员桑德尔·纳比的声音,蓦地从喇叭里传出。一定是车长用对讲机问了个问题,结果纳比忘了切换到私人频道。他的回答向全车人广而告之,带着浓重的匹特曼口音&牙齿打颤的声响。"大肥鼹,车长。肉厚膘肥,毛色漂亮。看它的速度……"

轨道转了个弯,"弥底斯号"随之转向,狂风给小夏灌了满嘴柴油味的空气。他朝道旁的灌木丛中啐了一口。"嗯?嗯……是黑的,车长。"纳比又回答了一个只有他能听见的问题,"当然。优等的黑鼹,纯黑。"

话音停了。整车人都面露尴尬。然后:"好。"一个新的声音,是阿芭卡·纳菲车长接了进来。"全体注意!大家已经看到,前方巨鼹出没。刹车工、扳道工到岗!叉戟手就位!随时准备启动推车。加速前进!"

"弥底斯号"立即加速。小夏凝神听着脚下的动静,将书本知识用于实践。他确信,刚才从"唰唰唰"变成了"欻吭欻吭"。他还在学习辨别轮轨节奏。

"治疗得怎么样了?"

小夏飞快地转身。利什·富勒姆洛医生正在车舱门口盯着他。医生上了年纪,身体瘦削,精神矍铄,骨节像风蚀的岩石一样突出,一头枪管般黑的乱发下，锐利目光朝小夏射来。啊，石像保佑，小夏想，这老头在门口站多久了？富勒姆洛看着一堆木&布质地的内脏，那是小夏从人体模型被掏空的腹部里取出来的，按理早就该贴完标签填回去了，现在仍然摆得满地都是。

"正在做，医生。"小夏说，"我有点……有……"他往模型里塞回一些零碎部件。

"啊。"看到小夏用小折刀在模特表皮上乱划的新痕迹，富勒姆洛打了个哆嗦，"小夏·阿普苏拉普，你把这可怜东西弄成了个什么惨绝人寰的样子？也许我是该介入了。"医生威严地竖起食指，音色雄浑清晰却不乏和蔼地教训道，"我明白，学徒生涯没那么光辉耀眼。你最好要学会两样东西。一是——"富勒姆洛做了个温柔的手势，"——要冷静。二是要真正学到本事。我们这趟航程遇到了第一头南方巨鼹，也是你这辈子遇到的第一头。在这种时候，谁还管你练不练习，包括我也是。"

小夏心跳得更快了。

"去吧。"医生说，"别碍事就成。"

+++

外面太冷了，小夏倒吸一口凉气。乘员大多穿着皮草。莱·肖桑德尔丢来盛气凌人的一瞥，就连他也穿了件体面的兔皮坎肩。莱年龄更小，在"弥底斯号"做仆役，按技术评级比小夏还低，但他以前有过一次出车的经历，所以在唯才是用的猎鼹轨车上破格压了小夏一头。小夏穿着廉价的袋熊皮夹克，冻得缩成一团。

乘员们争先恐后地涌上走道&每一块厢顶甲板，转动绞盘，打磨利器，给准备就绪的推车轮子上油。远远的头顶上，纳比乘坐在瞭望热气球下方的吊篮中，随着它的移动晃来晃去。

大副博伊扎·戈·本迪站在守车车顶的守望台上。黑皮肤的他骨瘦如柴却意气风发，红发被掠过的阵阵疾风吹得紧贴头皮。他在航图上追踪轨车进程，一边和旁边的女人——纳菲车长低声交谈着。

纳菲在用一支巨型望远镜观察巨鼹。尽管镜筒体积庞大&她仅用单手握举，但她强壮的右臂仍能将它稳稳地放在眼前。她个子不高，却引人侧目。她的双腿以作战姿势叉开，灰白长发以缎带绑在脑后。她站得很稳，陈旧斑驳的棕色大氅在身周随风起舞。她那粗壮的假体左臂上亮光闪烁，金属&象牙接头处不住颤动，发出咔嗒咔嗒的声音。

"弥底斯号"哐当哐当地开过白雪皑皑的平原，持续加速，从"欻吭欻吭"变化成另一种节奏，经过岩石、地缝&浅浅的裂口，穿过一片片富含神秘打捞物的坎坷地面。

小夏被雪光深深震慑了。他仰头望向天空，透过两英里多高的清澈空气，望见乌云张牙舞爪翻滚的边缘，标志着高低天的界限。色如黑铁的矮灌木飞速掠过，尘封古老时代留下的真正的不规则铁块也混杂其间。斜望过整片天野，数不胜数的无尽轨道，从四面八方向地平线汇聚延伸。

轨洋。

长直轨、急弯，铁轨延伸过条条木轨枕，在连接处重叠、盘曲、交叉，分出临修线，与干线紧邻相接。这里，轨道纵横交错，其间连续的地块仅有几码见方；这里，轨道互相间隔很窄，可以轻易从这条跳上另一条，虽然这个想法比冰冷的气温更让小夏哆嗦。节节轨道以两万多种角度交会相连，设有各类转辙机械：Y形道岔、组合道岔、钝轨、渡线、单式&复式交分道岔。它们前方各自有信号灯、转辙器、护轨、地面握柄台。

巨鼹潜入轨道路基致密的土石之下，标示路线的拱脊一度消失，直到它再次从地下冒出，拱起铁轨之间的地面，土行尾迹形成一道虚线。

车长拿起麦克风，伴着噼噼啪啪的杂音下达命令。"扳道工，就位。"小夏又吸进一口柴油味儿，这次却觉得挺喜欢。扳道工们来到车头引擎外侧的走道上，来到第二&第四节车厢平台上，探出身子，亮出手里的遥控器&扳道钩。

"右转！"车长一边观察着巨鼹改变路线，一边播报命令。领头的扳道工随即将遥控器对准前方的应答器。转辙器横向移动，信号灯随即变化。"弥底斯号"抵达交叉口，转向新的航线，继续驶入正轨。

"右转……左转……再左转……"命令通过扬声器传出，指挥"弥底斯号"一摇一晃深入极地荒原，循着之字形路线密集转向，在轨洋上各条木铁结构轨道之间游走，咔嗒咔嗒驶过铁轨接合处，快速逼近巨鼹疾走时掀起的大地湍流。

"左转。"又一条命令发出，一名女扳道工立即执行。此时却听得本迪大喊："快停下！"也同时车长喊道："右转！"扳道工连忙改按按钮，却为时已晚；轨车已经从信号灯边飞驰而过，小夏觉得那信号灯仿佛在开怀大笑，像是知道它即将酿出惨剧而乐在其中。小夏无法呼吸，手指狠狠抓着栏杆。"弥底斯号"继续冲向前方道岔，当前轨道正将他们送往一个令本迪心焦欲狂的地点——

——说时迟那时快，扎罗·冈斯特踏上第五、六节车厢间的车钩，信心满满地斜探出身子，以骑师般的精准手法将扳道钩挂上道岔手柄，借助轨车的运行扳动了方向。

巨大的冲击力将扳道钩长杆撞得粉碎，稀里哗啦撒落在轨洋上，幸而当"弥底斯号"前轮进入道岔区段时，正对着车首饰像下方的转辙器及时完成了横移锁闭。轨车回到安全航线，继续前行。

"干得好啊，那家伙。"车长说，"刚才的轨距变更没有明确标识。"

小夏松了口气。通常，在无计可施的情形下，得花上几个小时，利用工业起重机更换轨车的轮距。强行换轨会怎么样？只能是车毁人亡。

"看来，"纳菲车长说，"这货还真是诡计多端，有意引诱我们过来自寻死路。厉害啊，老地爬子。"

乘员们纷纷拍手。猎鼹人遇到狡猾的猎物，向来免不了称赞一番，同伴往往以鼓掌作为回应。

继续深入纵横交错的轨洋。

巨鼹慢了下来。潜行地下的猛兽一边循着气味捕食巨型苔原蚯蚓，一边警惕轨车的追踪。"弥底斯号"变道，绕圈，刹车，保持距离。借助震动识别轨车并不是车员的专属技能，一部分野兽也能感知到数英里外轨车的行驶节奏&机车震动。厢顶吊车小心翼翼地将推车放置到附近线路上。

推车队启动小引擎，轻手轻脚地扳动道岔，缓慢接近。

"它跑了。"

小夏唬了一跳，抬头看去，只见身旁站着年轻的轨车杂役霍布·武里南，正兴致高昂地将上身探到车外。他身上的大衣料子很好，却十分破旧，前后大概换过两三个主人。他以谜之自信耍酷地立起衣领。"绒皮老先生听得出他们的动向。"

一座鼹丘堆积起来。里面探出胡须，然后是一颗黑脑袋的长吻。真大啊。鼻头左摇右摆，喷出尘土&唾沫。它张开嘴，里面布满了牙齿。鼹属动物听觉都很灵敏，但两台转辙器重叠的咔嗒声让它辨不清楚方位。它发出咆哮，尘土簌簌下落。

伴着突如其来的猛烈撞击声，一枚飞戟射中它身旁地面。开枪的是斯特勒盖人绮罗雅暮·拉克，小夏的同乡，脾气火爆的叉戟手——可惜打偏了。

巨鼹立即调转方向，开始快速掘土。二号推车上的叉戟手丹杰明·比奈特利来自弗拉斯克湾丛林，这位月灰皮肤黄头发的大汉操着粗野的口音大喊大叫着，队友立即加速，冲过散落的泥土。比奈特利扣动扳机。

无事发生。叉戟枪卡壳了。

"该死！"武里南说着，发出一阵嘘声，像个看庞特球比赛的球迷，"失手了！"

但是，丛林大汉比奈特利常年倒悬藤蔓，早已熟习标枪狩猎之术。他迈入成年的一刻，便是从50英尺高处投枪射中一只猫鼬&以迅雷不及掩耳之势将它收入囊中，而它的家族竟没有发觉。比奈特利乘坐推车驶近正在掘土的巨兽，从枪口拔下叉戟，举起蓄力，皮肤下的肌肉虬结如砖块。他向后倾斜身子，等待时机——然后将飞戟掷出，正中巨鼹。

巨鼹直立而起，高声怒号。叉戟剧烈抖动，巨兽猛烈挣扎，挣松了戟尾的绳索，地上沾满鲜血，连铁轨也被拉弯，推车飞速滑动，被拖到那巨兽身后。动作快！他们往线路上系好地锚，把它定在车外。

另一辆推车回到战场，而绮罗雅暮不会连续失手两次。现在，越来越多的锚贴地拖在那狂暴震颤的大地后面，地洞里传出声声怒吼。"弥底斯号"也摇摇晃晃地滑动了位置，跟着猎鼹推车前行。

巨大的阻力使得掘地兽无法深潜，半截身子卡在地面。食腐鸟在周围盘旋，有几只烈性的飞来啄食，巨鼹却只是晃晃皮毛。

来到一片青草覆盖的石基潟湖中，它终于停了下来。在这块被无尽轨道围绕的浅土地带，它抽搐一阵，便不动了。随后，贪婪的轨鸥降落在它毛茸茸圆滚滚的身体上，它也没有将它们甩开。

世界沉静下来。最后一次呼吸结束。暮霭逐渐降临。"弥底斯号"猎鼹轨车乘员磨刀霍霍。虔诚的信仰者感谢着石像神、马利亚·安、讼争的诸神、神蜥、海特托芬或其他神灵。自由思想者亦各有尊崇。

南方巨鼹已死。

第二章

一座肉岛！尸体大得望不到边。

猎鼹推车队将绳索套上它的外皮，转动厢顶绞盘把数吨重的巨鼹肉&珍贵的皮毛拖过地面。谁也不会贸然踏足轨洋的海床。食腐鸟终于飞回巢，极地暗蝠接续它们在天空登场。渐逝的光线中，巨鼹被送上死后的最末一趟旅程，前往屠宰车。关于接下来的工序，小夏看过图示&平面照片&打捞出的线绣、绘画、盐印照片、液晶模拟图，自然也听过无数猎鼹人讲述那些寡淡得叫人耳朵生茧的回忆，可这些却没有为他迎接下面的极度血腥场面做好心理铺垫。

巨鼹已被开膛破肚，残躯将平车占得满满当当，边缘还垂下去不少。看到这一幕，小夏浅浅吸了口气，胸口凹陷进去，就像祈祷时那样。

乘员们砍的砍，剥的剥，锯的锯，撕的撕，不时闷声发力，一面唱着车员号子。他们唱完《这个酒醉刹车工要怎么处置？》，又唱《外轨洋生涯》。头顶上方，桑德尔·纳比正用瞭望镜给这场音乐会做指挥。小夏盯着他们，无动于衷。

"闲得无聊吗？"说话的是武里南，他停下剥皮的活计，手中的刀鲜血淋漓，"觉得心软了？"

"不。"小夏回答。武里南赤膊上阵,新鲜切口散发出的阵阵余热&熊熊燃烧的火堆,令那肌肉分明的精瘦躯体挥汗如雨,而仅在几英寸之外,极地空气能够把他冻僵。他的笑容有些疯狂。小夏突然觉得,要说他们之间只相差几岁,也相当可信。

现在没人需要急救,但小夏也知道,在这样的夜晚,富勒姆洛医生不会允许把学徒借到其他部门。武里南想找个由头,眼珠左瞧右瞧,终于想到了什么。"喂!"他对着满头大汗地分割巨鼹肉的同伴们喊道,"有谁渴了吗?"一阵疲惫的呼应。他斜过头,意味深长地看向小夏。"嗯,你听见了吧?"

真的吗?小夏心说,他甚至有些喜欢武里南了。没问题啊,可是当真吗?我虽然从没说过世界上我最喜欢的事是做学徒医生,可是叫我端茶送酒……你们没有仆役使唤吗?毫无不敬之意,仆役也是光荣的职业,但我的工作难道是搬酒?搬酒?送滋润?但这些话小夏只是在心里说说。他真正说出声的回答却是:"遵命,先生。"

于是,小夏·耶斯·阿普苏拉普豁然进入开篇场景中,很快就染了满身鲜血。由此开始了他出车以来最长最辛苦的一夜。往返于屠宰车和餐车之间,一趟又一趟,整列轨车来回跑。备好补充体力的酒水和食物,又来到富勒姆洛的车舱,让医生给他装上治疗绳索勒伤&手掌割伤的绷带&软膏&收敛剂&止痛咀嚼片,再返回屠宰车将它们派上用场。

小夏得到的回报,无非是分割巨鼹的乘员拿他开涮。对他爆粗口&开玩笑&骂他偷懒,但通常没有恶意。而且他发现,在那些时刻,他对当前任务具体性质的看法得到了证实,反倒还觉得有一点宽慰。

他又累又困,逮到几秒空当,就放松身体晃来晃去。无论是否宰肉,到了屠宰车上总避不开血。于是,小夏成了开篇那个浑身血污的少年,像棵树苗一样东倒西歪,全身血红,不知道该思考什么。和所有乘员一样,他一直在等待这一刻,而现在他身处其中,深受洗礼,脑子里却仍旧一塌糊涂。依旧迷茫。

他没有仔细思考过狩猎之行,也没有认真学习他应该钻研的医药,更没有想过巨鼴骨头会那么大,只是吃惊得说不出话来。他一直在被动接受生活。

小夏为他们调酒——"水要多些!没那么多!再加些糖浆!别洒出来了!"——自己也偷偷喝了几口。有的人手上太滑端不住杯子,他便把酒递到对方嘴边。仆役肖桑德尔也在递酒杯,动作沉稳,偶尔瞟向小夏点点头,带着高人一等的同情,这可真是少见。小夏点燃火堆,给铁锅预热,再把火焰拨旺,保证炼油锅持续受热,与此同时,车员们各司其职,清洗&鞣制毛皮,腌肉,熬炼脂膘&板脂。

到处都弥漫着巨鼴的臭味:血、尿、气味腺、粪便。月光下,一切看上去就像泼满了焦油;轨车灯光一照,黑色又变回血水固有的鲜红。红色,黑色,红黑色,小夏觉得自己似乎变成了一张纸屑,飘到轨洋上方,回头望来,"弥底斯号"在他眼中化作一道灯火连成的细线,他听见工具响声&车员号子交织成的音乐,弥散在南极广袤的冰雪世界&冰寒的铁轨之间。孕生万物的宇宙中心,此刻是巨鼴的脸。定格在时间中的怒吼姿态,黑色毛发围绕的睥睨神气,仿佛这巨大猛兽虽然身死,却仍未停止蔑视那些胆敢进犯它的狂徒。

"啊嘿。"

富勒姆洛医生轻轻推了推小夏,他身子一抖,才发觉自己站着就睡着了,梦见刚才那番景象。

"好的,医生,"他结结巴巴地说,"我会……"他绞尽脑汁想着要怎么补全这句话。

"去趴一会儿。"富勒姆洛说。

"我觉得武里南先生想……"

"武里南先生什么时候拿到行医执照的?我才是医生,是你的师父吧?我开了睡眠的处方,每晚一剂。立刻用药。"

小夏没有争辩。就在此时,这一次,他明确知道自己想要什么:睡觉，刻不容缓。他拖着步子走出车厢的热气，离开巨鼹尸体业已掏空的胸腔，进入摇晃颠簸的走廊，前往他的小角落，诸多卧铺中的一张。从那些已经换班下来，正在打鼾放屁的车员中间穿过，身后屠宰工的歌声，是小夏走调的催眠曲。

第三章

"妙极了！"沃安给小夏谋到"弥底斯号"上的职位时，曾这样说，"妙极了！你已经不再是个孩子，完全到了工作的年龄，当医生是再好不过了。去哪儿能比得上跟着猎鼹轨车车医，学得又快又扎实，嗯？"

这是什么逻辑？小夏当时就想闹，可他怎么闹得出口？毛发旺盛、体态像个水桶的沃安·伊恩苏拉普那么热心，他是小夏母亲那边的一个什么表亲，血缘关系清清楚楚，和另一位表亲一起把小夏抚养成人。沃安没做过轨车员，只是在给某个车长看房子。不过，他敬重程度唯一超过猎鼹人的就是医生。这也不奇怪，考虑到他们经常受小夏另一位表亲养父的耳濡目染——特鲁斯·伊恩维巴，瘦骨嶙峋，弓腰驼背，有些神经质。通常他们对那位时而吵闹时而忧郁的老人也很友善。

小夏不能拒绝特鲁斯&沃安给他安排的工作，同样也按捺不住把鞋底的狗屎&轨洋泥蹭到两个老头衣服上的冲动。谁都不觉得需要问他的意见，尽管他绞尽脑汁也想不出什么意见。毕业以后，他就一直家里蹲，那段烦闷的日子也太久了。青春就这样在家里蹲中耗费，只有年纪越来越长。

小夏十分确信，这世界上一定有什么工作，会令他狂热向往&与他高度契合。可他说不出具体是什么，这又使他愈发颓丧。他对继续深造说不上有多大兴趣；待人处世又过于拘谨，可能是上学期间不太受欢迎，留下了些许心结，所以在销售业&服务业都不会发展得很好；做重体力活又太年轻，不够利索，怕是很难拔尖；小夏参加过各类试工，却只让他心浮气躁。沃安&特鲁斯虽说有耐心，但也愁得不行。

"能不能，"他不止一次鼓起勇气提出，"我是说，你们看这样……"但是两位养父总会一反常态地达成统一战线，掐住苗头&制止他转移到那个话题。

"绝对不行。"沃安说。

"没门。"特鲁斯接腔，"即便找得到师父带你，也很危险&毫无保障——更何况你也知道找不着师父，这里可是斯特勒盖！你知道有多少叫花子，都是干过那行又做不下去的吗？你必须要有一定的……"他温柔地看着小夏。

"而且，你这孩子太……"沃安又说。

*太什么？*小夏想。沃安吞吞吐吐，小夏很想发火，却只是拉下一张铁青的脸。*太嫩了？是吗？*

"……太纯良了。"特鲁斯替他说完，呵呵笑道，"不适合尝试打捞工作。"

出于关心，沃安急着要轻轻助推他一把，就像成鸟会把羽翼渐丰的雏鸟赶出巢外，让孩子又惊又吓喳喳乱叫着第一次学飞。沃安托了点关系，和富勒姆洛商量着，给被监护人谋了份在猎鼹轨车上做学徒的差事。

"接下来的生活能锻炼才智，培养合作精神&加入可靠行当&让你离开这里，见识世界！"沃安对小夏说这些时，笑得合不拢嘴，他做了个飞吻，抛向小夏父母那张无限循环着三秒连拍的动态小合影，"你会喜欢的！"

迄今为止，小夏对这种生活没怎么体会到喜欢。宰肉之夜的第二天，他醒来时先是发出一声大叫，紧接着又是一声呜咽。全身肌肉僵硬骨头

疼，他踉踉跄跄走出车舱时，全身好似套了一件锈滞的铠甲。他来到舱外，望见灰白的阳光穿透高天的云层，轨鸥在四周盘旋，同伴们扛着钢锯去处理已经冲刷干净的巨鳗肋骨。尽管仍然莫名觉得这是错走了别人的人生，这天他却感到神清气爽，自己也不免有些吃惊。

收获这么大，车上喜气洋洋。德拉明用巨鳗肉做了早餐。这个肤色惨白如死灰&外表像个枯槁死人的厨子，原本一点也不喜欢小夏，可就连他也在给小夏碗里盛汤的时候，附赠了一丝隐约的笑容。

乘员们吹着口哨，盘起绳索&给机械上油。他们在厢顶甲板上玩套圈&西洋双陆棋，老练地随着轨车摇摆身姿。小夏心里有些痒痒，却又犹豫不前，想到之前套圈时的表现，不禁涨红了脸。同伴们给他起了个绰号叫"垃圾准头车长"，好在后面没有再提这茬。他觉得还挺幸运的，那名号险些跟他一辈子。

于是他回去看企鹅，用他的便宜小相机给它们拍平面照片。这些不会飞的迷人小东西挤挤挨挨地栖息在小岛上，不时抖一抖，喙间发出咯嗒咯嗒的声音。它们捕食时，会潜入轨洋金属轨道之间的土地，用尖铲形的大喙、新演化出的爪足、肌肉发达的翅膀奋起掘地几码深，然后嘎嘎叫着冲回地面，嘴间蠕动着地下的某种肥虫。它们同样也有天敌，可能遭到牙尖齿利的猫鼬、獾、掠食性花栗鼠群的追捕。小夏喜欢观察那些疾行如风的猎手，而同车的一些乘员则绷紧了神经，随时准备撒网。

+++

"弥底斯号"蜿蜒前行。每经过一次道岔，小夏都怅然若失地盯着露出地表的件件打捞物——包裹铁丝的轮毂，带风沙磨痕的冰箱门，某个闪闪发光的东西，像是海滩页岩里嵌了块缺瓤的西柚——好像哪个东西会突然苏醒，施展一番法力似的。确有可能，在某些时候。他自以为偷偷看两眼不会有人知道，后来才发现大副&医生都在盯着他。他的脸"唰"地红了，本迪哈哈大笑，富勒姆洛则神情严肃。

"年轻人，"医生一副苦口婆心的样子，"那么，你成天朝思暮想的，"——他指指尘土掩埋的各类古老废弃物，它们正飞速往轨车身后退去——"就是这种东西吗？"

小夏只能耸耸肩。

他们撞见一群成年人大小的星鼻鼹鼠。鼹鼠群四散逃走，"弥底斯号"用网捕到两只。小夏想不通，见到这两只小型鼹鼠被捕杀，听到它们的惨叫，比起对南方巨鼹的大围猎和巨鼹的咆哮，竟然带给他更多精神折磨。不过这毕竟意味着皮毛&肉的存量增加。小夏偷偷溜到柴油车那边，看看货舱装到了几成满，估算还有多久要靠岸。

富勒姆洛又给了他一些人偶教具，让他拆解&贴标签&重装，以了解人体的运行机理。医生每次来检查那些恐怖手术的成果，总是惊骇不已。富勒姆洛把解剖图摆到他面前，小夏眯眼盯着，却全没学进去。富勒姆洛不定期测验他是否达到入门级医疗水平，小夏每次成绩都很糟糕，医生的无语几乎超过了恼怒。

小夏坐在甲板外侧，双腿悬空，尘土在下方飞扬。他等着自己哪天能开窍。出车不久他就明白，自己无法和医药成为至交，所以去尝试了各种有意思的手艺，牙雕啦，日记啦，漫画啦，还跟着外国车员学外语，旁观牌桌学习赌技。但这一圈下来都没激发什么兴趣。

向北，霜冻不那么严重，植被也不那么怯生生的了。车员们不再歌唱，又开始了争吵，其中最火爆的一场愈演愈烈，最终大打出手。不止一次，车上男女为一点鸡毛蒜皮的小矛盾扭打得不可开交，逼得小夏抱头逃离现场。

车副们怒骂闹事乘员，叫他们脑子清醒一些。*我知道我们需要什么，*小夏想，他曾无意间听到别人说起出车的经验之谈，提及乘员冲突加剧时如何应对。*我们需要休憩整饬。*就在前不久听到的，他不太明白那两个词是什么意思。可能是车上男女无聊的时候，需要秀气争吃？他猜想，休气整迟？修齐整辞？

一个乏味的下午，天空中雨云密布，换班下来的车员在厢顶卖力喝彩，小夏也加入其中。他们聚在一个绳索圈成的斗兽场周围，看两只烈性昆虫在场中互斗。这是一对坦克金龟，巴掌大小，身披浓艳虹彩，天生独居，一旦同类相逢必定斗个你死我活，十分适合这种恶趣味消遣。但这两只却在观望相持，似乎不愿交战。它们的主人拿绝缘杆戳，逼它们不情不愿地冲上去，甲壳撞得嗒嗒响，好像塑料打架一般。

小夏认为斗虫很有趣，但甲虫主人一味的挑动逼迫，叫人看了很不舒服。同车乘员手里还拎着不少笼子，他见里面有一只穴居蜥蜴，躁动不安，典型的爬行动物吻部状似冷笑。还有一只猫鼬&一只浑身尖刺的刺地鼠。斗虫不过是热身表演。

小夏摇摇头。倒不是老鼠和岩兔比起甲虫来讲，被强行歪曲主观意愿的程度更甚，而是自身作为人类，对哺乳动物持有显失公允的偏重，这不禁令他烦躁。他向后退去——直接撞到亚什坎·沃利身上。小夏一个踉跄，想要让开，却又栽进了其他观赛乘员中间，留下一连串恼怒的吼叫。

"你要上哪儿去？"亚什坎叫道，"性子太软，看不得这些？"

不。小夏想，只是没心情。

"过来啊！骨头软心肠也软吗？"亚什坎尖声讥笑，瓦尔蒂斯·林德等人跟着起哄，尽管他们有些人也对玩弄动物于心不忍。劈头盖脸的一阵粗俗谩骂，让小夏想起了不愉快的学生时代，顿时满脸通红。

"只是开个玩笑，小夏！"武里南喊道，"成熟一点！回这儿来！"

但小夏还是离开了，刚才受到的侮辱在心中翻腾，还有那些无谓地互相残杀的甲虫&心惊胆战等待上场的动物。

他们偶遇另一列猎鳗轨车，和"弥底斯号"一样由柴油驱动，车旗显示它来自洛克华恩。双方车员互相招手致意。"一头要自杀的巨鳗就能劝他们收手，不知道怎么捕猎了。""弥底斯号"乘员脸上挂着笑，嘴里碎碎念,洛克华恩这、洛克华恩那地说个不停,把那座南方的邻城都贬出花来了。

这段轨道不容易遇见其他猎鼹车,难得有社交联谊,以及音信&讯息的互通。因此,小夏发现甘希芙·布朗纳尔展开一张哨探风筝时,感到非常惊讶。这种风筝常见于克拉里昂,一个偏远而朴素的地方,也是这位面色阴沉&刺有精致文身的二副的家乡。

她在干什么? 他想。车长给风筝附了一封信,布朗纳尔操纵它盘旋而上,像一只活鸟飞过空中,飞过高天翻滚的晦暗墨云下方。俯冲,两次、三次,风筝精准坠落在洛克华恩轨车上。

几分钟后,洛克华恩的车员终于竖起了三角旗。小夏盯着他们疾速退去的背影。他仍在学习旗语,不过这个能看懂,是在答复车长的问题:**抱歉,不对。**

第四章

　　天气寒冷，但完全不像极地深处那样冷得要人命。小夏观察着热闹繁忙的地穴生态系统。好像剥过皮一样的虫子钻出地表，团成个圈。足有人头大小的甲虫。狐狸&袋狸在一团团树根&穿孔的金属&扎出地表的玻璃打捞物间疾步奔跑。迷雾聚拢来，遮蔽了一条又一条轨道。

　　"苏拉普。"武里南叫他。这个轨车杂役正在专心试戴一顶新帽子，说它新，只是对他而言。武里南把黑发掖进帽子，顺着风逆着风尝试各种倾斜角度。

　　"赌虫的时候没听到我叫你吗？"武里南说，"你不想观赛？"

　　"也想吧，"小夏说，"但有时候不是光想看就要看。"

　　"要是玩玩小动物就让你良心不安，"武里南说，"那干这行你会很痛苦的。"

　　"不是一回事。"小夏说，"不是这个理。第一，我们不会斗鼹鼠取乐；第二，鼹鼠很有可能会反过来咬人一口。"

　　"说得在理。"武里南评论道，"那就是个头大小的问题喽？假如让亚什坎亲自去对阵几只裸鼹鼠，或者跟他差不多大的轨洋兽，你就没有意见是吗？"

"那我会主动下注。"小夏嘀咕道。

"建议你下次坚持到最后。"霍布说。

"武里南,"小夏横下心发问,"上次车长问了瞭望哥什么问题?我们捕猎巨鼹的时候,她为什么要先问毛色?"

"啊,"武里南停下了调整帽檐的动作,转头看着小夏,"呃。"

小夏说:"那是她的执念,对吧?"

"你怎么看呢?"片刻之后,霍布·武里南说。

"没什么看法。"小夏支吾道,"只是隐约觉得她在找什么东西,那东西有特定的颜色。所以她肯定有一个。她还问大家见没见过。它是什么颜色的?"

"你玩双陆棋那么迟钝,"武里南说道,瞟了眼瞭望热气球,又回头看小夏,"也不习惯爬高。"面对武里南的凝视,小夏不自在地动了动。"见着古董破烂就想摸,做医生却没天赋。不过刚才的推理倒很不错,小夏·苏拉普。"

武里南凑过来,悄声告诉他:"她说是象牙白,有时也说是骨白,有一次我还听到她说像牙齿。那我呢,她既然爱那么说我也不反对,哪怕出三分之一巨鼹的价我也不会唱反调。但是真要问我,我会说是黄色的。"他直起身子,话语飘散在风中,"她的执念,是黄色的。"

"你见过?"

"只见过一张平面照片。"武里南用手比画了一个拱起的形状,说,"很大,真的……超级大。"又低声补充道,"很大,黄色。"

执念。此前小夏曾思索过,自己此生的追求,莫非就是受制于一执念,义无反顾地求索它。然而,随着他对猎鼹轨车的了解加深,所谓的执念反倒引起了他的反感,一种神经上的刺激。*我应该知道的。*他想。

+++

轨洋

通常，小夏一到晚上就按时就寝，极少想参与什么活动。但这天和武里南聊过以后，他感到紧张焦虑，无法安然进入平淡的梦乡。他佝偻着背，坐在狭小低矮的床头，聆听猎鼹轨车在睡梦中磨牙打鼾，那声音来自轨洋风与金属车身的缠斗。他想通后，终于起来了。

他浑身战栗着，从车舱里熟睡的乘员中间溜了出去。在设施如此拥挤的复杂空间中行动并非易事，每踏一步，都要仔细协调脚边的绳捆&布捆、叮当响的铁器、锡制工具，还有各类小摆件（由心思细腻的乘员布置，给轨车增添家的温馨）。低矮的车厢顶上悬挂着各种东西，一不小心就会撞到头。不过轨道上的这些日子已经改变了小夏，他早就不是平陆仔了。

去上面。夜班乘员正在巡视其他厢顶甲板，小夏伏低了身姿。身处广袤轨洋上的寒夜中央，夜灯排成长列左右摇晃，每一盏各自有忠诚的飞蛾殷勤过问。并行的铁轨航线光点闪耀，轨枕上暗影飞奔。天空中见不到星星。

他想沿着厢顶爬上绳梯，直抵瞭望热气球，朝武里南睡觉的方向做个粗俗的手势，然后迎风登上瞭望台，那里，某个值夜的倒霉家伙正蹲在双管取暖器旁，眺望看不见的地平线。

只有脑筋最不正常的车长才会在夜里捕猎，或者变道。瞭望员密切留意着灯光，它可能代表着其他猎鼹车，最糟糕的情况下则可能是海盗——也有极大概率是弄潮的打捞车。真想见识见识，小夏自言自语。

不只是——画重点！——不只是要发现那些打破轨洋风光的藏物，例如附着混凝土的庞大圈梁、破碎的黑色穹顶、垃圾，或者石膏&玻璃&电路制品；更要找到一种自带动力、由某种神秘能源驱动的、最稀罕的打捞物。能出声或发光，符合某些被遗忘的企划。他想要的是这个，而不是什么车长的傻缺执念。

小夏看着悬梯，骂了句粗口。是嫌天不够冷还是自己不够恐高？就算爬上去真的有所发现，也不会有新鲜事发生。纳菲车长只会在航图上做个标记，好知会其他人。"弥底斯号"只会继续猎杀鼹鼠。

  倒不如什么都别发现。小夏想着，心里充满了孩子气的怨怒。他拖着冻僵的身子溜回床上，拒不承认内心觉得丢人。

  第二天，一则瞭望通告令小夏心潮澎湃。不是巨鼹捕猎动员，也不算真正的打捞行动，而竟是他从未考虑过的事项。

第五章

　　天空分为两段,大地包含四层。这些都不是秘密。小夏知道,本书知道,你也知道。

　　低天自轨洋基准面向上延伸两三英里,呈现一种淡褐色。再往上,大气色泽忽然变得浑浊,往往可见有毒云层在其间翻滚。那是高天的下边界,奇异古怪的凶狠猛禽在其间巡猎。谢天谢地,大部分时间里,它们都隐没在污浊的云雾中,偶尔在天朗气清时现出真身,叫观者不寒而栗。偶尔有胆大自负的鸟飞到禁区上空,它们便会亮出利爪&伸展翼梢,迅速俯冲抓捕。

　　在这里,我们不谈天,只说地。聊聊大地的四重。

　　首先是地下,穴居野兽活动的层面,那里有洞穴、根须、古老打捞物沉积带,兴许还深埋着铁木结构的轨洋航线,早被世人遗忘,或从未现身世间。

　　接着是铺设于海床上的轨洋,也即第二层面。新旧不一的轨道&轨枕错综曲折,构成复杂的地形,向四面八方无限延伸。

　　大陆上的各洲各国,是第三层面。它们耸立于轨道之上,高度超过陆基面,硬质土石根基极为坚实,第一层面的穴居兽无法掘穿,故而成为宜居之地。该层包括无数的群岛、孤屿、界线不定的大洲、陆上各国。

而面积较大的陆地上，山峰巍峨矗立，傲视三层大地。陡峭崎岖的山地植根于低天，穿透数英里厚的可呼吸大气，直刺入高天，凌驾于天界线之上。在毒雾与稀薄空气笼罩的高寒地区，有惯于呼吸毒气的雪线猛兽在此潜行、疾走、小跑。它们是高天猛禽的远亲，也和它们一样具有天赋异禀的体能，起源于何处则不得而知。

这四层区域之中，只有两层半的区域适合人类生活。在内陆，在俯瞰轨洋轨道&轨枕&蛮荒土地的大型岛屿上，有果园&草地、水池&潺潺溪流。温和而肥沃的土壤上庄稼繁茂。这些是农民耕种之地，毗邻城镇居民聚居之所，二者构成了人类的陆上家园。大部分人都生活在这样的地方，远离轨车旅程的烦忧。

陆上聚居地的外围濒临轨洋，称作沿岸带，也即海滨地带。各类轨车——客运车、货运车、捕猎车，从港口城市出发。灯塔光芒扫过露出地表的垃圾礁，指向远方。轨车员&平陆仔都爱说："要么去内陆要么去外轨洋，别在沿岸带空瞎忙。"

轨车员中间流传着许多这样的戒律，他们特别信服那些谚语&规则，例如："轨洋多凶险，时刻拼全力！"

第六章

换班下来的车员再次围成一圈，为斗虫斗兽吵得热火朝天。虫兽的主人仍旧对它们又是戳赶又是挑逗。

天光明亮，寒风呼呼，小夏有些睁不开眼。他从侧面偷偷凑了过去。*噢，别出声！*他对自己说。当他看清围观乘员下注的对象时，心里又涌起了那种无法解释的不安。

今天斗的是鸟，却也不是当前纬度土生土长的鸟，而是侏儒斗鸡——一定是专为这种场合悉心蓄养至今。两只的体形都不如麻雀大，小小的肉垂摇晃着，缩小版的鸡冠抖动着，挺起胸膛咯咯高叫，细小的脚爪走得气宇轩昂，雄赳赳地绕着场圈互相打量。它们腿杆上戴着锋利的小尖刺，与传统微量级斗鸟的装备一样，不是金属制成，而是硬化抛光的荆棘刺。

确实，小夏能看得出，一部分围观乘员正在运用专业经验，仔细评估斗战双方。小鸟向对手发动奇袭，疯狂振翅扑击时，他也赞赏其中展现的凶猛与果敢。他听到有人在计算概率，以数学包装的野蛮。尽管他努力克服内心的厌恶，调动观赏的热情，甚至冷静地直面自己的兴趣，却仍然禁不住龇牙咧嘴&关注到斗鸟体形极小这一事实。

接下来的几秒甚是漫长。他朝斗兽场俯下身去。这是要干什么？他脑中生出疑问，盯着自己的双手，仿佛这具躯体正受他人指使。小夏，你要干吗？他无比惊讶。

啊，他有答案了。事实证明，能引起他怜悯的并不只是哺乳动物。小夏拉长衣袖裹住手指，其余车员瞪大了眼，一脸错愕，却没人上前阻拦。他的动作一气呵成，迅速将手伸向那两只拼杀得你死我活的小不点斗鸡，伸进尘土&羽绒&鲜血组成的混乱中，左手一只，右手一只，把它们拎了起来。

那一刻，风声、呼喊声、机车轰鸣声虽仍在持续，但他感觉整个世界似乎都安静了下来。啊。他脑海里响起一个声音，仿佛是特鲁斯&沃安对他的行为哑然失笑，半是赞许半是不认可。而在他们身后——小夏惊呆了——隐约站着他故去已久的亲生父母，两人观察着他，显露出同样的矛盾态度。

甲板上的乘员无一不盯着小夏。"你，"亚什坎开口，"在干什么？"

我也不知道。小夏心里想着，同样愣在一旁，想看清本能的答案。啊，又来了。救出斗鸟之后，现在，他似乎想溜走。

他的意识猛地蹿回身体里，如同被橡皮筋弹了进去。回过神来时，他已开足马力跑起来，呼哧呼哧直喘气，双腿机械地交替前进。轨车转弯，他纵身越过厢顶甲板上的障碍物，身后传来愤怒的叫喊。

小夏向后瞟一眼，看见挥着拳头追赶他的人群，嘴里叫嚣着要报复他，让他吃苦头。打头的是布兰克&扎罗，一个大块头搬运工&一个小身板扳道工，正是他手中斗鸡的主人；稍稍落在他们后面的是亚什坎&林德，他俩急于抓住小夏，其原因偏向于一种报复心态；再往后是一大群下注的乘员。

小夏抽手笨脚，跳过箱子、绞盘、齐膝高的烟囱柱，弯腰闪进分隔甲板各区段的栅板下方。他速度奇快，超出了自己的预期，也超出了追兵的预期，而他还没有用上双手，因为手中各抓了一只斗鸡，他小心翼翼，生怕把它们捏伤。小夏从甲板这头跑到那头，一长溜男男女女紧追不舍，互相指挥对方去这里截住他&去那边抓住他。斗鸡又是啄又是挠,尽管体形很小&隔了一层袖子的布料,仍然伤得小夏鲜血淋漓。他的生理反应是想甩掉斗鸡,但用意志克制住了这个冲动。他被层层包围了,只得沿梯子爬上一个大货箱,站在箱顶上。

无处可逃。布兰克&扎罗登梯上前。见两人满脸怒气,他咽了口唾沫。然而,众多追赶他的乘员尽管气愤,却大笑不止。武里南鼓起掌来,就连仆役肖桑德尔也露出了微笑。"跑得漂亮啊,小子!"本迪喊道。小夏伸出手,仍攥着两只惊恐的小鸟,像是攥着两把武器。他的动作,似是要把它们连鸟带刺一块儿放飞。*我在干什么?* 他暗自想道。

他无计可施,考虑把鸟儿垂直向上抛进风中。它们的翅羽被修剪过,但只要疯狂拍翅,也能稳住飞行轨迹,乘风飘到甲板外落地。这样,至少可以避免看似注定的同类相残的命运。可是它们一旦降落,不消片刻就会成为其他动物的午餐。他犹豫不决。

布兰克&扎罗朝小夏冲了过来。他暗想,**不挨个一两拳看来是无法脱身了**。不料,稳操胜券的布兰克举起胳膊正要扑过去时,瞭望热气球里传出一声欢呼。轨车前方有异常发现。

时间凝滞了片刻。随后,只听本迪一声大喊:"各就各位!"乘员们四散离去。布兰克&扎罗却没有动,直到小夏无可奈何,不情不愿地交还了斗鸡。

"这事儿还没完。"扎罗低声说。

随你吧。小夏想,至少两只小斗鸡暂缓了死期。他的行动又慢了下来,刚才驱使他以闪电之速东奔西突的能量几已耗尽。小夏喘着粗气,缘梯子攀下小平台,想瞧瞧前方发现了什么。

"是什么?"小夏说。车员安库斯·斯通没有理他,本迪则烦躁地叫他"去去去"。

他们前面是一圈房屋大小的环礁。海滨树木贴着轨洋的铁轨生长,树上的长毛松鼠静静打量着"弥底斯号"。小夏的视线穿过一段稀疏的栏杆，看见一道长条形车骸，轮廓呈现不规则褶皱，色泽还挺新。

他自问自答："脱轨车。"

一列破败不堪的小轨车。机车侧翻在尘土中，完全脱轨了。

"大家请注意。"车长在守望台上发出内线广播，语调是一贯的哀伤，"没有车旗，没有活动，我们没收到求救信号，也没见到信号弹，所知信息为零。大家清楚协议。"若说打捞，猎鼹车的乘员缺乏必要装备；可是面对其他轨车遇险，任何一个合格的轨车员都要不惜一切代价尽可能救援。这是轨洋法则。车长发出一声叹息，表明她对遵守这一道德义务并不积极，甚至懒得避开麦克风装装样子。"做好准备。"任何偏离她本人计划的行为，都必定招致她的怨恨，小夏想，她只醉心于追寻、搜求、巧取她的执念。

扳道工引导轨车穿越轨道，逐渐接近。脱轨车其实很小，就一个车头带一节车厢。它侧翻在地上，像一头被绊倒的牛。

来自各猎鼹国的轨车在轨洋上往来穿梭，常常取道萨莱戈梅斯群岛&他的故乡斯特勒盖地，至港湾停靠又起航。小夏在港口亲眼见过各式外形的轨车，培训期间也了解到更多类型的轨车图片，而这列车刨去损毁的外表不谈，残余的框架也显得十分陌生。

小夏想混进推车去现场调查，结果比他想象的要容易。刚才解救斗鸡不成，但他依旧振奋激扬，假托富勒姆洛的指示借着不存在的差事跑来跑去，跟在霍布·武里南身后排队领任务，虽然没接到命令却照样跳进摇摇晃晃的推车，嘴里咕哝着急救之类的话。

留在主甲板上的肖桑德尔扬了扬眉毛，显然觉得骂骂咧咧有失风度。感谢石像神赋予这仆役骄傲，小夏想道。"突突突"驶向脱轨车的推车上，二副甘希芙·布朗纳尔上身探出车外，举起喇叭大喊："有人吗？啊嘿！"

这种状况下没人能生还。小夏想，又对自己补上一句，靠医学常识就能判断。这车烂得稀碎，就像被天使捶打过。

侧引擎没有烟囱，看来并非使用蒸汽动力。车厢撞扁了，凸出变形，里面的机械残骸挤成一团。一丛荆棘穿过车厢茁壮生长，把破碎的舷窗堵了个严实。

乘员们不敢出声，放慢速度，吱吱嘎嘎地穿过横向光线接近，惊扰了车骸中群集爬动的生物。姜黄躯干&五彩翼的昼行蝠呼呼飞起，吱吱叫着盘旋空中，黑压压一片，飞向最近的岛屿。

严格来讲，这次行动称得上是打捞。既然事故现场没有活人，那么凡是乘员发现的东西，都可以带走据为己有。不过，小夏乐颠颠幻想的这一出，只能得到现代打捞物。真正令他心旌摇荡，令他心驰神往，令他消得人憔悴的，是光辉耀眼的古老打捞物，最为玄秘的上古遗物。

小动物在草丛中窜来窜去。"弥底斯号"逗留在远处，车上乘员望着推车悄无声息地停下，轻轻触及覆满尘土的机车。

"那么，"布朗纳尔说，"要去的报名。"乘员们却只是盯着她。她撇了撇刺青花饰的嘴唇，伸手一指，"可以从这儿进，没人要求你们踩海床。"他们纷纷整理武器。"武里南。"布朗纳尔点名。轨车杂役"腾"地跳起来，摘下破旧的帽子致意。"特奥多索。托恩&克里米、安库斯·斯通，你们三个跟我留下，其余人两两组队，登车，从上到下仔细搜寻遇难者和失物。你要上哪儿去？"最后这句是对小夏说的，他也混到了其他人中间，摆出一副要登车的样子。

他今天行为反常，自己也被惊到不止一次了。"您……刚才下令登车……"

"苏拉普，别胡闹。"她话语中有着克拉里昂岛独有的忧郁语调，"你上推车的时候，我说你了吗？你觉我没瞧见？没想到你脸皮这么厚，小子。别得寸进尺。去车尾。"她指指后面，"然后……"她用手指捂住嘴。

寻宝小队挑了扇车窗做门，一个接一个，小心翼翼地穿过其中下到车内。"算你走运,不用走回去。"布朗纳尔对他说。小夏咬着嘴唇。她狠不下心。然而,想到险些踏着满是尘土的轨枕一步步走回去,一路留心别碰到可怕的海床,直到返回轨车上,他吞了口唾沫。

于是他原地等待,望望苍茫轨洋&回头看看车骸。延斯·托恩朝远处的信号箱扔生锈的螺丝。塞西莉·克里米用六分仪定方位,天知道她为什么动用那么精密的仪器。安库斯·斯通边低声唱歌边雕刻一块废料。他嗓音悦耳,就连布朗纳尔也没有叫他闭嘴。他唱的是首老歌,讲的是摔到海床上,被地下王子救起的故事。

昼行蝠安静下来。几只长毛兔望着乘员们,小夏立即举起小相机。那是沃安&特鲁斯掏空荷包买下的,两人兴奋地喊着"嗒嗒"送给了他。

"啊嘿!"霍布·武里南从倒了90度的舷窗里探出头来,甩甩脑袋,发间扬起灰尘。

"怎么样?"布朗纳尔喊道。

"啊。"武里南应着,往轨车外面啐了一口,"什么都没有,埋在这儿快一百万年了。车头早被人洗劫过,还不止一次。"

布朗纳尔点点头。"后面车厢呢?"

"啊,"武里南答道,"说起这个,还记得你刚才叫小夏·苏拉普待着别动吧?"武里南咧嘴一笑,"可能要重新考虑一下。"

第七章

小夏费力地钻进一个倾斜的房间,脚下的地面是曾经的墙。他从同伴身边的细缝里挤了过去。

"看到问题所在了吗?"武里南说。有一扇门临近如今天花板的位置,铰链式开合,门缝仅几英寸宽。"这门卡住了,"武里南解释道,"我们几个的块头大了点。"

感觉怪怪的。大多数时间里,乘员们都爱说小夏壮得像中年硬汉,而事实也是如此。他不是"弥底斯号"上最年轻的,不是个子最小的,也不是体重最轻的乘员。耶哈特·博尔身高就三英尺出头[①],肌肉发达,壮得像头熊,做倒立撑不在话下,徒手掷叉戟的成绩能赶得上比奈特利,也会倒悬绳端的绝技。然而在此时此地,小夏恰巧是个子最小&体重最轻的。

"我甚至都不该来这儿。"小夏亲耳听到自己的声音突然变得颤抖,心里生出几分烦乱。可他毕竟在这里了,不是吗?一时冲动,为寻求刺激混进来,现在全天下都要揭穿他叶公好龙。拜托了,他的工作是缠绷带&沏茶,不是把屁股塞进封死的车骸里。

啊,石像神啊。他暗自祷告。他不想进车舱——却多么希望自己能燃

[①] 3英尺约合0.9米。

起热情。

"早跟你说过，"有人嘀咕，"算了吧，他不敢……"

"上啊，"武里南说，"你喜欢打捞，不是吗？"他直视小夏的双眼，"机会来了，怎么样？"

同车伙伴全都看着他。小夏答应了，不知是碍于面子还是出于勇气。呃，好吧，都差不多。

他抓着门把往里挤，脚拼命朝前伸。就像在斯特勒盖废楼探险那样，他告诉自己，又不是没玩过。这倒不是说他是个好手，但至少比别人想的要熟练。同伴都来帮忙，有的塞脚有的推屁股，他屏住气，蠕动身体一点点蹭过了门缝。

门内很黑，如今位于车顶位置的车窗紧紧关闭。破洞里射进来一道道尘粒飞舞的光线，标示出一块块地面、霉斑、纸屑、破布。

"看不太清。"小夏说。他壮起胆子，摸索着走了两步，便"扑通"一声摔个跟头。啊，还不算太糟糕。他全神戒备地思量着，擦了擦手。

"那就来看看，这里面有什么。"他向门外报告。

没什么好看的。车厢尾部早就撞坏了，由外向内的冲击。小夏的眼睛适应了光线。纸屑上留有残缺的字迹，小得看不清。旁边有几个灰堆。

"全是垃圾。"他说。脚边的车窗向着地面敞开，距离海床如此之近，他不免打了个哆嗦。

此情此景令小夏遥想到父亲，自然在情理之中。种种思绪缓缓拂过脑海，如同一辆古旧笨重的货运列车。父亲的轨车遇难时，就是这副模样吗？无人幸免&无有任何消息。小夏多次想象过那列轨车，带轮子的狭长车厢，被埋入地下——却从未设想它会像这样侧翻。此刻，现实修正了他的错误幻想。他吸吸鼻子。

小夏从垃圾中间蹚过。小时候，他曾多次玩假扮打捞人游戏，而今的情形，算是最不入流的打捞。残损的椅子，裂成碎片的点阵屏，损毁的打

035

字机支撑杆四处散落。他的双脚"簌簌"拨拉开残片碎渣。

破布中有什么东西骨碌碌滚了出来。一颗头骨。

"怎么了?"听到小夏发出惊叫,武里南急忙喊话。

"我没事。"小夏回道,"只是吓了一跳,没什么。"

小夏看着头骨,与它的眼孔对视。望着他的还有第三只眼睛——额头正中央一个边缘整齐的洞。他踢开碎布,其他骨头露了出来。数量不齐,小夏运用新学的视角,在脑海中粗浅地复原死者身体形态。

"我觉得我找到车长了。"小夏低声说,"而且我觉得他不太需要救援。"

一根臂骨扎进窗框中的裸土,扎得很深。旁边有个破杯子,尖利的边角脏兮兮的,像是挖过泥。

小夏早不是孩子了,自然知道有些观念是迷信作怪,海土并非真的有毒。很多年前他已明白,这土不是真的摸一下就会死人。不过它肯定藏着真实的危险,他这辈子接受过无数次专为避开海土的训练,绝非无缘无故。

但他此刻还是蹲了下来,慢慢伸出手,小心翼翼地戳了戳窗上的泥土,随即猛缩回来,像是摸到了火炉。他回想起学生时代,同学们围在斯特勒盖岛岸边,交错缠结的铁轨周围,轨洋海土肥沃,他们互相鼓动对方拍土。

小夏的脸皱成一团。他用衣袖裹住手,从地上拔出臂骨扔开,强打起劲头,慢慢将手伸进洞里,想摸摸到底是什么东西,让车长临死前还在努力挖或者埋。

他咬紧牙关。洞内冰冷干燥。他伸长胳膊,摸索一会儿,触到了什么。他用指尖拨弄一番,把它慢慢拔出泥土。一张塑料芯片卡,像他相机里那种内存卡。他将卡放进口袋,平躺下来,再次把手掏进洞里。

"小夏!"武里南突然喊道。小夏俯身以脸贴地,听见车舱外传来阵阵拍翅声,如同书页被快速翻过,夹杂着昼行蝠返巢时的尖叫。"小夏,快出来!"

"等一下。"小夏说着,继续往下抻抻胳膊。

被什么东西咬了一口。

小夏像个弹簧玩具一样跳起来,惊恐尖叫&血流不止。武里南也急得大喊,伴着蝙蝠的尖叫,海床下传来磨牙的声音。

小夏顿时明白车长失踪的骨头哪儿去了,也明白地上的衣服是怎么撕碎的。他伸手去抓那扇侧向打开的门,可是受伤的手稳不住身体。窗框里的海土拱起来,传出枯骨敲击般的可怕声音。小夏凝视着洞口,洞穴深处,有两只眼睛也在凝视着他。

那东西冲了上来,冲出地道,*张口啃出一条路*。皱巴巴的苍白表皮像是死尸,骇人的门齿利如剪钳。

出地的是裸鼹鼠。

第八章

只要人类在轨洋上航行，就少不了种种传奇，讲述地下世界的严酷&活力&血腥冲突。当然，在陆基面之上，各座岛屿也孕育了凶禽猛兽，山猫、狼、巨蜥、不会飞的烈鸟&林林总总的其他生物，都会侵扰&咬死&猎杀粗心大意的猎物。但掠食者只是硬地生态系统的一个方面，位于多层次生物金字塔的塔尖，而完整的系统则包含多种多样的行为，包括合作、共生、互惠，等等。

与之相比，地底及海床上的生存规则更加直白&苛刻。几乎每种动物都把其他一切生物看作食物。

海床上有草食动物，食取草根。这些占少数的倒霉另类，让人觉得是讼争的诸神为创造轨洋世界争论不休时故意放了进去，只为完成一个恶毒的恶作剧。来看看轨道&轨枕下方：各种穴居兽挖洞、开辟地道，偷袭其他动物的巢穴网络，在海床上出地、下潜，穿行于世界分区隔域的夹缝，蜷曲在树根&钟乳石周围，它们绝大多数是凶猛的肉食动物。据博物学家分析，大概是由于轨洋领域生态密集，增加了各生物的生存压力。相形之下，岛屿生态系统可谓和平绿洲。

蛮荒的海床上下，规则虽简单，表现却复杂。饥饿的虫兽互相猎食，手法繁多，高超巧妙，偶有不幸的男女葬身其腹。轨洋兽来者不拒，对轨车员而言，它们只意味着不同梯度的恐怖。

轨车员会告诉你，海床上有风驰电掣的猎手为图果腹在地表横越轨道疾行，它们已经够让人腿软了，而最能唤起心底无尽噩梦的，是"异垃松"。这个词来自轨洋上的洋径邦语，意思是"遁地行走&出地突袭的怪物"。

动物评鉴专家们就哪一种"异垃松"杀伤力最强的问题争执不下。体型、利爪、凶残天性等指标虽说重要，却不一定能衡量出最可怕的猎手，还有其他的逆天因素需要纳入考虑。某一种穴居动物能在轨道航行者的心目中遥遥领先，独揽"最恐怖生物"宝座，绝非浪得虚名。

第九章

裸鼹鼠那不生趾甲的前爪向下一撑,朝他飞扑过来。小夏一个趔趄。幸运的趔趄。那畜生从他头顶飞过,撞到墙上滑下来,晕了过去。

小夏在斯特勒盖轨洋公园见过这种动物的小型驯化版,它们饮食粗糙,饲养员丢什么就吃什么,小心翼翼地互不打扰。而此刻,在他下方,那些笼中兽的野生同胞用铡刀般的牙齿在泥土中切削出通道,随即露头。它们群体行动,如集结的战士,拥有类似蜂群的集体智慧。斯特勒盖的饲养员们一直苦心孤诣地制止驯养个体发展这种智慧。

裸鼹鼠抖落身上的泥土。它们长得像刚生下来的乳鼠,没有毛发,皮肤皱巴巴的,但体形倍涨至犬类大小。它们咬合着可怕的门牙,眼睛好似嵌进面团的葡萄干,呼吸中带着喉音。大地发出咆哮。

小夏跳向门框顶,双手吊在上面。裸鼹鼠聚到周围,磨牙的响声传进他耳朵。

手指逐渐松脱。

摔了下去。

被接住了。

门后的武里南抓住他的胳膊,闷声吼着用力拽。裸鼹鼠在小夏脚边跳来跳去，咬合声此起彼伏。一个往后拽，一个朝前挤，小夏终于在武里南帮助下离开车厢，摔进倾斜车头里的乘员中间。

"快跑！"有人喊道。地面开始涌动，大家纷纷跳上车里残缺的各类设施，用棍棒&武器疯狂敲打。锄齿裸鼹鼠的头脸把窗框里的沙土拱得四下翻腾。

车员们紧贴墙壁，跳到那一拨张口乱咬的兽群头顶，钻出车窗跑开。小夏听见枪声。他沿着难以落脚的歪斜车顶朝前跑。

蝙蝠匆忙逃窜，往他身上乱撞。小夏屈身跳起，再伸直双腿，重重掉落在推车上，等待逃生。旁边的甘希芙·布朗纳尔等人抄起棍子击打周围四处出地的裸鼹鼠，朝混乱的地面开枪。推车边缘冒出一张丝绒质感的兽脸，胡须颤抖着，发出恶狠狠的叩齿声。小夏慌忙去抓重物，摸到个之前莫名其妙留在推车上的水壶。他随手抓起一挥。

武里南也上车了，落地时踉跄一下，重重地撞在安库斯·斯通身上，斯通身形不稳，扑到推车边缘，脚下一滑，歪倒摔出车外，掉在两条铁轨中间。

接触轨洋海床。

斯通慌乱挣扎，反而陷入松散易碎的土壤中，明显下沉了一英寸。不知是谁多此一举地（因为大家都看见了）叫道："有人摔下去了！"

裸鼹鼠纷纷抬头，好像同一根提线上的木偶。脱轨车厢整体颤动起来，似乎下方有什么大家伙突然给勾起了兴趣。裸鼹鼠整齐划一地潜入海床，利齿掘开地道，向安库斯潜行而去。与此同时，地表上拱起一道隆脊，朝推车逼近。

"抓住我！"武里南大喊着伸出手，"快！"安库斯爬过来，四体移动得力不从心。裸鼹鼠迅速赶到，腾起一团团阴暗的尘土。它们倾巢而出，刨开下方泥土，巨大的地道越来越宽。斯通尖叫出声。

武里南抓住他使劲往回拉，其他人则抓紧了武里南。惊惶乱飞的蝙蝠群扫过小夏身边，他不断挥手去赶。一道土墙隆起，伴着怒吼声裂开，小夏看见里面出现一大团松弛皮肤包裹的肉球，体形是其他裸鼹鼠的两倍。裸鼹鼠以群居方式生活，此刻现身的是它们的女王。

海土豁然炸开，下方敞开一张巨口。小夏惊叫出声，武里南猛一发力，号叫的安库斯被拉进推车。大地发出隆隆巨响，恍惚间巨嘴已收拢消失，裸鼹鼠女王捕猎失败，无奈间遁地无形。地面归复平静。但安库斯仍在尖叫，血淋淋的腿上吊着一只裸鼹鼠，它狠狠咬住不肯松口。"打死那个混账东西！"布朗纳尔大喊。

动手的是小夏。他抡起水壶使劲砸去，比之前任何一次都要卖力。那畜生向后翻个筋斗，钻进推车边的泥土，而推车已加速离开。

"弥底斯号"上的男女终于逃离凶残围击的兽群，那一瞬间众人欣喜不已，发出参差不齐的欢呼。但喜悦转瞬即逝，他们看到了安库斯的状况。

第十章

"弥底斯号"乘员聚在推车敞口边缘,为眼睁睁看同伴受袭却无能为力而捶胸顿足。安库斯不停地叫疼。

小夏听到一阵可怜的微弱拍打声,转头看见一阵缤纷五色翻飞。推车角落里有只受伤的昼行蝠。它扑扇着翅膀无用地挣扎,可怜双翼已经受损,一定是在他抢水壶的时候被误伤了。它嘴里冒出些微的泡沫。

武里南准备把它丢出去。"别。"小夏说道,轻轻捧起它。它张嘴咬他,却又头晕体虚,两对尖牙被他轻松避开。跳板架起来了,轮到小夏时,他用上衣裹住昼行蝠,从推车走回"弥底斯号"上。

等在另一头的医生一把拉住他,检查他是否受伤,确认完毕拍拍他的肩膀&吩咐他做好准备。在他身后,安库斯·斯通被抬上轨车。

"他情况怎么样,医生?"过道里的询问此起彼伏,"能跟他说说话吗?"医生解开血淋淋的手术衣,对上小夏的视线,点了个头。见证了整个手术过程的小夏仍在不停地咽口水,他上前把手术室门向过道大敞四开。

"算了。"富勒姆洛顿觉疲惫,"都进来吧。你们也问不出他什么的,做了全麻。别碰他的腿。"

"哪条腿?"

"该死的,两条都别碰!"

小夏从门口出去了,好让乘员们进去探望,听他们低声絮语。

"刚才有什么发现,小夏·阿普苏拉普?"忽然有人说。

他抬起头。是车长。

阿芭卡·纳菲。她抬起假肢拦住他,他一不小心直视到她湛蓝的眼睛。两人身高差不多,他虽说更加壮实,却被她的目光逼得忍不住脖子后仰。小夏舌头打结了。她以前从没和他说过话,除了"跑起来!""放那儿!""出去!"之类的句子。他甚至惊讶于她知道他的名字。

"回话!"富勒姆洛吼道。

小夏心想:医生打哪儿冒出来的?

"车长,我……"小夏开口。他的蝙蝠吱吱尖叫——这会儿没再藏着了。

"集中精神。"纳菲车长说,"稍后我们再来研究,你能不能养这个毒物,阿普苏拉普。现在先回答问题。那列脱轨车里有什么?"

"什么都没有,车长阁下。"小夏结结巴巴地答道,"我是说,只有一副人骨架。就那个。除了它以外,其余就只有垃圾。"

"是吗?"纳菲说着,闭上眼睛,垂下假肢。机械马达嗡嗡作响,排出一股尾气。小夏注视着它的精密构造&乌木部件的流畅线条。

"真的没有,车长阁下,什么都没有。"你疯了吗?小夏脑子里有个小人质问道,为什么要撒谎?他心里默念着,依据打捞物从其发现者权属的原则,那个小东西归他所有,可嘴上还是答道:"噢,还有这个。"便从口袋里摸出内存卡交给她。

"请您来一下,车长。"富勒姆洛招手示意她过去——试问轨车上还有谁敢这么做?纳菲又看了一眼小夏,神情若有所思。

"谢谢你配合回忆。"说完,她接过内存卡,跟上富勒姆洛。小夏看着他们离去，定定地站在原处，咬紧了牙根。他内心怒火中烧，希望能拿回他的小小打捞物。

暴风雨来临。小夏透过舷窗望见云层低垂，降到高天之下，变换了性质，化作雨水倾洒过大地，整个轨洋地界全成了泥浆，轨道之间积起大大小小的洼池，岛屿上的溪流奔涌得愈加匆忙，湿润的铁轨熠熠闪光。受伤的昼行蝠从小夏衬衫里探出头来，像是也想看看天空似的。他摸摸它。

富勒姆洛医生带着他准备给斯通手术时，预先向他强调："苏拉普，我们知道行医不是你最喜欢的工作，所以我只要求你别帮倒忙，严格按我的吩咐去做。你可能不喜欢，可能不太擅长医术——说真的，你确实不太擅长，要我评价的话，你称得上非常缺乏天赋——但有你帮忙应该比我一个人强。那么，听到我说绷带，你就给我递绷带，就这么简单。他的腿可能保不住了，咱们尽力而为吧。"

富勒姆洛和纳菲低声交流完毕，又过来找他。"广播里的命令，你不用全部服从，你知道的吧？"医生说。

"所谓命令，不就是必须服从的吗？！"

"啊，说得对，但也不完全对。"富勒姆洛的音量低下来，"我是指，明面上讲，你确实有服从命令的义务，没错，但不服从的情况也可以有。你确实想要那张卡，对吧？"

小夏满脸绯红，听不出医生是责备、劝解还是别的什么用意。

"下得好！"他听到有个观赏暴风雨的人说，"淹死那些该死的畜生！"恰如其分的诅咒&入情入理的怒气，然而无法如愿。和轨洋所有的土壤动物一样，裸鼹鼠有的是办法避免被暴雨淹死的命运：巢穴里有气密墙、集水池、复杂的地道竖井。

小夏看见是布兰克，吓了他一下，但布兰克却没怎么搭理他。那大块头脑子里正在想别的事，比斗鸡失而复得重要得多。就连亚什坎也心事重重，狠狠瞪他一眼就扭开了头。小夏觉得自己逃过了一劫，然而仅仅喘息

045

片刻，另有一人出其不意地向他发火了。

"石像神啊！"武里南走出手术室，"你不管干什么都非得瞎捣乱才舒坦是吗？"小夏愣了一会儿才明白过来，轨车杂役吼的人正是他自己。

"等一下，"小夏说，"我从来——"

"非得去招惹那该死的裸鼹鼠吗？我当时是不是叫你赶紧出来？你现在看看！"武里南跺着脚，向安库斯昏睡的地方指了指。

小夏想不出该说什么好。

"稳住，伙计，"有人劝道，"小夏也不是故意——"

"哼，"武里南大吼，"一句'不是故意'就他妈能换回他的腿吗？"

"大家注意。"走廊喇叭里突然传出车长的声音，打断了几人的争执。"安库斯·斯通需要住院，"她说，"富勒姆洛医生已经向我确认，船上缺乏必要的医疗资源。那么，"内线广播捕捉到一声沉重的叹息，"改道。"停顿片刻，她继续发令，"扳道工、刹车工、机械师，准备设定航线，目的地波隆。"

众人沉默良久。"波隆？"武里南说。

"各就各位！"车长破音的命令传出，所有人立即行动起来。

"安库斯的情况不乐观啊。"有人低声咕哝。

"为什么？"小夏问那个准备回岗的女车员，"你怎么知道的？情况能有多糟？"

"糟糕到我们要临时改道。"武里南大吼着回答他，"糟糕到我们要紧急靠泊最近的岛屿，而且是波隆。"

他踏着沉重的步子离开，冰冷的走廊里，只留下小夏一人与沉默相伴。小夏打了个冷战，不知该何去何从。他捧起蝙蝠，望着它那双迷茫的兽眼。别怕，他在心里对它说，*我会救你的。*

第二部分

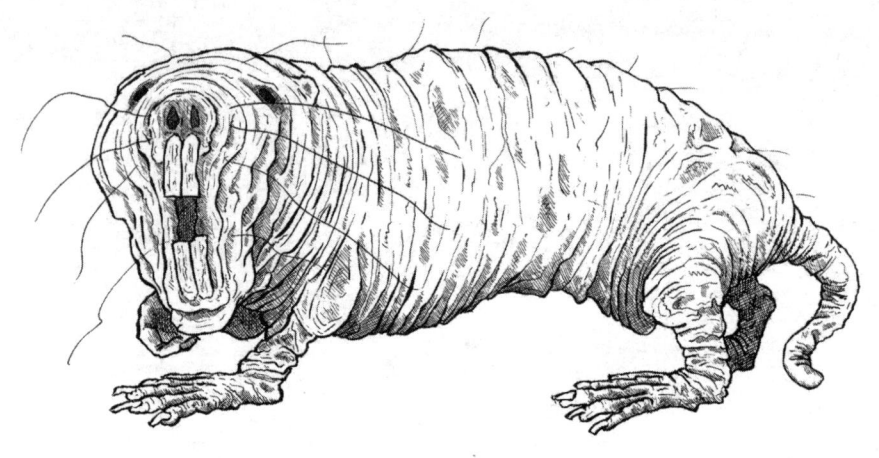

裸鼹鼠

学名无毛剑齿异头鼠（Heterocephalus smilondon glaber）

图片来自斯特勒盖猎鼹人慈善协会档案馆，复制已授权。

第十一章

  狩猎中的猎鼹轨车敲击出一种节奏，连续不断，四平八稳。轨车停止、启动、上站线倒车、进车，改换航线，追踪猎物，乘员密切留神泄露线索的土堆。

  那种节奏并不是单一的节奏。狩猎时，车轮韵律有多种波动起伏，却都给猎鼹车注入一种笃定，一种冷静的动力，一种受控的速度。这是捕猎轨车的固有节拍，令人血脉贲张。当退休的老猎手挂起轨车装备，回到悬崖小屋里等待日出，他们的脚也会不经意地踏出这种狩猎节奏，尽管鲜少有人察觉。还有人说，轨车车长死后即使躺进了棺材，脚后跟依然敲打着这个节奏。

  紧急情况下行驶的轨车则大不一样，其节奏与之迥然不同。"弥底斯号"正在风驰电掣。

第十二章

　　车轮疾速转动，几乎全程重复着"啦嗒格当"的语句。一天、两天、三天了，安库斯受伤后，轨车一直向北方飞驶，达到荒野轨道上安全限度内的最高速度。小夏照顾患者饮食起居，医生换药时，他捧着热水碗侍立一旁。可以看到，伤口逐日恶化，坏死部位逐渐蔓延。安库斯双腿都化脓了。

　　这段尘土飞扬的贫瘠平原轨海域靠近世界边缘，地图上著录不一。纳菲车长&车副们给现有的图表做了注释，及时更新日志。车长还仔细研读了传闻志，上面全是小夏喜欢的内容，只可惜他无福得见。

　　"弥底斯号"向北行进，由于轨道&枢纽系统并不平直，他们向西兜了个小圈子。一天很晚的时候，视野尽头的地平线上出现了坎贝利亚的山坡，影影绰绰，好似一堵烟墙。那片传奇中生人勿近的狂野大陆，屹立在轨洋之上。

　　这就足以吸引大部分乘员出舱眺望地平线了，但略微转向靠近一些之后，可以清楚看到那形似一排灌木和嶙峋怪石的东西，竟是一具高天飞禽坠落的尸体。唔，这下，所有人都给引诱了出来，嘀嘀咕咕，指指戳戳，拍摄平面照片。

那些奇形怪状的鸟隐没于高天的有毒空气中，它们互相争斗，有时会痛下杀手，让同胞的怪异尸体直直坠落轨洋。落点刁钻的情形也并非没有先例，这种时候，轨车就只得缓慢绕过，甚至对着尸体开过去，用排障器把那些恶心的肉推开，连车首饰像也沾上黏糊糊的古怪腐汁。"一只苍蝇都没有，呃。"武里南说。

高天生物的腐溃往往依循其自有规律&自身携带的食腐虫种类。它们大多难以取悦地面蛆虫的胃口。

这是小夏第一次见到高天动物的尸体，不太看得明白。细长的须子缠绕打结，半陷入烂泥中，尖喙和爪子摔得稀烂，还有一条条绳索样的东西，如果不是截断的肚肠，就应是卷须。找不着眼睛，嘴却至少有两张，一张像水蛭的吸盘，一张像圆锯。或许在无数纪元前，在它祖先诞生的那个世界，它曾是美丽纤巧的化身，成群结队地聚在某种上古奇车的压载物周围，当临停车辆起锚后，又被冲刷到另一辆车旁。

小夏&武里南站在首节车厢栏杆边，车头在前方呼啸。两人的视线从远去的怪兽尸身上移开，转向左侧数英里外的坎贝利亚国。他们先后看了对方一眼，时间很短，避开对方的正脸。轨车的车首饰像——传统的木刻眼镜男，凌空支在轨道上目视前方，没有掺和这尴尬的气氛。

他们离波隆并不太远。听了乘员们低声嘟囔的只言片语，小夏确信那是个毫无灵魂的地方，距离浸毒的高地太近。在波隆什么都有售，各种机密被明码标价，不知廉耻的人们卖起亲妈来也毫不犹豫。

小夏注意到，除斯特勒盖以外的任何轨洋国家，但凡成了斯特勒盖裔轨车员口中的谈资，就会给贬得一文不值。不是太大就是太小，不是太宽松就是太严苛，要么太刻薄，太花哨，太简朴，要么人傻钱多。大大小小的土地&各类政体都遭到了挑剔。洛克华恩的学政合一，是学术阶层的傲慢。多个虚君制国家组成的卡比戈联邦常年政见不和，君主制政体只知道辩来辩去。统领卡密哈密的军阀过分残暴。统治克拉里昂的祭司阶层过于虔诚，而遥远的莫宁顿则信仰不足。当今轨洋上最强盛的城邦马尼希基也

轨洋

不断收获恶评,说是派出战斗轨车到处耀武扬威,大肆标榜的民主都是假象,只是为了骗投资。

如此种种。即使与这些杠精的老家相似的地方,也免不了挨一番炮轰。斯特勒盖是轨洋东部萨莱戈梅斯群岛的几座岛屿之一,由长老议会执政,杰出车长&哲学家团体议政。排外分子总是冷哼说,它是唯一无可指摘的岛国。

小夏轻轻抚摸康复中的昼行蝠。它还是经常张口去咬他,但力道和频率都逐渐降低。有时候,比如现在,他把它裹起来时,这小东西还会嗡嗡颤动,小夏明白,这相当于猫咪的呼噜,代表蝙蝠心满意足。

"你去过吗?"小夏突然说。

"坎贝利亚?"武里南撇了撇嘴,"好好的去那儿干吗?"

"探险啊。"小夏说。坎贝利亚由什么样的政府掌权,他们是怎样胡作非为,又和斯特勒盖多么天差地别,他全无概念,只是远远望着它,无限向往。

"等你做车员做到我这个年头……"武里南开口。小夏翻了个白眼,这轨车杂役比他大不了多少。"我敢肯定你听过那些传闻,恶棍、野人什么的,"武里南说,"外面的世界很疯狂!"

"有时候,"小夏说,"感觉轨洋上每个国家都到处是蛮荒凶险&恐怖生物。好事不出门,坏事传千里。"

"唔,"武里南若有所思,"万一是真的呢?问题在于,坎贝利亚这地方太宽广了,纵横都有几英里。我离开轨洋航线超过一天就抽抽。我需要确定,一旦遇到麻烦事,我可以随时跑到港口,出示文书,登上轨车一溜烟走掉,那样心里才有底。我的人生属于外轨洋。"他长出一口气,小夏又翻个白眼。"你知道在坎贝利亚向西北走,最终会到哪里吗?"

小夏脑海里掠过地理课的记忆残片,努力回想课堂点阵屏上的图像。"新斯兰。"他说。

"新斯兰。"武里南扬起眉毛,"人间地狱,嗯?"

坎贝利亚最高的山地越过了大气变更界限，高度超过斯特勒盖上的神明雕像——石像神的居所，直伸入高天。新斯兰不是单个的山峰或山脊，其面积数倍于斯特勒盖或马尼希基。的确，小夏知道那些故事，说是某些地方有整片的险恶高原位于高天境内。死亡之城，疮痂凝结的高山炼狱。例如那边的新斯兰，它的边缘已经能远远地望见了。

武里南咕哝了几句。

"什么？"小夏问。

"我说对不起。"武里南答道，双目远眺轨洋，"对不起，我之前不该那样说你。斯通的意外不怪你，其实也该怪我跳上推车时撞了他。"*我也那么想*，小夏暗自嘀咕。"也怪安库斯自己挡着我，怪他没抓稳当，怪那个车长开翻了车，我们才会过去看情况。大家都有责任，我不该吼你。"

小夏眨眨眼睛。"没关系。"他说。

"这样其实不好。"武里南坚持道，"我心里一不爽就到处发火，就像被钩中的鼹鼠一样。"他终于敢直视小夏了，"希望你能接受我的道歉。"他彬彬有礼地伸出手。

小夏微红了脸，连忙抹抹手，把蝙蝠换到左边，腾出右手和他握了握。

"你是个好人，小夏·阿普苏拉普。"武里南说，"它叫什么名字？"

"嗯？"

"你的昼行蝠。"

"噢。"小夏看着它，拂开它的翅膀。它烦躁地吱吱两声，但没有反抗。他曾绞尽脑汁回想富勒姆洛的课程，以极其罕有的严谨态度查阅医生的医学教科书，然后轻柔地用指尖摸到蝠翼上断骨相摩的地方，找了块木片做小夹板，给五彩膜翼完成骨折固定术。

"它叫……啊……蝠，"他说，"阿福。"他被这问题打得措手不及，莫名其妙凑出个名字，连他自己听了也无语。可是话已出口，要收回已经晚了。

"阿福。"武里南眨眨眼,"昼行蝠阿福。"他挠挠头,"我不做评价,就叫它阿福吧。希望它能好起来。"

"正在恢复中。"

"安库斯怎么样了?"

"看情况。"小夏回答,"富勒姆洛医生说,要看我们能不能快点到波隆。"

"那最好快点到。"

他们开动柴油机全速前进。此时有双重的理由催促他们尽快登岛,一是去城里炼油厂补充燃料,二是医治可怜的安库斯,他现在发着高烧,再度浑身打战&引吭高歌,歌声听得人难受。医生照料着神志不清咿哇乱叫的他。

第十三章

细雨蒙蒙的一天，乘员们在雨雾笼罩的地平线上望见了其他轨车。两列、三列、六列，其中间杂着石块&小岛&几码见宽的土堆，植被葱茏，顶上或许生长着错落扶疏的树木，有鸟儿在盘旋。他们看到蒸汽轨车的烟云像省略号般书写在天空。一座平顶死火山，山峦崔嵬陡峭，山腰上坐落着崔嵬陡峭的波隆城。

岛屿西侧遥望坎贝利亚，最远的海岸上几乎寸草不生，只有一排排望远镜。波隆城区放眼望去皆是水泥&木板，这些摇摇欲坠的房屋齐聚岛屿东侧，似乎居民们并不愿意眺望世界边缘。住房&仓库顺着山坡一直延伸到岸边，与铁轨&枕木&道砟组成的航线起点相接，柴油&蒸汽轨车在轨洋海湾轻声启航。小夏看到了乘员伙伴所说的古厅，里面间谍&浪人云集，兜售着小道消息。

"只消几个铜板，刚刚酒醒的醉汉就能给你一条漏洞百出的消息，还拍着胸脯保证准确。"富勒姆洛如此说，"给一叠钱，就会有人严正透露绝密信息，而所谓的独门秘传早已走漏出去不止一次。更重要的是，你的胃口完全被吊起来了。

"我的意思是，你根本得不到一手情报，全是消息贩子在倒卖。"当

轨洋

然，他们都口口声声称自己不是二道贩子——这才是重点。那些奸商总要忽悠客户说，这个版本比那个版本的消息可靠，所以标价更高，还特别给你买一送一，赠送的基本上肯定是某个失心疯幻想家的胡言乱语。

"弥底斯号"升起车旗，向值守人员表露身份，同时挂起叉骨&红色感叹号标志，表示车上有伤员。"减速。"内线广播里，纳菲车长的语句甚至比平时还简洁。中断追寻执念一定让她很烦躁，小夏想。轨车绕过港口边缘的岩石，群群轨鸥在上面不停地聒噪。

他们接受着其他轨车上乘员的注视。港口各条轨道呈扇形排开，停泊的轨车周围放下了不少推车，运送乘员登陆。一列带烟囱的蒸汽车适时喷出一朵黑云，像是在表达蔑视。"弥底斯号"变道、倒车、换向，面朝轨洋，转弯时与相邻轨车擦身而过，双方的车首饰像仿佛一对近视的爱侣，要挺起胸膛亲吻。那列车也是和"弥底斯号"一样的柴油猎鼹车。猎鼹轨车是这个港口泊车的主流。

但其他那些车是干什么的？小夏毫无头绪。它们比猎车更小更短，眼前正在上油&维护的装置，他连名字也说不出，只能基本上确定，那不是打捞车。一列外观奇特的柴油轨车上，两名男子正用手奋力摇动一个"突突"响的履带式引擎。引擎上头伸出一根长长的螺旋管，另一头连着一个人。这人身穿棕色连身服，头戴玻璃面罩，笨重地摆出高难度动作。

"石像神在上，那是什么？"小夏自言自语。操作气泵的两人有着砖红色皮肤，头上独特的电子改装增强性能护目镜来自卡密哈密，那个神秘的千岛之国据说盛产军阀。

"那个？"小夏的话叫耶哈特·博尔听见了。攀在旁边绳梯上的他立马停下手上动作，晃了晃，倒个个儿，控制好下落速度，倒悬着停在小夏面前。"那个，"博尔说，"是探险车。"

可以想见。它完全不像那些远洋猎鼹车，只在缺少燃料或者吃够了陈年腌肉干&象鼻虫饼干时才来城里停靠。波隆是距离坎贝利亚最近的港口，胆识过人的匪帮、强盗、拓荒者常常慕名而来，用金钱交换流传在两座大陆间的传奇&秘辛。有故事讲到恐怖的自行机械天使，外表狰狞的它们守卫着世界边缘，轨道维护车&修理车是它们的远亲。有传说提及，某一天你可以怎样冲破阻拦，超越时间&历史，抵达古往今来千秋万代的财富，获得天堂上无可计量的珍宝。

小夏吸吸鼻子，心中涌起异样的感觉，或许是某种渴望。那些探险车的车厢里想必装载着干粮、武器、徒步装备，又或许是陆运车厢、监视器，以及用于和内陆居民交易的货物。最负雄心的人甚至可能带上登山装备，比如那个女人，现在正取下面罩，对气泵操作员竖起大拇指。

潜天员。她不仅要进入坎贝利亚，更要往上攀登，越过天界线，涉足高地，直至身上缆绳的极限。而后勤乘员则在下方的世界边缘等待，泵入空气，保障她的生命，至少是保障她正常呼吸，毕竟除了毒空气之外，浸毒的高地上也许还有邪气不侵的野兽或妖鬼，会夺走她的气息。

第十四章

　　一位官员动了恻隐之心，"弥底斯号"得到一个码头泊位，由港务长办公室调度就绪。途中它经过一列从马尼希基直达的铁道军车：如同众多硬实力稍弱的岛国一样，波隆将国防（&侵略）事业外包给了那支强大的海军力量。身穿灰色制服的军官面露无聊之色，在厢顶甲板上踱来踱去，一边打量着"弥底斯号"，一边给枪支上油。

　　小夏是第一批下车的，协助富勒姆洛医生将安库斯·斯通交托给当地的锯骨师。他走下舷梯，踏上坚实地面，踏上绝不会摇摆晃动的鹅卵石。几周的轨洋生活能让人一回硬地就平地摔，岿然不动的岩石忽然像蹦床一样难以下脚。这些都是老掉牙的烂梗了，但老归老，烂梗也很现实：小夏摔跤了。同伴们哈哈大笑。他一时想退回车上，随即又站定了，跟着笑起来。

　　一辆本地推车载着小夏、车医、车长、大副，穿过狭窄的波隆街道。众人都为神智癫狂的安库斯·斯通揪紧了心，医生检查着敷料，小夏照护着伤员，同时向海特托芬默默祈祷。那位胖总管形象的伟大神明是泛轨洋普遍崇拜的少数神祇之一，融入了多地各具特色的神殿。波隆是座宗教大熔炉，信徒只要出钱就能为其信仰之神合法布道，然而这里对海特托芬的崇奉却执行得极其严苛，凡有不敬即会受到不遗余力的制裁，甚于轨洋上的多数停靠站。小夏拿不准自己信仰什么，甚至不确定是否有信仰，但快速地默念一下自己难得记住的某个神灵名字，似乎也没什么坏处。

抵达医院后，医生留了下来，与当地医护人员争论最佳治疗方案。因此，返回"弥底斯号"的途中，车长终于又向小夏发话了。

"从专业角度，你怎么看，苏拉普？"她说。

"呃……"专业角度！他可以从专业角度建议她，在木桶肚上雕什么最适合打发无聊，可是那有什么用？他耸耸肩。"富勒姆洛医生好像挺乐观的，阁下。"

她别开脸。

小夏第二天要回医院听差，但眼下暂时可以自由活动。

既然斯通已经托付出去，心头的重压&急迫感都消散了。尽管来时路上乘员们对波隆百般贬损，忽然间却都急不可耐地想上岛探险。他们依据各自看重的事项组队：亚什坎&林德逛去了某个令人不适的聚集场所，两人一直委婉提及他们知道接头暗号，要参与某种打法律擦边球的无耻活动。信仰虔诚的乘员前往各神殿参拜。其他人舔嘴搓掌，要上岸去大快朵颐。有些人则是犯了色瘾。

小夏自然对最后那种人深感好奇。他望着那群淫笑的乘员，他们打着粗俗手势讲露骨的荤段子，低声商量要上哪家窑子。他虽然确实感兴趣，但对这种事的羞怯盖住了尝鲜的欲望，所以一秒钟后就转了方向，加入武里南、博尔、比奈特利、绮罗雅暮·拉克这群乐天爱聊的同伴。他们吵吵嚷嚷地唱着车员登陆时唱的传统小调，意图显而易见，要"（找一家酒吧）喝个烂醉如泥"。

结果他们实际上没有按歌词去做：去的不是一家酒吧，而是很多家，从一个吧台转战另一个吧台，就像不安分的迁徙兽群，眼神越来越迷离，

059

身上酒味越来越刺鼻，到最后哈喇子满地淌。

第一家叫"高脚鸟"。招牌上的店名以波隆语书写，同时用图片具象化表现。店里阴郁而昏暗，坐满了本地居民和外来游客，互相打量着念念有词。绮罗雅暮放了一小杯饮品在小夏面前，一股黑莓呛灰尘的味道。

"斯通被咬以后，"绮罗雅暮说，"车长从你手里拿走的是什么？"

"脱轨车上的东西。"

"啊，别卖关子了。到底是什么？苏拉普你这混蛋。"

"就一样东西。"他支吾着继续喝酒，同伴们便来调笑他，叫他接着讲，推得他酒洒到了身上。然后武里南讲起一段越听越玄乎的风流往事，他们渐渐忘了小夏这茬。下一站是"刁蛮莫莉"，这家装修华丽多了，墙纸很花哨。一架亮闪闪的点唱机大声播放着DJ舞曲版爵士浩室乐，武里南立即像个傻瓜似的蹦起来，逮到谁就跟谁调情。他吵吵嚷嚷地跟临时舞伴攀比衣服，那个年轻女子漂亮得让小夏脸红，而她根本没看见小夏。

但小夏发现，方才的一幕不仅被比奈特利看在眼里，还博得了他的嘲笑。之后武里南回到桌旁，小夏将杯中饮品灌入喉咙，这一杯比先前的颜色更深，也更甜更浓稠。他抓出上衣里藏着的阿福，给它也呷了一口，同伴们见到这快活的小家伙跟来都激动得不住尖叫，全然忘了刚才那段尴尬的插曲。

"是个什么来着，"小夏说，"相机用的小东西。"同车伙伴愣了一会儿才明白过来，他还在唠叨上个酒吧里聊的问题。

"内存卡啊！"拉克说。比奈特利扬了扬眉毛，正打算继续追问时，一位当地勇士非要跟他掰手腕不可，顿时摁下了话题。随后他们集体踏上一条七弯八绕的小路，登上俯临轨洋海港的矶头。这里有家高端酒吧"童子鸡"，招牌上画着一只混合品种的报时鸟。酒吧员工一开始拦着不让进，见他们想要硬闯闹得不可开交，坚持了一阵也就作罢。

"看！"小夏低声喊道，"是轨车！"没错，透过窗户可以清楚看到"弥底斯号"，车上闪烁着几盏照明灯。这下该小夏请一轮了，同车伙伴热心肠地告诉他之后，便热心肠地帮他拿出钱袋，热心肠地掏个精光，买了几罐天知道是什么的酒水，这次还搭了一些酒吧小吃，辣炒沙蟹&蝗虫之类，小夏看着盘中的触须&节肢，没有产生多少食欲，但还是嚼了几口。

"你怎么沦落到猎鼹车上来了？"武里南问他，疑惑中不乏关切。其他人都饶有兴趣地凑过去听他回答。"爸妈送你来的？"小夏已经喝昏了，蠕动几下嘴唇，连自己也听不清说了些什么。

"'妈咪麻麻爸比巴巴'的什么鬼？"武里南说，"嗯，多谢解答。"

"不是我要来，"小夏努力解释，"是我那俩表舅爷什么的……我爸妈……"他忽然发觉最后三个字说得太大声，便赶紧闭了嘴，没让"都不在了"这句话从齿缝里溜出去，败大家整晚的兴致。

好在也没人在听。"弥底斯号"上的乘员伙伴们正被武里南那句模仿逗得哈哈大笑。这会儿，武里南捶了他肩膀一拳，好意告诫道："啊，没事的，苏拉普，放松一点啦。"于是小夏又想：放松什么？还是等下次再琢磨吧，他们又继续聊上别的了。

比奈特利仍然注视着他。这大块头脸上堆满了同情，或许已经猜出了那半句咽下的话。小夏又轻啜一口。

然后是哪儿？一家叫"陈年芝士"的地方，另有一家叫"威武"，还有一家叫什么"御玉露·珑龙饮"来着。不知从什么时候起，"弥底斯号"上的男女和周围酒友攀谈起来，小夏也加入其中。

"不怕男人盯你看啊？"他对一个脖子上有文身、头发盘成一卷麻绳的女人说。她的视线越过眼镜上缘投过来。"你哪儿人请问？"

"波隆男人喜欢大门不出二门不迈的小姐，"她说的是轨车员通用语"洋径邦语"，带有一点口音，但小夏听不出来自何地，"并不喜欢我这种。我寒盆人。"寒盆！东边千里之外，甚至比斯特勒盖还远！"来这儿买小道消息。也卖消息。"

"我听说过消息市场。开在哪儿？"

"那你得先去街角找消息贩子买消息市场的消息。祝你走运。"

轨洋

"先买消息的消息？"

"不然呢？"

"他们会阻止你做自己想做的事吗？"小夏问。

她摇摇头。"这儿的人可不会蠢到教外地人什么该干什么不该干。我都去东边高地潜过天了。"她谈笑着暗示自己去过南美利加，一块神话中存在于高天的毒陆。"那，再说说你的脱轨车呗？"

"哦！"小夏忘了自己还没讲完。颠三倒四的，故事到哪儿了？他开始继续讲述脱轨车的故事，口若悬河飞流直下，像轨车直道直行那般，她则抚摸着他的昼行蝠。然后众人去了下一家酒吧，她也还跟着他，哎呀，小夏在外头，往陡直的天沟里呕吐。留下一点斯特勒盖的印记，他想，**不客气，波隆**。这下有肚子装杜松子酒了，他们说的是这名儿吧？

他在这家店里又接着讲那脱轨车上，他伸手掏地，以及恐怖裸鼹鼠袭击的故事。"所以我们才会来这儿。咱车伙计给咬伤了腿。"瞧瞧哥，**故事讲得多精彩**。小夏想。一大波面孔留意着他&聆听他的讲述，同时顾及其他线索。绮罗雅暮&武里南结伴跳舞，有人给小夏又递上一杯，有人说："那你在脱轨车上掏到了什么？"于是他"啊啊啊"地应着，敲了几下鼻翼，别在意，那都是秘密。是个秘密。连他自己都不知道，显然也不是故意卖关子略去不提。嘿嗨，干杯。随后他忽然到了星空下，垂下脑袋整个靠在什么东西上。他们人不坏啊。他想，波隆人挺好的，还给睡觉的人递枕头。

第十五章

他的枕头，原来是块石头。真相揭开。

小夏是慢慢发现的，分阶段，分步骤。

先是觉得有个指甲盖大小的粗糙玩意儿，擦得他老大不舒服。他极其缓慢地伸了个懒腰，像深陷泥潭的勇士那般，将身体拖出黏糊糊的迷梦泥沼。啊，当真是分阶段分步骤地，蓄积起高举双手的力气，手指强行掀开一只眼皮。

真相揭开。原来他竟在最后一家酒吧的露天院子里睡着了。无情的朝阳刺眼，他呜咽着眨巴几下，终于看清几个同车伙伴还在仓房里打盹，几头山羊在一旁不屑地看着他们。昼行蝠阿福舔着小夏的脸，他嘴边全是面包屑。啥时候吃东西了？小夏想了想，记不起来。他呻吟着撑起身子，冻僵的身体坐得笔直，脑袋不时地往一边歪。

石像神啊，他好渴。身边这溅了一大摊的，是他自己的呕吐物吗？无法证实或证伪。他仰起头，透过指尖缝看了看太阳。高天相当清朗——有一点迷蒙烟瘴、几道掩护着恐怖猛禽的高空毒气旋，而他觉得似乎可以直直望见太空。头顶的旭日威严地怒视着他，像一位失望的老师。啊，起开！小夏想着，动身前往港口。

轨洋

他经过一座座露台，男男女女正在浇灌窗台绿植，烹煮早餐或午餐，后者应当更贴近事实。不管早餐还是午餐，总归是小夏这辈子有幸闻到的最美味可口的食物，简直香到离谱。他经过波隆的流浪猫狗，那些快乐的小东西从容不迫地四处小跑着，对他施以同情的目光。他走过厚重的长方形教堂，里面正吟唱着诸神讼争的历史。来到一处地方，已能听到轨车上的丁零当啷&冲击锤的哐哐当当，下边是一排排住宅和杂货店，还有一尊面露不屑的当地小神像。他继续往港口走去。

波隆城不大，其实只有一条主干道。他抬头望见城中屋顶区域的景观，一架架望远镜&传感器对准坎贝利亚，线管&线缆极尽扭曲。这是个新鲜地方，不同于别处。本质上他很兴奋，但感觉上还有些蒙，只想着，*我开始有些烦了。*

他看见了"弥底斯号"上的同伴：埃巴·沙比在咖啡馆里喝着菊苣饮料，一边朝他挥手；特奥多索的状态似乎比他还糟，根本没注意到他；灰皮肤厨师德拉明正在查看古怪的草药，他确实看到了小夏，却没有打招呼。

想到早餐，小夏差点哭出来。他在路边摊买了块咸味馅饼，然后坐在街头水泵的台阶上，就着锈味浓烈的水吃下肚去，又用手指捻了点碎屑喂给阿福。

他头疼浑身疼，而且很确定，啊，错不了，相当确定，自己满身酒气。不过头天晚上拿他钱买酒的伙伴们把找零还给了他。他灰头土脸的，但总算睡了整晚觉。路人或者无视他，或者笑脸相迎，没有太阳那么苛刻。再过两三个小时，就是回轨车报到的最后时限，这宿醉感也许扛得过去。尽管心里模模糊糊有种熟悉的自暴自弃的感觉，小夏觉得还不算特别糟糕，且不论这样该是不该。

第十六章

轨洋海滨的一角坐落着"妙手简餐"。在这里可以用餐、闲聊（诸多餐桌旁围坐着猎鼹车&探险车的车长&车副，显然正在低声密谈）、散布消息、寻求技术帮助。小夏停下脚步。遮阳篷的阴影下，他看见纳菲车长正在和店主交谈。

她用手比划了个大家伙，然后递过去一张纸。老板点个头，把它贴到消息栏，许多同类型传单的中间。小夏眯起眼睛才看清那几个加大号的字样。

如有线索

酬谢

执念

他拔腿要走。事实上是准备溜走，不想上赶着被纳菲排山倒海的忧郁破坏心情。可惜他溜不掉。她看到他了，挥手招呼他过去。小夏脸上波澜不兴，心里却感到猛地一沉。

"还有一件事，"车长对咖啡馆老板说，"你们有没有点阵屏？"她又从一个口袋里掏出一叠纸页，对小夏道："我有东西交给你。"小夏接过来，只见上面印着"超大巨鼹""毛色独特"等字样。

她紧握假手，手中一个暗仓打开。她取出里面放着的相机内存卡。那是我的！小夏默默喊道，依照发现者权属原则！咖啡馆老板点点头，示意他们去后边。"来，我先看看这个，"车长说，"然后再决定派你去哪儿。"

偏室里摆着各种点阵屏、混合组装的设备、缠结的线管、临时凑合的映画荧幕、画面闪烁的黑白投影仪、字母键盘。柴油发电机嗡嗡作响，保障所有数据能安全存留在机器上。

小夏用过一两次点阵屏，但始终对它没多大兴趣。这东西在斯特勒盖地挺少见，而且就他所知，少有的几台也不是最新款。车长拨开堆积在屏幕周围的电线，如同清理童话里城堡周围的荆棘。屏幕上逐渐亮起一个光点，不同模块呈现在前景上：特殊器械、放大镜、迷你望远镜、皮革针。她抬起左臂，如速射般不停点击点击点击。这是她的操作方式，有些人也爱像这样在桌上狂敲指头。小夏礼貌地侍立一旁，脑子里已经把车长杀了好多遍。她把塑料卡插进点阵屏卡槽。

到手的战利品让你缴走，已经够烦了。小夏暗骂，还要在我面前得瑟。他不禁想，这张内存卡在寒冷的地底下埋了那么久，发了霉，又被虫蚁啃坏，是否还能读出来，数据是否还在。紧接着，屏幕上蓦地出现一张男人的脸，正盯着他看。

一个满嘴胡子的大汉，约莫五十多岁。他专心致志地盯着镜头，脑袋微微后仰，上臂斜伸到画面之外。人们自拍平面照片的典型姿势，手持相机，距其一臂之遥。这人没有笑，但脸上有种幽默的意味。

由于数据损耗，照片染上了杂点。能够看到，拍照的人身后有个女人，但没有对焦，表情模糊。她抱着胳膊望向镜头，神情或许是耐心，是宠溺，是亲昵。

你就是那个骷髅。小夏想，你俩当中的一个，让我找到了。他将重心在两腿间略微换了换。

纳菲按了下什么，切换到另一幅图像。两个孩子。不是在轨车上拍的，背景是座小镇，上方有道奇怪的半塌的拱门，由大小各异的白色石块砌成，同样没有对焦。一对小姐弟。深灰色皮肤，典型的马尼希基肤色。他们微笑着，注视着小夏的方向。他皱起眉头。车长瞟他一眼，好像他说了什么似的。

表情严肃的男孩。若有所思的女孩。头发梳得整齐，双手垂在身侧……画面又变了。太快了，姐弟俩不再出现，小夏眼前望见一个阴暗的房间，里面满是废品，紧接着立即切换到某座巨大港口的照片，比他见过的任何港口都大得多，密密麻麻地停靠着无数种类的轨车。他倒吸一口凉气，很快，港口的照片也划走了，现在这张是在轨车厢顶拍摄的，想必正隆隆行驶在错综交叉的轨洋上。然后又是那个女人，背对镜头，站在机车的仪表&刻度盘前。

点击，点击，点击，车长继续往下卷动。她干坐着不说话，这能耐快把小夏逼疯了。屏幕上显示出一系列轨洋&岛屿的图片。轨道绕过&穿过丛丛古树。除了"森林"，没有别的词语可以形容，它不是什么礁岛，正是轨洋本身的一部分。拍摄时是秋天，前方铁轨上堆满了落叶。

一片沙漠，沙面平坦，轨道稀疏。阴沉天空下，石质轨枕状似獠牙。这是哪儿？这两人去了哪儿？

嬉闹的鼹鼠在轨车车首前捕捉人腿粗细的蚯蚓，跳跃动作停滞在半空。一只巨大公獾的巢穴。一面铁轨环绕的小湖。树根间蜷成球的刺猬。还有相机镜头边缘那世所罕见的巨型轨道车辆。小夏屏住呼吸。这种轨车他从没见过，却忽然觉得似曾相识。

他终于把那个剪影和脑中的形象对应上了：某卷布道的书籍中，一幅关于天使的插画，如同所有宗教画一样绮丽&富于想象。一辆神圣机车，驶过条条轨道，前来拯救世人。

小夏张口结舌。见到天使不是会倒霉吗？传说，有些天使在轨洋深处保养轨道——假如乘员离得太近，见到它们开展作业，就该迅速转头，非礼勿视。那他现在该转开头吗？可他怎么舍得？

等一等！小夏在心中喊道，可车长已经跳到了下一张。现在，下方的新照片上是一头人立而起的巨大鼹鼠。这下轮到车长绷紧了身子。但那头鼹鼠的毛皮是黑色。她继续卷动画面。

这列轨车究竟去过哪里？

那番地理风光令小夏眉头深锁。独具特色的怪异岩层，如同融化的巨型蜡烛，高高矗立在轨洋铁路线上方。

突然又来一张轨洋照片，但也不像。

大地不断延伸，像解剖屠宰课上的动物尸体一样平摊着，尘土飞扬，间杂有破裂的棕色石头&一些小碎块，可能是打捞物，不值当打捞的打捞物。低天低垂，暴雨云像看门狗一样猎猎啸叫。上方是明亮的高天。轨车车首在画面中央清晰可见，像一根粗箭头指向近得有些怪异的天际。它所行驶的航线笔直得出奇，两根铁轨将视野一分为二，直至尽头交汇。而在它两侧——

——轨车所行驶的航线两侧——

——别无他物。

不见一根轨道。

只有空旷的土地。

小夏向前探过身子，不住地战栗。与此同时，他看见车长自己也朝前凑近了些。

旷野大地，仅一条直道。**轨洋中的独路**。不可能。**轨道交错纠缠，绝没有也不可能有例外**。独路不可能存在。然而它就在眼前。

"石像神显灵啊，为我们消厄挡灾。"小夏低声念道，抓紧了阿福，因为这片空寂令人顿生亵渎之感。苍天在上，岛屿间的世界若非轨洋，又会是什么？

那广袤的空寂。小夏拿出自己的小相机。颤抖的双手左右摸索着，顾不上先看成像预览，径直拍下了那张照片，他从未见过的神奇景象。

那广袤的空寂！ 画面令他头晕，他踉跄一下，重重摔到旁边的点阵屏上，"咚"的一声响。车长转过头来，他已经把相机揣回口袋。她用手指戳了戳键盘，照片消失了。

"控制住自己。"纳菲低声说，"打起精神来，赶快。"

小夏仍然满脑子都是那条匪夷所思的轨道，还有它周围那同样匪夷所思的平坦无垠的空寂。

第十七章

再度启程。驶过漫漫航线，行过波隆&萨莱戈梅斯&斯特勒盖一线的轨道里程。"弥底斯号"绕了一条远道，缓慢返回故乡。没有带上安库斯·斯通。

"什么意思，他不能跟我们走？"小夏曾经抗议。

"哎呀，小伙子。"安库斯·斯通话音刚落，跟着就发出一声短促的尖叫。靠在病床上的谁挪了下位置，碰到了他仍旧十分嫩弱的腿。

小夏&武里南&富勒姆洛医生&耶哈特·博尔&其他几位乘员曾去疗养院探望。安库斯有几位病友——有一个被轨车金属部件压伤，有一个被血兔咬了，还有一两个遭轨洋的飞虫蛰了——病房周围的医疗设施破破烂烂，但卫生条件还不赖，医务人员给斯通端来的午餐也挺香。

"真不敢相信我还能醒过来。"安库斯说。

"我也是。"富勒姆洛附和。

接下来是一段尴尬的笑声。

同车乘员告诉小夏，他们不能再等了。他有些感伤。还有猎鼹的工作要做。疗养院的账预付了一段时间——要说的话，是车长用自己的小金库补足的。他们必须出航了。

"我真的不喜欢这里。"武里南抱怨道，左右看了看，压低声音，"那些人一直问我们去过哪儿，又要到哪儿去。波隆人真八卦。有人听说我们是打捞人，来问是不是真的！"他扬起眉毛。"还说，听说我们发现了脱轨车，有张藏宝图！"

呃……小夏冷汗直冒。

"不该就这样撇下你。"小夏说。

"哎呀，小伙子。"安库斯尴尬地拍拍小夏的手臂，"等我好些了，我自己也可以去码头，自费回家的。"

"这样不对。"

小夏想再待一段时间，并不只是因为安库斯的缘故，虽然他不肯承认。他的算盘是，在波隆逗留的时间越长，或许就越有机会说服车长前去马尼希基。据他初步判断，照片中那对夫妻及其儿女就是马尼希基人。他一反平日的吊儿郎当，无比笃信去那儿确是内心渴望——要正面回应那些照片，与那个地方搭上关系。

他构想了各种托辞，一个比一个古怪，打算劝说或者暗示纳菲车长，去一个与原定路线相距甚远的地方。他的努力没有任何结果。他仍觉得不可思议，难以无法相信那个地方竟被完全排除，不予考虑。

他无法克制地回想那张照片，带着一丝偷犯禁忌的狂喜。那条孤单的航线，无比神秘，似乎通向轨洋之外——单是这么想想，都让人觉得五雷轰顶！从波隆那间机房回来后，他率先完成的一件事——当时车长吩咐了什么，但他忘了，她也没追究——就是凭借记忆，尽量把他见到的所有照片全画出来。最终，他完成了一系列图画，用线条凌乱的墨迹复现了记忆中奇异风光的照片。大多数人看了都会觉得不明所以，但对他而言，这些助记符和提示标记，能让他构建出先前见过的轨洋平面照片——它们已被车长摧毁。

啊，是的。她特意当着他的面，用那只没有皮肤的强力机械手仔细捏碎了内存卡，小夏不禁发出一声抗议。她再度张开力大无穷的液压手指，手中沾满了塑料屑。"不管那蠢东西是什么，"她说，"它犯不着让猎鼹人操心，医助也是。"

纳菲竖起一根机械手指在唇边。"管住嘴。"她说。这则指令消灭了他笨拙的啧啧称奇声&扼杀了他将眼前所见向外人说道的可能。

"车长，"他小声试探，"刚才……"

"我是猎鼹人，"纳菲说，"你是医助。不管你看到或者幻视到什么，它都跟你的人生与目标无关，我也差不多，不论它会是什么。所以，咱们就别再提了。"

"他们是马尼希基人。"他坚持道，"我们应该——"

"我强烈建议，"船长看着双手回答他，"不管是现在跟着我，还是以后在其他车长手下干活，都千万别贸然说'我们''应该'做什么。"她着重强调了单引号里的字，"我还在考虑，阿普苏拉普。"

所以小夏没再多嘴。车长带他出了咖啡馆，经过一群群山羊，那是波隆人放在街上散养的，它们习惯了吃垃圾，在巷子里留下堆堆粪便。他慢慢将方才的所见，全部的照片，在脑子里过了一遍，心仍旧怦怦跳个不停（他觉得接近"呼呼嗒嗒"的节奏，顽强坚毅的大幅度前进）。

终于告别车长，他回到轨车上，查看自己的相机。刚才她没看见他拍照。找到了，照片在这儿。由于手抖，画面糊得不像样，主体也不在正中，但确实留下了影像，毋庸置疑。那道单独的铁轨。

他咬住嘴唇。

有一家子，去过轨洋中心。家中的男女主人均已去世。是探险？那万里无车的非凡景观。是探险。驶过各种动物身旁。驶过一个似是天使车巡逻的地方，和它保持最近的安全距离。穿过已知轨洋之外的区域。前往（那条航线）……前往（那条单独的航线）……前往那条单独的航线。抵达轨道停止交错的节点。随之驶出。

而后又返回。经由某条不为人知的路线，最终穿过北极边缘。必定是为了回家，孩子们还在家里等爸妈。

多么可叹的旅程，小夏想，他认为那对姐弟需要了解父母的故事。两位轨车员原本要回家与他们团聚，他们有知道真相的权利。要是有人找到我父亲所在轨车上的任何遗物，小夏想，我会愿意进一步了解。

他们也会。那条匪夷所思的轨道，不管多么奇怪，总是个有钱难觅的视角。他当时想，车长一定迫不及待要出发了。他认为她肯定是在规划路线，要带全车人争分夺秒地前往马尼希基。到了那里，她&车副们可以使出浑身解数，打听出售相关消息的人员&渠道，重走那批平面照片上展示的路线。此外，如果没人愿意出面，那么他，小夏，可以将脱轨车&车上乘员遇难的噩耗亲口告知那对姐弟。

车长一定是这么打算的。

"也就是说，你们的轨车快要离港了。"港务长向武里南确认，在小夏听来似乎带有几分赞许，"好，好。我听到挺多传闻。"

什么传闻？小夏想问，可那话毕竟不是直接对他说的。而在波隆，传闻本身也够麻烦的，既是通货，是诱饵，也是武器。之后，预定航线的消息传了出来，小夏难以置信地意识到，纳菲起初那番话是认真的，并非因为计划仍在酝酿中而条件反射地当即驳斥属下意见。她根本不打算带这列车去马尼希基。

他考虑过继续进言，但想起前一次建议收到的回应，又动摇了。最后，他努力在内心营造起气势，默默盘算道，嚎，该死的，她应该去那儿。要是她真的根本没打算去，那就尽量说服她。

最周密的计划也可能破产，而小夏的计划甚至称不上周密。有两次，他准备质问车长怎么能这样做，为什么要拒绝追寻那些照片的源头，为什么拒不谈论这个话题。可他刚抬脚走向她，心脏就在胸腔轨道上"咯噔咯噔"吵得厉害。"弥底斯号"启程了，在小夏看来，它的目的地完全错了，但他想不出该怎么和她说。但凡她那极度冰冷的眼神多盯他一秒钟，他就会咽唾沫，转开脸去。他们到底没去马尼希基，而是要返回故乡——斯特勒盖地。

073

第十八章

糟心的一点是,"弥底斯号"有位乘员被丢在了后面,腿骨上的皮肉都给啃掉了,只得在一块他不熟悉也不喜欢的海滨陆地上,在一座散发着乙醚味的棚子里疗养。积极的一面是,他们捕获的巨鼹数量已相当可观,货舱里堆满了腌制鼹鼠肉、桶装精炼鼹鼠油、精心鞣制的毛皮。

在查塔姆角&勒韦弗尔山脉尚未查证的硬地小岛之间,他们捕到两头星鼻鼹鼠。每每遇见轨洋航线之间的土壤翻动起来,"弥底斯号"便放慢速度,男女乘员纷纷拿出钓竿,垂钓小型穴居动物。他们给螺旋开瓶器挂上坠子&弯钩&诱饵,抛出钓线,穿上肉片的开瓶器弯头扎进泥土。总会有东西上钩,绷直钓线,随着收竿动作破土而出。垂钓者争抢有利位置,甩出钓线,拉起长线末端疯狂扭动的躯体,卷线收取猎物。

他们钓到了最小的鼹鼠,它们的栖息地往往生活着胳膊长的猎食蚯蚓,恶心得乘员们不住号叫;人头那么大的甲虫,来自不同岛屿的乘员处理方法不一,有的用作食物,有的则丢回轨洋。还有鼩鼱、麝鼠、食肉兔、地蜂。这片轨洋物产丰饶。清理轨道的暴脾气天使似乎不常来这里:无人维护的铁轨之间生长出可食用野草,乘员们拔了来做沙拉。

"武里南先生,"小夏故意清清嗓子,好开启下面的话题,"富勒姆洛医生。"他想起之前所见的那些照片,决定告诉两人。该死的,没错,他就要说。他们是他的朋友,不是吗?

然而秘密刚到嘴边,就像无人珍惜的油箱一样见了底。实在无法启齿,那段轨道,那条孤零零的铁路,完全无法以言语形容。倒是可以给他们看照片,但两人没见过原图,且不说那模糊的平面照片能不能看明白,他的解说内容肯定会传到车长耳朵里。届时他就是煽惑权变的罪魁祸首。

小夏十分怕她——没错,他真的怕极了,更可怕的是,这种感觉挥之不去,恐怕只有博得她的认可才能驱散。

他们两度和斯特勒盖来的轨车擦身而过,两次都停车用弹射滑轮绳联络了一下,交换确凿记录&小道消息。出外轨洋的"穆加特罗伊德号"车长斯卡拉马什提议登车茶会。他过来了,沉稳地坐在吊椅上,拉绳一松,荡过几码宽的轨道。

肖桑德尔&德拉明奉上最好的茶&干饼&银勺&瓷杯,小夏趁此机会爬上了守车车尾外侧——这举动连他自己也暗自吃惊——躲进不惹眼的地方,贴在舷窗旁,偷听偷看。

"那么,纳菲车长,"他听到斯卡拉马什车长说,"帮我个忙,算我欠你的人情。我在搜寻一只动物,很大的大家伙。"他的声音带上别样的语气,"是只鼬,至少有一节车厢长。它头上有个钩子,是我扎进去的,现在还卡在里头,像根弯弯的手指般,吊在脑袋后面晃来晃去。给我个信儿。"他低声道,"不管在哪儿发现它,都给我个信儿。老钩子头。"

看来斯卡拉马什也有他的执念,他所追捕的目标。*好的,接着聊啊。*小夏想。纳菲车长清了清嗓子。

"一路上没见着这种生物。"她说,"没问题,我已经知道贵车的车名了,只要看到哪只灵活的地鼬头上嵌着显眼的金属钩,我就记录下详细位置,给你捎个信。以我作为车长的荣誉担保。"

"感谢。"斯卡拉马什喃喃道。

"毫无疑问，你的寻猎目标夺走了你一样东西，我也是这样。"纳菲说。斯卡拉马什点点头，脸上浮现出沉思的严峻神情。回想起来，小夏现在才意识到，几乎所有车长脸上都爱挂着那样的表情，那是他们标志性的风采。

斯卡拉马什卷起一条裤腿，用指节敲敲下面木&铁做的假肢。纳菲车长欣赏地点点头，扬起她那支反射着光芒的手臂，由精致的鼹骨、煤玉、金属构成。"我还记得它门齿咬合时的感觉。"她说。

"感谢协助。"斯卡拉马什应道，"至于我，也会留意米黄色巨鼹的。"

小夏瞪大双眼。

"**古牙色**，车长。"纳菲严厉地说道，"那头巨鼹的颜色，类似古代羊皮纸，也容易让人想到象牙、淋巴，或者老学究冥思苦想时浑浊的眼白，斯卡拉马什车长。"

客人低声道歉。

"我要找到它，纵使有千难万险，历尽千辛万苦。我的执念，"纳菲一字一顿地说，"不是黄色的。"

她该死的执念！难怪她对那些照片视若无睹。小夏想，那些确凿的证据——他连边都没摸着的景象，至少会给轨洋世界带来巨大的颠覆。她却一心只惦记她猎鼹的执念，不肯抽出一丁点时间！

听两人的意思，斯卡拉马什也差不多。到底多少人有这种执念啊？斯特勒盖城出身的车长虽不是人人这样，但也有不少人与某只特别的动物产生了相克相杀的羁绊，由此觉醒了——或是认定了（赋予了）其某种具象化的意义、潜质、观照世界的方式。到了某个程度，具体时刻难以言明，但经历了立即就能发觉，从前纯为捕猎的念头已经狡猾地拐上新轨道，完成蜕变——对某只动物的执着，已然转变为一种世界观。

阿福在学习捕猎。这只昼行蝠现在又能短距离飞一会儿了。小夏在绳子的一头系一点肉，在甲板角落处甩动绳子。阿福扑扇着翅膀，去叼那旋转摆荡的点心。这才算是有目标的狩猎。

小夏想到那些最终猎得痴念之物、位列完满名人馆的极少数凤毛麟角，他们多么受人景仰。也许车长之间也在暗自较劲吧，他想。他们可能会在背地里嘲笑对方："寻猎草原犬鼠？那算哪门子执念啊？我的天，它能代表什么意义？"不同猎物象征着不同要旨，攀比成风，不停地较劲，没命地比较。

返乡途中必经一道溪谷，二三十码宽的沟壑上空，架着纷杂错乱的桥梁。小夏早有心理预期，但眼前景象仍旧令他不适。轨道铺设在垒筑的土石路基&木铁桥墩上，浅溪&深潭中挤满了鱼。

"发现硬地，嘀！"广播里传出通知。不久："故乡在望，嘀！"

暮色苍茫。群鸟盘旋，轨道间稀稀拉拉的树木粗壮又繁茂。乘员们忙着笑着。本地的昼行蝠正在归巢，夜行蝠开始活动。它们吱吱叫着相互寒暄，交接巡行低空的任务。栖在小夏肩上的阿福回应它们几句，便跳起来飞了出去。小夏并不担心：这只昼行蝠知道回"弥底斯号"上，返回时经常大嚼着一只倒霉的蟋蟀。

最后一道暖红夕照映亮了石坡。片片丛林如同深色霉斑，黏附在他们正驶向的丘陵之国表面；房屋&建筑则像是浅色霉斑，聚集在丛林两侧，组成斯特勒盖城。强劲的拖车机车在港口忙碌，接驳货物进出陆地，引导"弥底斯号"停靠码头。

到家了。

第十九章

　　任何猎鼹轨车的返航，总是伴随着乘员丈夫、妻子、孩子、爱人、朋友、债权人的欢呼尖叫。看到轨洋堤坝上的沃安&特鲁斯，小夏兴奋得心房乱颤，和大家一道挥手叫喊。两位老人紧搂住他，把他抱离地面，满嘴的亲昵话嚷得小夏既开心又尴尬。他们拉扯着他回家，阿福在小夏头顶盘旋，不明白攻击主人的这几个家伙是什么来路，为什么主人还这么高兴。

　　两位表舅爷对小夏养宠的事毫不惊讶。"不然你也得搞个文身、宝石什么的，"沃恩说，"这个还不赖。"

　　"猎鼹车上很多的姑娘，小伙子回来时都会带个伴。"特鲁斯边说边激动地点着头。沃安朝小夏眨了眨眼。特鲁斯老爱点头，一向如此，哪怕是不说话的时候；仿佛他迫切需要和世间万物达成统一，包括无需统一的情形。

　　小夏自小居住的那栋房屋位于一条陡峭的街道中间，俯瞰着轨洋。浓重的黑暗不时被夜航的轨车车灯刺穿。一切仍和他离开时一样。

　　他不记得自己第一次来这里的情形，对那之前的回忆也只有模糊的片段，流言蜚语诉说着他父母的失踪已成定局。小夏甚至不知道小时候一家人住在斯特勒盖的哪块地方。几年前，特鲁斯曾提出带他去看看，然而两

RAILSEA

人走过一片陌生城区时，小夏故意一脚踩进水坑，溅了满裤子的泥，求表舅爷带他回家换衣服，不再继续前往目的地。

他的父亲差不多在他出生前就已不知下落，乘一趟命运多舛的信邮轨车，在轨洋荒野上的一起普通灾祸中丧生，具体细节无人知晓。他的尸骨无疑落入了野兽口中，一如轨车的遗骨落入打捞人手里。小夏的母亲不久也踏上旅途，走遍群岛各座岛屿，从未捎回过一封信。沃安曾温柔地向小夏解释，因为她悲伤得肝肠寸断，所以不忍回家，只愿独行，放弃对快乐的奢求，终此余生。她躲着亲戚（沃安隐约也是如此），躲着儿子，拒不与自己和解。就此隐匿世间。

"都长这么壮了！"特鲁斯大声夸赞，"还长了肌肉，像个车员了！一定要好好给我讲讲，都学了哪些医术。一个字也别落！"

于是，小夏喝着肉汤，讲述出海见闻。讲着讲着，他有些惊讶地发觉自己乐在其中。换作几个月前，要是让那个在"弥底斯号"厢顶甲板拉索间冒冒失失的毛头小伙子讲个故事，他肯定磕磕绊绊说话都不利索。而现在呢？他清楚看见沃安&特鲁斯的脸庞如痴如醉。他吊起两位听众的胃口，让他们时而瞪大眼睛，时而倒抽凉气，时而哇哇大叫。

"……当时，"他讲述道，"我正在瞭望热气球旁边，只听车长喊了声'血腥蓝杀手'！一只凶残的猛禽就向我俯冲而来。我发誓它是想啄我眼睛。阿福立即朝它扑了上去，它俩在空中一番缠斗……"普天之下，硬地之上，再加轨洋里里外外，任何力量都无法迫使小夏改口，连他内心也不肯对自己承认，那鸟其实飞得没那么低，远远地就是个小点，它和阿福并非斗得你死我活，顶多是争抢同一只倒霉虫子，所谓的缠斗也不过是短暂的冲撞。

但沃安和特鲁斯爱听。而后他也实打实地讲了一些故事：破土而出的裸鼹鼠，不惧轨车、兀自啃食猎物的蚁狮，海滨城市波隆。

他的故事陪伴着沃安&特鲁斯用餐；陪伴着月亮升起，映照出轨洋上金属的寒光；陪伴着房屋周围响起斯特勒盖的夜声。他的嘴不停讲述，而他的思绪已飞向世界中心的马尼希基。他没有向二老透露点阵屏上显示的内容。

"你现在是个正经成年人了。"特鲁斯说,"咱仨都是大人。"讲到这句,两人脸上洋溢着骄傲的神色。"你应该跟我们一起,去做大人才能做的事。咱们去酒吧。"

三人走过斯特勒盖陡峭的街道,小夏偶尔会不耐烦表舅爷步履缓慢,但胸中的骄傲之情却在潜滋暗长。他踢着路上的小石子儿,看它们蹦出老远,最终擦着地面停下,甚或落入轨洋之中。小夏心情好极了,就连他发现去的是"活力米虫"酒吧时,也依旧兴致高昂。这是最有名的车长酒吧之一,纳菲车长必定在场,畅谈她柠檬黄的执念。

第二十章

屋内的喧哗不绝于耳，激烈争论随处可见。人们坐在夜谈之星周围，听他们娓娓道来。纳菲果然在，听一个身高接近两米的壮实肌肉男侃侃而谈。从他讲话的抑扬顿挫中听得出来，故事已渐入佳境。

"是瓦杰帕兹。"特鲁斯低声说，"他也有类似遭遇。"

"……这会儿，"大块头说，"我的执念正叼着我的腿，疯狂冲向地平线。你们瞧。"哦，没错，他少了条腿，小夏发现了。小夏疑惑车长们会不会偶尔懊恼身上就两种肢体能给执念抢去。要么是腿要么是胳膊；若是能断根尾巴，或者有一对卷缠触手、一两张翅膀，那些结下执念的鲜明伤痕又有更多的可为之处。"我可没工夫发慌，哈哈笑着给残腿止了血，设置好推车路线，跟在那畜生后面，向希望进发。它总领先几码，一路往前拱起小土包。身后，乘员们聚集在翻倒的脱轨车上，大声喊我回去。

"那头巨鼬放慢速度，摆好架势，便冲出地表，在头顶画了道弧线。我差点抓到它皮毛，可惜出手不够快，只能眼睁睁看着它回到地下大展身姿，飞速奔向地平线。我便不再起心抓到它，只是努力跟上，很荣幸它没有把我甩开。我听凭速度的安排。"

啊，来了。看来这人的执念在于速度。竞速。瓦杰帕兹车长细细阐述它灵活修长的身形,丰盈的毛发与凶残的利齿。锐利眼珠与他对视,充满紧张。它要传递一则信息,就连咬下他的腿也是交流的一部分。"跟上我!"它在说,"快!"

也就是说,瓦杰帕兹追寻的执念是这头巨鼬。竞速已成为执念本身的核心,而瓦杰帕兹的人生也悄然改变,成了鼬类速度的预言家。如此云云。

"神速啊!"瓦杰帕兹感叹。周围响起低声的赞许。

在斯特勒盖的酒馆里,在令小夏&同学们手不释卷的亲笔著作中,在公开&独家演讲上,车长们胸有成竹地讲述着各自的故事,关于红蚯蚓、裸鼹鼠、白蚁后、暴烈的暴君兔、獾、鼹鼠——巨型鼹鼠,轨洋上横行霸道的巨鼹。种种执念已成为评判车长们是否拥有阅历,是否谦逊,洒脱或是偏执,前卫或是怀旧之类的准则。故事的一半涉及搜寻,一半关乎于捕猎。

传奇在斯特勒盖的酒吧、咖啡馆、夜店、舞厅中播散,情节还包括:在某个货舱里发现藏匿的偷渡者或轨洋浪人亲友会成员;外国海岸;世界边缘之外的幻想大陆;幽灵轨车;从地下突现缠住轨车,将之拖入地底的巨大红蚯蚓;航线上吱嘎行进的神秘无人弃车,餐食吃了一半却不见人影;偏僻恐怖之地变形的轨道;塞壬;石须;陷阱轨道;尘幕克拉肯。但种种执念仍占据着各场故事会的主流。

斯特勒盖位于萨拉戈梅斯群岛西端,盛产猎手、鼹油、鼹骨雕艺,还有执念追寻者,他们的文字是轨洋上下的智力试金石。

小夏从未听过纳菲车长公开谈论自己的寻猎目标。他望着她站起身,呷口酒,清清嗓子。房间安静下来。

可是没有任何进展啊,小夏想,她寻猎的那头巨鼹,那头并非黄色的野兽,"弥底斯号"连影儿都没见着。有什么好讲的?车长在航程结束后讲述自己的执念,这确是传统,但此前小夏从未想过,如果执念的目标没有现身,他们该怎么办。此时他又进一步想到,这种现象一定很普遍。她会不会说"抱歉——无可奉告",接着再坐下?

呵,想多了。

"上次和你聊过,"纳菲说,"我的执念甩开了我,害我在轨洋上漂泊,漫无方向,燃料也不足,眼前只有它遁走时扬起的尘土和长长一溜鼹丘。眼睁睁看它远去。"

"莫克杰克。"这个名字在房间里响起。

"你知道的,执念向来稳重。"纳菲说,"它的意思琢磨不透,抗拒解析。而狡猾的失智又趁虚而入。推车吱嘎滑动,我迷失在轨洋上,心知那象牙色的畜生已避开我的鱼叉,继续在掩蔽之地挖洞,拒绝他人靠近、解读&解开它的谜题。我沉声怒吼,发誓有一天必将奉上尖叉利刃,将它阐释个明明白白。

"这次,我们'弥底斯号'终于重整旗鼓再度出发,向南。莫克杰克必定在附近不远处。然而,我们首先遭遇的却是另一头野兽,朝我们直扑过来。之后就再无波澜。风平浪静。我向途经的所有轨车求助,询问莫克杰克的消息,却得到众口一致的空白,那是它赤裸裸的嘲讽。它的隐没如影随形,萦绕周围。寻不见它,叫我日思夜想。它深深潜进轨洋的沙石泥土,也钻进我的心海,让我夜夜辗转苦思。如今我对它的了解反倒更甚于往昔。它避而不出,我却在冥冥之中更为接近。"

啊,小夏心说,*精彩*。特鲁斯听得津津有味,沃安也兴致高昂。小夏暗自叹服,觉得有点意思,又有些厌烦。

"为这则后续等了好久吧?"沃安低声问旁边一个女人。

"有趣的执念我都在追。"她说,"吉恩车长求而不得的地鼬、卓巴尔那头老谋深算的裸鼹鼠,还有纳菲,当然了,纳菲的莫克杰克,深意千重的巨鼹。"

"那她的执念是什么?"小夏说。

"你没听吗?莫克杰克的意义包含一切。"

小夏听着车长描述她多年来与寻猎目标的相遇&错失,它代表了一切，超越任何人的想象。"那个穴居的意符，吞吃了我的骨血。"她边说边挥舞那支精致华丽的机械臂，"还玩欲擒故纵，挑衅我追回去吞吃了它。"

正当这时，纳菲陡然看向小夏，直视他的脸，他的眼睛。她言语间稍有停顿，为时极短，除他以外不会有任何人察觉。他脸红到脖子根，慌张地拢了拢乱发，转开头去。

我已知晓内心的渴望。他思量着，我要去马尼希基，不管车长怎么想。那对姐弟有资格获知真相。

他转回头看向纳菲，想象着她飞驰过轨道枢纽&四通八达的岔口，冲向她的执念——尖牙巨鼹莫克杰克。

小夏于是想：如果真的抓到了，她又会怎么做？

第二十一章

自从初次思索击石生火之谜以来,人类就拥有叙事的欲望。只要人类存在,故事便会存在,直到如灯的群星一盏盏黯淡。

有些故事本身是讲别的故事的。一种古怪的趣味。看似重叠繁复,容易使人糊涂,就像一张图片里套了它自身的缩小图,里面又套了张更小的——如此循环,直至无穷。这种表现手法有个好听的专业术语:镜渊。

我们刚刚讲了一个故事里的故事。你自己再讲一遍,于是就诞生了故事里的故事里的故事,带你走向镜渊,镜子形成的深渊。

回到斯特勒盖的第一天,小夏有很多故事要讲,其中也包括故事里的故事。

第二十二章

　　缺少轮轨节奏的号令，感觉有些奇怪。轨车员专属技能派不上用场，不必随着轨车摇晃本能地屈伸双腿。富勒姆洛不在硬地坐诊，所以小夏的日常工作只是扫地擦桌椅，偶尔跑个腿，极偶尔的情况下接个电话&在既无明确许可也无明令禁止的时候偷溜出去。飞奔过行人&马车旁边，经过拥挤街道上按着喇叭龟速前行的少量电动车，与斯特勒盖各行各业的实习生厮混。这些学徒厨师、文员、脚夫、制革工、电工、美工，瞅了空子便翘班外出。

　　他遇上很多旧相识，换作以前几乎不和他搭话。虽然一起求学多年，他对同窗的了解却不及同车乘员。他现在几乎和学生时代一样木讷，但毕竟出过海，航行了一圈回来，这意味着他有故事。他给蒂蒙&希卡斯塔&伯博讲裸鼹鼠&南方巨鼹，他们听得挺认真。面对非亲戚听众，他的表达有些结巴，但问题不大。他们的关注给了小夏鼓励，他向三人介绍了自己的蝙蝠。圆满结束。

　　他们临时凑上一伙人，翻越斯特勒盖工业区的房顶，调情&争吵&吼叫着打碎废弃厅堂的窗玻璃，阿福好奇地在他们周围盘旋，左躲右闪穿过排放蒸汽&浓烟的烟囱森林。他们来到繁华城区最热闹的街市，观看市场上熙来攘往；他们闯进其他地方的废弃仓房，在淘汰的冰冷锅炉设备里宿营扎帐。

有时候，会聊到打捞。

打捞不是斯特勒盖闻名的行当。当然了，研究古代泥巴、挖掘珍奇古董的人们来自世界各个名不见经传之地。这一事实主要反映在他们呼群结党，自拟五花八门的名号上：你可能听说过漫衍学院、结义亲友会、出土欠安、寰宇掘地人，等等。

斯特勒盖虽然小，却并不闭塞。它贡献了轨洋上一大比例的鼹肉&执念，也因巨石像而为探险家&潜天员所熟知。座座巨人石雕矗立岛上，凝视前方，头顶超越树线，直入不可呼吸的高地空气。（小夏曾到过渡带下方的观景台游玩，借助镜面&透镜组成的长潜望镜窥见小岛制高点硕大头颅的凝视。）因此，尽管斯特勒盖不是首选停靠地，打捞车也确实会定期来访。小夏不止一次观看过打捞轨车进港。

它们与轨洋上其他机车车辆截然不同，包罗万象。强劲的机车头，前端是霸道的调车机车，车身侧面为覆层铆接，装配打捞业的特殊工具。钻头、吊钩、悬臂、各类非标传感器，用于探查&梳理数千年来散落轨洋的废弃垃圾。部分打捞物也会整合使用。顶层甲板上的打捞人自己也装束独特，挎工具带&胸包，扎着脏污的皮革绑腿，身上别着翻新布头&塑料羽毛&各类从泥土中扒出来、奇迹般保存完好的花哨小饰品。各式纹饰复杂的头盔。

市政要人首批登车，挑选中意的打捞物，讨价还价。然后是土豪客户，斯特勒盖的有钱人。最后，如果打捞车乘员想要优惠酬宾，时间又有那么几天，他们就会摆个摊。

他们将古董&回收品摆在码头边的摊位上，类目繁多：重金属时代的点蚀&氧化机械、质生代的碎片、计算时代图文橡胶膜&古式点阵屏，全是优选元始打捞物，来自久远得令人吃惊的时代。也有些东西趣味性稍低,丢弃或遗失时间从几百年前到昨日不等,那些是现代打捞物。

有时甚至会有一两张桌子,摆着第三类回收物品。违反物理常规的奇异物件,外形&性质都独一无二。小夏记得一个(或是三个?)这种物品,打捞人称其为"斯特鲁加茨基三曲枝",挥舞着它招引顾客。三根盘曲的黑棍等距组成品字形,卖主手握一端,另外两端也随之立起,但中间却是空的。三端互不相连,互不接触,但不管怎么摇也不散开。

那一件就是异世打捞物。不仅出品日期无比久远,地点也遥远得无法想象,远在高天上缘之外。它是宇宙航段清扫出的残渣,由某个外星访客带来,使用后丢进轨洋。这颗星球曾在漫长的年月里发挥临停站的作用,这里交通繁忙,来自其他星球的旅客在此短暂停留休整,正是他们无意间把异兽放养在了高天。这颗星球也曾是座垃圾场,常常有往返于迢遥星球间的载具中途停靠,倾倒垃圾。

要出发探索未知的打捞物富集礁,掘洞,开采,潜地,在海岸线堆积的古代垃圾中拣选——想到这些工作,小夏就血流加速。那之后呢?他心存疑问,打捞物的最终归宿是哪里?发现之后又有什么进展?不管是用钱买走,还是以他物换去,谁会把它用在谁的身上,起到什么目的?

然而,还有个更难理解的终极问题困扰着小夏——为什么每次想到打捞,总是以神往开场&以泄气收尾?

第二十三章

斯特勒盖东部边缘的市郊，轨道盘曲错杂的海湾里有辆脱轨车，离岸边几百码远，一辆生锈停转的机车头&车厢。许久以前的熄火，概是车长失职，乘员酗酒，扳道工人手不足。它损毁得很彻底，无法修理，做不成现代打捞物，只能逐渐朽烂。占据其中的锈栖鸟，对着飞过它们巢窠外围的阿福愤怒地啼叫。

蒂蒙、希卡斯塔、小夏三人坐在鹅卵石海滩上，附近峡谷里有一道水溪，还有一条轨河，即铁路线，长长的环形铁道自内陆发源，汇入轨洋。他们朝岸边的老机车丢石块。蒂蒙和希卡斯塔在聊天。小夏望着海岸线浅土带居住的动物——猫鼬、土拨鼠、迷你鼹鼠，依旧为两位同伴的赏脸而感到意外。希卡斯塔还和学生时代一样乖戾，但现在总莫名其妙地注视着小夏，看得他脸都红了。

"那你是准备当猎鼹车医了吗，小夏？"蒂蒙说。小夏耸耸肩。"变成你老板那样？不男不女的？"

"闭嘴，"小夏不自在地说，"富勒姆洛是富勒姆洛。"

"我还以为你想干打捞这行。"蒂蒙评论。

"说起来，"希卡斯塔打断他们，"要不要看一样很酷的东西？他说得对,只有打捞物能让你支棱起来,所以我想给你看看这个。"她从包里拿出一件物品,外形奇特,有点像扳道工的遥控器,黑色塑料或陶瓷材质,闪烁着光芒,主体上有些莫名其妙的小突起。它发出嗡嗡声,像是关了一群苍蝇。

小夏瞪大眼睛。"这是打捞物。"他吸了口气。

"是呀。"希卡斯塔得意地说,又拿出一个盒子,盒里装着些葡萄大小的球,底面焊了个丑陋的电路。

"那是异世打捞物。"小夏说。来自外星的废品。"怎么到手的?"

"从车上伙计那儿搞的。"希卡斯塔和小夏一样在轨洋上工作,但服务于客运列车。"别人给她的,给她的人又是从另一个人那里得到的,一直往前推,最后能推到马尼希基。她说可以给我玩玩。"

"啊,海特托芬啊,"蒂蒙说,"光天化日之下偷东西!"

希卡斯塔正色道:"借可不等于偷。"又对小夏说:"我给你演示一下。能把你的蝙蝠弄过来吗?"

"干吗?"小夏问。

"我不会伤害它的。"她说着,拿起一粒"葡萄",上面有个夹扣。

小夏盯着在空中盘旋的阿福。脑海深处浮现出他听过的故事,讲述某些打捞物沉积带里残留着一些魔力。他脑子里冒出一个小诡计。

他用一条肉干把阿福招了回来。"最好别弄伤我的蝙蝠。"他说。

"别拿它当宠物,"希卡斯塔贫嘴道,"你才是蝠奴。"她把那颗球干脆利落地套在阿福右腿上,它立即愤怒地吱吱叫着冲上天空,临走还不忘往她胳膊上撒泡尿,恶心得她哇哇大叫。

阿福疾速冲刺,急转、绕圈、螺旋行进,扭动身体飞出复杂轨迹,拼命想甩掉那东西。希卡斯塔擦去手上的蝙蝠尿。"好了。"她说。

盒子发出嘭哨声&"咔嗒"声,随后变化为复杂的节奏,与阿福暴躁的特技飞行同步。屏幕发出蓝光,亮起来,电子迷雾中出现一个点,与阿福的空中轨迹相对应。蝙蝠转向远处,机器的节奏音便减弱;飞得越近,声音越强。

"那个是?"小夏问。

"没错,"希卡斯塔说,"是追踪器,能确定信号发出的位置。"

"什么原理啊?范围多远?"

"这不是打捞物吗?"希卡斯塔说,"谁搞得懂。"

三人齐齐低头,躲避飞来的阿福。信号接收器爆发出尖叫,接着变为低吟。阿福扑扇着翅膀飞远了。

"你——你车上那伙计——上哪儿搞来的?"小夏说。

"马尼希基。最珍奇的打捞物都在那儿。有一家新店,开在粗石街市场。"她一字一字地说出那个异国地名,显然很享受这种感觉,像是念一个咒语,"这东西真的很有用。比如有人偷你的财物,但你预先装了个定位,就有办法追回来。所以,这还不便宜呢。"

"或者,如果有什么毕生寻猎的目标……"小夏缓缓开口。有时近在眼前,通常却远在天边的野兽。

"以前没见过吧?"希卡斯塔笑道,"我就知道你会喜欢。"

如果像她那样毕生追寻某个挑衅的猎物,有这等好东西摆在面前,还有什么不能付出?小夏想,拼了老命也得搞一个吧。他思量着。

肯定得去马尼希基买一个。

第二十四章

"纳菲车长?"

不知小夏的出现是否令她感到意外,至少她一点也没表露出来。倒也说得过去,他想,可以归结为他碰巧进了她最喜欢的咖啡馆,而非他特意找了几个"弥底斯号"的同伴询问上哪儿有机会遇见她。

她坐在角落里一张小桌旁,面前摆着日志本,手里拿着笔。她没有请他坐下,也没有赶他走,只是久久地盯着他,让他本就极度紧张的情绪更加激烈。

"苏拉普,"她说,"医助。"

她往后一靠,双手放上面前的桌子,轻柔的撞击声伴随着"咚"一声钝响。

"我衷心希望,苏拉普,"她说,"你来这里不是想谈——"

"不!"他结结巴巴地说,"不,根本不是。其实,是有样东西,我有点想,给你看看。"阿福在他上衣底下扑腾,他一把将它抓了出来。

"你的宠物我见过。"车长说。小夏拉开阿福的腿,上面仍然套着那个微型电路球,活像叮了只蜱虫。

希卡斯塔演示完之后,发现她没法把阿福逗引回来取下发射器,顿时慌了神。她不停地招手,而它不理会。"那东西拿不回来了!"她大声嚷嚷。小夏又有了个主意。

他替她招引蝙蝠,但在它飞至几码之遥时,偷偷把"过来"手势变成了"走开"手势,所以,留神哪,阿福又盘旋着飞走了。小夏极具诚意地向希卡斯塔耸肩垂眉表示歉意。"它不想过来。"他说。

"你最好是发个愿,"她终于开口,这几天来意料之外的友好消失殆尽,"希望没人发现这些东西少了一个。我要摊上大事了!"小夏谦卑地点着头,好像她偷东西是他的错似的。"等你的檐老鼠回来以后,把那东西取下来还我,行吧?"

那天傍晚,等她走远,再听不见&看不见了,他吹声口哨,扬起胳膊迎回阿福,检查它腿上夹的东西,然后低声道歉,动手拧得更紧了些,现在得靠金属钳才能剪断。这会儿在咖啡馆,他紧张地展示着那个收发器,或者接收器,或者接受器,或者发收器,或者别的什么名字。阿福躁动不安。

"这是我一个伙计发现的,车长,"他说,"她还给我演示了怎么使用。有一个,有个盒子,那个,啊,它知道这东西的位置。"纳菲脸上没有半点表态,小夏便继续劝说,化身为说客鼹鼠,要用语言掘穿车长那冰冷如泥的沉默。

"我觉得你可能会感兴趣。"他对这怪东西的能耐做了些不着边际的添油加醋的描述,"在你手下做工是我的荣幸。听了你的讲述以后——那天我在酒吧里,车长,我希望,可能,下次你还带上我出海。"让她觉得他是个有抱负的马屁精,挺好。"我觉得这东西可能,会有一定帮助吧。"

车长扯扯蝙蝠的腿,劲大得让阿福尖叫起来,小夏不禁抖了一下。纳菲看起来挺有兴致,呼吸也比刚才急促了少许。

"那你朋友有没有跟你说,"纳菲问,"这种东西哪儿能买到?"

"说了,车长。"小夏答道,"叫粗石街市场,就在……"他犹豫了一下,可是除了那里,还有哪儿能买到最炫酷的打捞物?"在马尼希基。"

轨洋

啊，这下她抬头看了看他。"马尼希基。"她说着，微微有一抹讥笑在唇边浮现几秒，"你好情好意给我看这个，"她的嘴角仿佛不受控制地扯了扯，"有心了。你真的有心了。

"它可能有用，确实，苏拉普。"最后她如此说道，他咽了口唾沫，"可以试试看。"她盯着空处出神，小夏能想象出她的思维轨车正行驶过计划的轨道。

"也就是说，"他小心翼翼地总结，"我觉得你可能有意愿了解，这种东西在马尼希基有卖。等你下次出车，那个……"

"你怎么找到我的，小夏·阿普苏拉普？"

"就是，我听说你可能在这儿。"他答道。是来见相好的吗？他想，竟没停下来反思一下，自己正在严重侵扰对方私生活。"有人说你在——"

"说我在等人？"她反问。恰好在这时，小夏身后有人喊出了纳菲车长的名字。

他转过身，眼前却不是他一时想象的秘密情人，而是安库斯·斯通。

第二十五章

小夏和老哥放开嗓子寒暄几句,他的手拍在对方背上,才意识到斯通拄着双拐,瘸得厉害。

"你怎么回来了?"小夏问。

"伤好了呗。"斯通笑道,但笑容极不自然,"搭了列回斯特勒盖的便车。邮轨车。腿瘸不瘸,不影响我这样的轨车员顶个缺。"

"你好啊,斯通。"纳菲说。

"纳菲车长。"

沉默令人煎熬。

"我还是走吧,车长?"小夏说。可我才刚开了个头,他想,才刚刚勾起你对这件打捞物的兴趣!我的努力有所进展,下一步就该有阶段性成果了!

"你专程来跟我说什么,斯通?"车长问。

"传闻。"斯通说。他对上小夏的视线,看了眼门口,头往那个方向偏了偏。

小夏心领神会。他沮丧地转身走向门口,边走边苦思策略。但紧接着一阵摩擦声传来,车长叫了他的名字,并拉开另一把椅子。

"既然是传闻，"她说，"我不会傻到相信，它不会马上传到其他车员耳朵里。"她用木头&金属&鼹骨制成的手指一指，"而且我也不会刻薄到故意让别人白等。"小夏鞠躬表示谢意，心脏狂跳着坐下。"那么，预先感谢你向我转达接下来的信息，斯通先生。"

"好吧。"斯通说着，咳嗽两声，"有人在跟踪我们。"

"跟踪。"纳菲重复道。

"没错。嗯，跟踪你，至少跟过一段时间。是这样的，车长，当时我在波隆住了很久的院，但没在床上躺几天，"他换了下重心，"就去打了些零工，认识了几个护士，附近的一些人。自己拄着拐在当地来来回回，抄小路近道，还有——"

"拜托你，"纳菲车长说，"尽快谈一谈跟航程有关的部分。"

"后来，我认识的一个水果商贩跟我打听我的朋友。"斯通着急想加快语速，几乎有些结巴，"他说有人问起我——问起我们出了什么事，打听详细信息。说听到有人说起一件事，一个女的听说我们发现了什么……"他摇摇头，耸耸肩。小夏吞口唾沫，也耸了耸肩。*我也没弄明白啊！*他按捺住叫喊的冲动。"他们问起我们的航程，那列脱轨车，还有车上的伙计。问到了你，车长。一开始我没当回事。"

"后来？"纳菲说。

"后来，你瞧，我搭那邮车回来，走了几天，就有列小轨车跟在我们后头，相隔几英里远。漂亮的机车头，带单车厢，不知道烧的是什么，看不到多少废烟排出来。配置一流。我一看就知道它是列好车，不会来发疯打劫什么的。但它一直跟在我们后面，距离保持不变，持续时间相当长。

"就算这样，一般我也不会多想。没一会儿它就不见了，但是后来又出现了。还不止那一次。

"我们当时在平原上，没有山没有林，一望无际，没地方隐蔽。那时候我又看见它了，后面又有一次。一直保持着距离。"

"假设它确实在跟踪你，"车长说，"难道人人都知道你要上哪儿去？"

"我说过一个地名,他们打听到了,车长。当时就走的那个方向。不过他们也可能猜到我另有目的地,毕竟还以为咱们定了计划。"

"谢谢你,安库斯·斯通。"最后,车长点点头道,"嗯,嗯。不管咱们屁股后面这根尾巴瞎追着什么来,他们肯定得失望了。横竖咱们也没有秘密可以透露。"

"嗯,"纳菲坐直身体,吸吸鼻子,"我们周围肯定散播了不少传闻,虚虚实实。这些不请自来的跟班,只要铁了心去打听,不费吹灰之力就能得知我们的下一趟航程。我要再去一次。你要一起吗?"

"下趟航程都定了吗,车长?"斯通说,"荣幸之至。"他吞了吞口水。以斯通现在的腿脚状况,多数轨车招工时都不会首选他。一般人不如纳菲这样重情重义。"那咱们还是南下?"斯通说,"继续搜寻南方巨鼹?"

"当然,那毕竟是我们的主业。不过,这次的航程可能会很长,没法预先了解终点在哪里,也不清楚具体要走哪条道。"

但小夏看见车长的眼睛,看见她紧盯着扣在阿福腿上的装置,他其实怀疑她已经有了打算,并想清楚绕个道能去哪些地方。兴奋之情在他胸中激荡,那一刻他料想,肋骨的这种感觉,或许恰如阿福在此间展翼飞翔。

第二十六章

上次——？

日志的维护不可或缺。好的车副需得勤奋，对于任何日志文件，不论是用数字机器输入，用高档纸张手写，依北轨洋古法结绳记录，还是其他方式，都要把它当作外部记忆认真对待。重点放在已完成事项上，按步骤撰写，便于梳理前因后果。

唉，有时候日志也很敷衍。大家都乐于记录猎杀与反杀事件、精彩的逐鼷过程&目标现身时刻，但若是长达数日的风平浪静，仅仅是在日常轨道上行驶和打扫，线索不多，收获全无，离家万里迢迢，最近的硬地却仍在千里之遥，这些日子里，记录人就可能犯错误，或者干脆偷懒不写。这种情况下会出现诸如"上次——？"之类的问题。

但有时候，语焉不详乃至自相抵牾并非由粗心引起。"弥底斯号"即将启航，驶上一条与最初计划大相径庭的路线，只因为小夏十分巧妙地干预了一下。

不只他一个人感到难以置信，这竟然能成为故意偏航的理由。他回想不起是怎么走到这一步的。略施小计竟有如此效用，小夏自己也惊呆了，脑子一团迷雾，不明白他的念想怎就真的成了目的地。

第二十七章

返回轨道，返回轨洋，脚步随着"弥底斯号"不断摇晃。很快回想起那次谈话，以及安库斯·斯通的提醒。很神奇，脚下的打滑、身体的倾斜、飞驶过轨道的噪音竟然令小夏心生愉悦。阿福扎个猛子，尾随的轨鸥一哄而散。

车长召集的基本上是前一趟的原班人马。尽管话不多，心意难测&思虑重重——追寻执念的车长惯有的毛病——她却拥有引人追随的气质。这趟出车，来了富勒姆洛&武里南&肖桑德尔&纳比，还有比奈特利，他现在染了黄毛，蓄了胡子，仍旧寡言少语，但见到小夏时热情地拍了他后背一掌，小夏没料到这一出，摊开胳膊险些跌倒。他们像之前一样和小夏共同工作，同样地开玩笑斗嘴&互损，但这次还会等他值完班后一起喝酒，就算他拙口笨舌搭不上话，也不表现出恼火。

当然，斗兽活动有增无减。林德&亚什坎会一边奚落小夏，一边掷币押赌小鼠、大鼠、袖珍袋狸、斗鸟、斗虫等凶残打斗的输赢。小夏则一看到斗兽就躲得远远的。每次见到那拨人，他就会突然对自己的宠物大献殷勤&亲切抚摸&笑容满面，让那昼行蝠受宠若惊&亲密度倍增。他也确实注意到，武里南虽然会朝斗兽场地瞟上几眼，但参与的次数似乎比之前少些了。

靠近高天边界,有一架"突突"响的双翼飞机,阿福朝着它盘旋而上。小夏看了看腿上的信号源小球。如果赖着不还给希卡斯塔,也不是什么难事。

飞机转而向西,噪音随之而去。它也许来自莫宁顿,飞行员聚集的新潮岛屿,可能是在接送萨拉戈梅斯的富豪车员。由于技术复杂,仅有少数轨洋国家掌握,加上燃油成本高,还必须在平地修造长跑道——陡峭多山的岛屿上属实困难——航空旅行价格昂贵,不太常见。小夏抬头神往地望着飞机,好奇驾驶员的视野会是什么样。

离开斯特勒盖已经有些时日了,他们飞速通过森林中的弯道,驶上起伏不定的地面,穿越罕见轨洋地貌。路过河流&水潭,经由奇形怪状的高架铁轨,跨越条条水道。

"这是要上哪儿,车长?"小夏听到不止一位车副这样问。问题虽然略有些无礼,却也在情理之中。他们向西航行,而猎鼹路线本应当向南或西南或西南偏南甚至西南偏西。"先升级装备。"车长点到即止。

小夏要在富勒姆洛的小医务室里值班,同时也抽出时间探索。他去了些小隔间,爬过地面缝隙,溜达过货舱各个分区。他曾坐在一节货厢的大橱柜里,视线投向一块封闭不严的木板,掠过层层木质,望见一抹天空。

他们循着峡谷间纵横交错的铁路桥,在绝壁上方拐过几码长的急弯。途经无尽铁轨中矗立的小岛,有时会停下来补充给养,在陆地上活动腿脚。

"早上好,哲德。"

小夏应该三思。之前他只和这位叉戟手说过几句话。这会儿,他正在守望台旁给昼行蝠按摩翅膀,轻轻用指尖感受它的康复进度。哲德上半身探出车尾护栏外,直勾勾盯着被轨车抛在后面的轨道。

她是个怪人。身形矫健的高个子战士,老家在南卡密哈密。她仍然穿着一身招摇的皮甲,在她故乡那遥远蛮荒的小岛上,战车还靠齿轮机车拖动。

"早上好。"小夏又招呼一遍。

"今天早上好吗?"哲德说,"是吗?我不知道。"她继续盯着前方。轨车拐个弯,穿过一片树林外围,狭窄铁轨两侧树木参天,枝头小兽&羽翼未丰的鸟儿朝他们尖叫。哲德把手指竖在唇边,接着指向远处树冠上方的一点。一阵树叶飘落。一抹雨云飘摇。"看。"她简短地指了指他们所在路线两侧的轨道。

好几秒钟,只有车轮的"咔嚓咔嚓"。小夏说:"我不知道你让我看什么。"

"铁轨太干净了,不像好多天没车走过的样子。"她说,"我就是让你看这个。还有周围的动静,只有被近处的东西惊扰时才会这样。"

"你是说……"

"我觉得附近有人,"她终于转身,直视小夏的眼睛,"在等我们,或者跟踪我们。"

小夏左右张望,看斯通是否在场。"你确定?"他问。

"不,没把握。所以我说'我觉得',但我个人愿意相信。"

小夏望着急速退去的树木投下的黑色阴影。"那会是什么呢?"他低声说。

"我又不会通灵。我只是个轨车员,了解轨道的特性。"

+++

当晚,小夏睡在铺位上,随着"弥底斯号"的节奏摇晃,车厢的颠簸在黑暗中变成了不祥的梦。他横穿过铁轨,跨着大步踩在轨枕上,贴近泥土的恐惧感令他浑身僵硬战栗不止。土壤翻腾起来,缝隙间生机攒动,好似他一跌倒就会被拖往深处。身后有什么东西追来了。

那东西追着他逃出丛林边缘。它不好对付,啊,一定不好对付。他加

101

轨洋

快脚步,却被绊倒了;他惊恐回望,听到一声哼哼&感觉铁轨摇晃,眼前便出现一个轨车怪,咆哮着用脚掌划过铁轨,轮子骨碌碌朝他滚动。那东西发出低吼。轨洋地精,轨道天使。

醒来时仍是子夜,小夏对此并不意外。他抖抖索索地溜向甲板,没有吵醒伙伴。轨洋深处闪烁着群星或者灯簇,安全的硬地尚在无数英里之外。

"你见过天使吗?"小夏问富勒姆洛医生。

"见过,"富勒姆洛说,声音很低,兴致却高昂,"也不算见过。看什么标准。盯着看多久能算是'见过'?你知道,我是这车上出海时间最长的。"医生狷狂一笑,"有些事我应当告诉你,小夏·阿普苏拉普,虽然那不是秘密,但通常也没人主动承认。当轨车医生——比在家里坐诊刺激了不止一星半点。只是,大多数车医的医术没么好。

"跟不上前沿科研,知识落后好多年。我们之所以干这行,就是想在工作之余,思考一些医药以外的话题。所以你兴趣变来变去,我也不觉得太震惊。"小夏没有接腔。"喏,别误会我的意思:乘员伙伴有个小病小灾的,我基本上都能对付。最不济我算个二流医生,但同时也是个优秀的轨车员。我还是车上唯一见过天使的人——没错,我认为算上车长也是一样。

"不过,如果你是来找我打听恶鬼传说,恐怕会失望了。我只在很久以前见过,离得很远,而且就一瞬间。你可能听说过各种传闻,但天使车其实不会隐形,它们行动异常迅速,抄捷径,走谁都没见过的隐秘岔道。"

"你看到了什么?"小夏说。

"当时我们在科科斯殖民地海岸附近,寻宝。"富勒姆洛挑挑眉,"在一丛尖牙形状的突岩上,旁边是在一段平直交错的铁轨。我们知道被什么东西监视了,然后听到一个声音。

"稍微有点远的地方,不超过几百码,有一堆铁轨密集相邻,前前后后十字交叉，最后并作一条，连着悬崖里的隧道。"

"轨道伸进了悬崖？"小夏说。

"里面超级黑，阴影一团接一团。还有个怪东西。就是发出噪声的那东西，突然扎着耳膜震天响，一下子冲了出来。"

小夏蓦地一个激灵。有东西抓了他一下：阿福从空中降落，栖在他肩上。

"我觉得它不该叫轨车。"富勒姆洛说，"各式各样的所有轨车，都是运载工具，但它却不是用于运载。它从悬崖洞口出来，燃烧着银白的火。

"你觉得我们会杵在那里，等它过来吗？我们一溜烟跑了，回到熟悉的轨洋上。幸好它放过了我们，又开回天上的大头领面前听命去了。"

富勒姆勒医生最后说的这一句，小夏听不出他是真心相信，还是仅仅借用一句坊间传说。

+++

一朵无形的阴云笼罩在轨车上方。在小夏看来，每个人似乎都在克制、在压抑。没人提起一个字，但大家似乎达成了共识，绝对有东西在跟踪这列倒霉的轨车。不论是天使，或饿兽，或海盗，或强盗，甚或假想，这列轨车成了寻猎目标。

所以，接下来的靠岸几乎是个惊喜。一个美丽的傍晚，天快黑了，轨道间一片狭长的地面上，高高低低的葱茏野草在清风吹拂下飘摇致意，他们望见一组岛屿。岩基上的轨鸥在灌木丛间啄理尾羽，饶有兴趣地注视着他们。

"弥底斯号"逐渐接近，经过较大的登陆区，渐渐有了人烟。继续驶过道岔、电线，以及警示铁轨老化的灯塔，绕过费事的岩石&礁石，成片的高压线塔为某些电力轨车专用的轨道供电。随后，各种轨车霍然映入眼帘：慢速开动的，静止停泊的，五花八门的轨车遍布那块开阔的岩基陆

轨洋

地。岸上有座城市，矗立着高塔&废料拼接的建筑，鬼斧神工，令人叹为观止。

"硬地！"广播里传出通报。瞭望热气球上那人简直是脱了裤子放屁，这会儿谁不知道这是哪里。

马尼希基城。

第三部分

穴居龟

学名波吕斐摩斯巨穴龟（Magnigopherus polyphemus）

图片来自斯特勒盖猎鼹人慈善协会档案馆，复制已授权。

第二十八章

这里便是世界中心。

小夏努力不让自己像没见过世面似的东张西望个没完,可是在马尼希基很难做到:来到已知世界最大的港口,早在他们驶入站线之前,壮丽画卷就已徐徐展开。

他们从各类轨车间经过,像是翻阅一本无限页数的乱序宣传册。途经的车员有的无视他们,有的盯着他们看,有的身上装束表明同样来自斯特勒盖,还有的穿得像插画或者梦中走出来的。他们参观了各种机车头,或者更准确地说,各类动力来源——因为不是所有轨车都由机车拖动。

这里有列小轨车,仅三节车厢,由两只大鸟拉动线头百出的粗索,牵引着驶过港口的轨道。这是双鸳轨车,来自蒂奇群岛。此外还有面具装饰的木制轨车、外覆压铸锡块的轨车、舷侧布满骨饰的轨车、双层&三层轨车、丙烯涂鸦的塑料皮轨车。"弥底斯号"旁传来哐当哐当的金属声,那是柴油车同类;恶作剧似的一惊一乍呜呜尖叫的,是蒸汽轨车,它们满肚子烟云,一忽儿乱吐,一忽儿鸣叫,一忽儿打嗝,就像恼人的天神宝宝。还有其他各种类型,不一而足。

轨洋是个庞杂多样的轨车生态系统。他们开到电线下方,行驶过几英

轨洋

里长的喧闹海滨轨道。这里有一列短短的磨砂钢车,少数几扇窗户涂成彩色,舷侧支出几个反曲状活塞,推动轮子转动。怎么回事,富勒姆洛和其他伙伴都拉长了脸,纳菲车长也尽力克制着厌恶?

啊,那是手摇轨车。闷热的车厢内,几十号奴隶肩扛纤绳排成排,拉动曲柄驱动车轮,时时接受鞭子的激励。

"他们怎么会允许这种事发生?"小夏低声道。

"马尼希基自称文明开化,"富勒姆洛说,"岸上禁止蓄奴。但是你知道港口和平协议的机制,每列进港的轨车只需遵守本土法律。"轨洋上有多少块陆地,就有多少套法律体系,有些地方仍存在奴隶制。

小夏幻想着自己踢门而入,跑过轨车走廊,射杀那些欺软怕硬的警卫。他为自己的无能感到惭愧。

另有加尔佛夫卡的太阳能轨车、鬼知道哪儿来的月亮能轨车、门答那的脚蹬轨车,还有洛可可发条轨车,当车员们唱起发条号子拧动大钥匙时,哲德微笑着敬了个礼。克拉里昂的踏板轨车,靠乘员不停小跑着驱动它前进。畜力小轨车,拉动它们的有蹄类动物行走在铁轨边,能够击退轨洋浅海的穴居猎手。单人轨道单车、笨重的隐形动力战车。电动轨车,行进途中火花"啪啪"直响。

马尼希基。

和预想的相反,小夏进港后第一项任务,不是缠绷带,也不是给富勒姆洛打扫车舱,甚至不是去采购各类必需的小件医疗用品。车长亲自点名小夏陪她去马尼希基城里办她所谓的差事,连富勒姆洛也眯起眼睛表示好奇。

"你以前没来过这儿吧。"她边说边给左手戴上那只专为机械手量身定制的手套。她一一检查礼服大衣上的纽扣&别针,拍去浆挺马裤上的灰尘。

"没有,车长。"小夏真希望自己也能有件华服套在身上。

推车"突突"响着翻搅浅土，旁边的本地鼹鼠&人类婴儿大小的地鼠探起头来，露出好奇的短脸，它们依靠残羹剩饭&有机垃圾就能吃饱喝足，已经半驯化了，似乎懂得与小夏对视，不管自身是否眼盲。进港路上，阿福一直抓着他的肩膀，直到下车。

参照小夏有限的饮酒经验，这座城市如美酒般令人眩晕。喧闹的码头，拥挤的人群以多种语言交谈。嘘声，笑声，叫卖声。小夏看见人们身穿各式各样五彩缤纷的衣服，代表不同的文化传统：从乞丐般的破布装，到橡胶连身衣，再到海特托芬教牧师的大礼帽——模仿其信仰神明的高雅礼服。打捞人粗暴乱搭的衣装&随性拼接的制服，看得小夏目瞪口呆。

洛克华恩学者前来观摩萨普魔术师；卡比戈使者拂动长袍，避开马尼希基的水坑；身穿匹特曼式连体裤的猎人与科科斯殖民地的潜天员谈笑着交换地图。出没码头区的有扒手、作弊赌客，还有海溜子，假扮成脱轨车幸存者的乞丐。好在小夏没钱，不必费心捂紧荷包。

在这里，历史似乎毫无意义，或至少是令人困惑的。这栋楼面目崭新，钢筋结构刷灰泥；旁边那栋却比它旧几百年，残破不堪。各种元素混杂：畜力牵引的陆上轨车、黄包车，内燃机轰响着开过街头，种类繁多的家具风格数不胜数，压根不像建筑材料的东西堆叠出了座座房屋，就像是打赌的产物。

马尼希基海军官兵身穿制服四处溜达，半是执勤，半是耍酷，半是跟路人调情。是的，没有算错，如此神气只可能是因这三个50%成分组成。他们可能会大声教训路过的孩子，或者以不逾底线的高傲姿态强硬干预一些小吵小闹。想象一下他们到了铁路上，小夏思索着，铁道军车火力全开轰隆隆驶向海盗，或执行救援任务，或受雇保乡卫国。

阿福飞上低天，查探各处屋檐、雕刻，还有修补过的滴水嘴，小夏意识到，它们也是打捞物。"小心！"他嘱咐蝙蝠。马尼希基天空中也许有胳膊粗的飞蝎，他可说不准。

他跟着车长挤过人群，走过店铺&小摊，商贩们极力叫卖瓶子&磁铁

&鲜花&相机,百兽图&异世旋翼鸟画,还有各类画作,描绘天使惩戒狂妄之徒,或在夜间默默修理铁轨。

走进书店区,小夏从广义上认识到了书籍的本质。黑暗房间里摆满了皮面纸本、点阵屏光盘、胶卷。纳菲车长作为熟客,受到了殷勤接待。她在不止一个摊位报出名字,店主随即查阅账簿或在发光屏幕上调出文件。

"'未知',"他们低声念叨,"没有错吧?'大众理论',还有'漂浮的意符''渐近式目标''难以捉摸的意图''失落'。这是我们记录的阅读偏好。"他们将常用标签与新出版文本相对照,"苏莱曼的《寻猎执念谈》出了新版,还有篇文章,我瞧瞧,《捕捉寻猎目标》登在《车长执念季刊》倒数第三期,不过你可能看过了。"如此等等。

叫我来这儿干啥啊?小夏想,如果她需要个跑腿的,带上肖桑德尔不就好了?

仿佛听到他内心抱怨似的,车长低声提醒:"好啦,苏拉普,睁大眼好好看看。是你提议我们来马尼希基的。很好。你要浪费见世面的机会吗?"

她仔细分析各部作品的优劣,买好以后,一言不发地递给小夏。他的包变得很沉。

来到一座摇摇欲坠的破敝大仓库前,嘈杂的吵闹声从里面传出。阿福立即到屋顶查看情况,纳菲看着它飞上去。"再给我说一遍,你朋友认为能买到追踪器的地点。"她吩咐。

"粗石街市场。"小夏回答,"她说最珍奇的打捞物都在那儿出售。"

她指指墙上的牌子:粗石街市场。小夏惊呆了。毫无疑问,纳菲知道他渴望见识什么样的人类发明。刚使唤完他逛书店背东西,这算是对他提供黑科技信息的奖励吗?

"那么,"纳菲说着,突然做个可爱的挥手动作,示意他先进去,"我要去选购打捞物了。"

第二十九章

"书拿好了吧?"车长说,"你负责把它们带回轨车上。暂时不用你跟着了,苏拉普。"

"我这就回去?"可你才刚把我带来这里啊,他心想。

"没错。傍晚我要看书。"

"傍晚……?"那是几个小时以后。他还有几个小时!她给了他几个小时!足足几个小时,可以在马尼希基逛街,逛这座市场。纳菲递过一张钞票。还给钱?"午饭钱,从薪酬里扣。"他结结巴巴地道谢,而纳菲已经走开了。

好嘞,我来了,小夏懒懒地想,**置身打捞物的海洋。**

市场上方建有拱顶,几层走道人来人往,经由螺旋楼梯可以抵达。小夏周围的摊位一个接一个地摆满了令人眼前一亮的回收废品。四周永远回荡着询价声、争论声、歌声、商品推销声。一个小乐队奏响吉他&双簧管,为所有交易送上背景音乐;一个女人照管着骨盒样的东西,里面发出奇怪的声音。

时髦人士&邋遢鬼、商务装扮的男女、硬汉风的雇佣兵&付费打手、轨车员、书呆子。显贵&探险家身穿本土服饰,或奢华,或奇异,或野蛮。到处都是打捞人。

*我知道，知道。*小夏在脑子里回应特鲁斯&沃安对他的纠正&提醒。*我知道他们在显摆。*尽管如此!

打捞人大声聊着行话，把多层帽舌推进拉出，按压防护连体裤、皮革挂脖围裙、工装口袋裤上的铆钉&凸点。他们用手指对奇怪的盒子又戳又拨，各式小件打捞物将彩光&图像投影到半空，唱起歌，调暗当前灯光，安抚狗躺下来。

小夏的好奇心终于战胜了惊异。"那是什么?"他指着一个生锈走样的楔形铁块。卖家没好气地看着他。

"扳手。"那人说。

"那个呢?"一种五颜六色的方格盘，腐坏了好几处，几个平底小雕像立在上面。

"儿童游戏。专家说的。或者占卜工具。"

"那个呢?"蜘蛛的形状，身子像是玻璃丝绕成的，复杂关节连接的腿状细杆上下舞动着。

"没人认得。"那人递给小夏一个木块，"敲敲它。"

"呃?"

"捶它一下。"那人咧嘴一笑。小夏用力拍向打捞物，它却没像玻璃那样破碎，细杆反而蜷了起来，像只受伤的触手。小夏拿起它。现在它蜷得很紧，虽然手感依旧很硬。

"那是外星商品，喊。"卖家说，"那个卷毛虫，是异世打捞物。天外访客留下的。"

"这个怎么卖?"小夏说。那人温和地看着他，开了个价，小夏立即闭嘴转过身，接着又转了回去。

"啊，能不能打听一下，"他环顾四周，确保纳菲不在听力&视线范围内，"你认不认得两个，两个孩子，一家人，他们家有个拱门，像是用旧打捞物砌成的。"

那人盯了他一会儿，最后说："你在找什么，孩子？不，我不知道。我不清楚他们是谁，建议你也别再问。"他无视小夏的惊愕，继续又吼又唱地宣扬他售卖的工具&卷毛虫&物美价廉的打捞商品。

小夏又问了一个女老板，她刚和一个臭脾气买家就古董点阵屏电路板讨价还价；又问了两个专卖外星异世打捞物的人，他们小店里全是令人浑身不舒服的古怪金属块；还问了一个供货商，他卖的不是打捞物而是采获设备：磁石、仪表、望远镜、铁锹、螺旋开沟器、气泵、全身潜地用面罩。一群与小夏年龄相仿的男女青年看他热闹，窃笑着交头接耳，用傻兮兮的小刀剔指甲。一个面容冷峻的铁道军军官狠瞪他们几眼，众人立即散去，等他走过，又聚到一起。

一桌洋娃娃。旧娃娃，回收的娃娃。不管它们曾经多么干净，在被掩埋的无数世代里，已经被尘土永久染色：不管原本是什么肤色，全黑得跟乌贼墨汁一样，好像隔了层脏玻璃。大多数娃娃是人形，多像是女人或女孩，尽管身材比例非常有问题。头发成股、打结、毛躁，要么就是秃顶。有些是奇形怪状的怪物。还有很多缺胳膊少腿，需要玩偶制造商修补。

小夏挨个询问，描述拱门&两姐弟的情况，收获的回答要么是看似真诚的无可奉告，要么是隐约知道一些却谎称不认识或建议他别蹚浑水。前一种反应主要来自打捞人，后者则多是当地商贩。

他对这一家了解多少？有姐姐，有弟弟。住房需要打理。大人精力旺盛，四处远行。一具枯骨，表明他们死了。

想到这里，小夏不可避免地联想到自己的家人。他通常很少思考父母的事——一个因为事故，一个因为心碎，双双撇下他而去。他不是不在乎；他当然在乎。他也怀疑他们的缺席对他而言非同小可。他又不傻。只是，他此生记忆中父母给予的抚育&照料，远不及特鲁斯&沃安——他们才是他真正的父母，真相不会有两个。小夏对亲生父母的关心，类似于对失踪陌生人的同情，思念太多会让他觉得对不起特鲁斯&沃安的养育之恩。

但他突然发现，他好像和照片中那俩孩子有个共同点，从本质上讲，准确地说，他是个孤儿。好吧，这个词卡在了他喉咙里。那么，莫非那两姐弟也是医助，不满于命运安排，对打捞日夜渴望，却错过重要线索？小夏有理由如此怀疑。

市场大厅里到处是时钟，上千种造型，有的是现代产品，有的显然是打捞物，校正后自豪地重新上岗，在既定时刻蹦出小鸟，有的是蓝屏带发光数字。它们集体向小夏展示着，时间的流逝是多么迅速。

"你怎么当上打捞人的？"小夏对一个外表硬朗的女人说道。对方惊讶地抬头，她原本在抿着黏糊糊的咖啡，跟同事们交流挖掘趣事。她不无友好地笑笑，朝摊位后边的面包师丢了枚硬币，示意给小夏一块糕点。

"挖啊，"她说，"先挖一个，带去打捞轨车上。继续挖，再挖一个。别去当⋯⋯"她上下打量他，"杂工？仆役？船务？猎鼹学徒？"

"医助。"他说。

"啊哈，没错，那个也是。别当医助。"

"我找到过一只蝙蝠，"小夏说话这会儿，嘴里正嚼着满口的面包糊糊，"但我觉得它不算打捞物。它是我的搭档。"

他发现那几个男女青年还在盯梢他，同时他看到，那群人又被另一个年轻人盯梢着，一个身材瘦长&动作敏捷的小伙子，小夏不确定先前是否见过。

打捞人在桌子底下翻找。"我还需要几块水墨片。"她说。

"非常感谢你请我蛋糕。"小夏说。面前的女人极富魅力，他眨眨眼，努力集中精神。"你可能没有——你有没有见过两个孩子？他们家旁边⋯⋯"

"有个拱门。"她说。小夏眨眨眼。"打捞物砌的拱门。我听说有人在找他们。"

"什么？"小夏说，"我一进来你就听说了？"

"闲话传千里啊。你是谁，小伙子？"她歪着头，"我跟你熟吗？完全不了解。你知道我不是本地人。不过，说到他们家旁边的打捞物建筑，又似乎有印象。"

"你肯定常来这儿，"小夏顺竿爬，"没准听说过他们。"

"当然。这里可是马尼希基。你描述的那种建筑细节，见过就不会忘，对吧？我去过，那之后又出海了好几次，应该是几个月以前的事吧，我觉得。当时是上门推销。不扯这些了。"她一边回忆，一边缓缓点头，"那两人跟你说的也合得上，很年轻，年纪轻轻的，却很沉稳。"她扬起眉毛，"又戳又选的，问题一大箩。会挑打捞物，很识货。"

"你觉得他们就是我要找的人？"

"我听到很多人聊起他们，"她手指一转指向摊主：不是打捞人，而是当地经销商，做生意的，"聊他们的闲话。闲置废品正是我的行当。"她笑道，"他们之前从我这儿买了一大堆东西。"她打个响指，"说到这，我真得查一查。"

她拿起一小盒异世打捞物。拇指大小，每一个形态各异，由绿色玻璃片制成，边缘探出毛乎乎的金属丝。它们像活物一样在桌面上左右滑动，身后留下一条条蜗牛尾迹般的黑墨水痕，过几秒钟就消失了。

"这是水墨片，"她说，"我很乐意送你一个，只可惜没有多余的。"

"我要找到那两个孩子。"小夏说道，贪婪地盯着那套外星废品。

"我能帮到你。当时他们买得太多，拎不动，约了送货上门。"

"上哪儿？"小夏立即搭话，"他们家？"

"在萨布兹。你知道那是哪儿吗？"她用手指在空中画起了地图，"老城区北边。"

"你还记得是哪条街吗？门牌号呢？"

"不记得了。但你不用担心，问拱门就行。能问到的。和你聊天很愉快。"她伸出手，"我叫西洛可。特拉维桑德·西洛可。"

"我是小夏·阿普苏拉普。"对方听到名字时的表情变化令他惊讶，"怎么了？"

"没什么。我只是——觉得可能有人提起过你,苏拉普。"她偏过头来,"说是像你这么大的伙计,在寻找什么东西。'弥底斯号',对吧?那是你的轨车吧?"

"对。"小夏承认,"你怎么知道的?"

"我的专长就是从废品里淘宝,当中也包括随口说的废话。'弥底斯号',曾在波隆临时停靠。"小夏倒抽一口凉气,神情百感交集。"啊,也没什么大不了,"西洛可说,"这种无聊透顶的零碎消息我还能跟你说一大把,全是关于新进港轨车的。"她笑了。

"那好吧。"他喃喃道。

"还是念想不一样的生活吗?"她侧过头,"是我的话,就不会随便离开乘员伙伴。"她的语调丝毫没有不客气。

"嗯……谢谢你。"

"我觉得你的朋友在等你。"西洛可朝仍在盯他的那群人点了个头。

"他们不是我朋友。"小夏说。

"唔。"女人微微皱眉,"那你自己留神些,好吗?"

好的。小夏随时保持警惕。

小夏·阿普苏拉普有几次打瞌睡被骂过,但那是以前,这次不会。他把整包书扛上肩,再次谢过西洛可,便离开了咖啡屋。当他出现在马尼希基的午后阳光下时,那一小撮青年立即追出走廊,蜂拥着朝他扑了过去,挥舞着拳头抢包抢钱。他其实并没有特别意外。

第三十章

然后就干了一架。

哪一种?

打架有多种类别,无数世纪以来,一直受到复杂详细的分类规则约束。人类最热衷的活动,莫过于给各类打断平淡生活的事件&现象分门别类。

有人满腹牢骚地质问:"为什么非得把各种东西都框起来不可?"从一定程度上讲,这种质疑不无道理,然而,给事物层层级级分类贴标签的积极动机,背负了太多不该有的骂名。概念混淆是不可避免的,分类是一种合理的预防手段,避免让我们陷入完全的混乱。首要问题不在于是否进行划分,而是如何进行划分。

某些类型的事件区分得尤其详细,例如打斗。

这场斗殴以嘶哑嘲讽的宣战为起点,以八九个流里流气的男女青年为向量,冲向小夏。这是场什么架?

设对抗=x。那么,这是玩闹x? 死战x? 荣誉x? 酒后x?

小夏集中精神。拳打脚踢纷至沓来,其中一只手其实是冲着他背包抓去的,于是刚才的问题有解了。

这是抢劫。

第三十一章

两个壮小伙朝他冲去。小夏闪身躲过——作为一个身体敦实的青年，动作十分迅速。他被攻击者围在中间，对方大喊大叫着又冲上来，于是他果断还脚，身手着实值得骄傲，只可惜对方实在人多势众。有什么东西砸到他的脸，哇好疼，他想扯别人头发，眼睛却挨了谁一拳，一时间整个人站立不稳——

什么动静介入混战，频率高尖，压根不像人类发出的声音。它来自暴怒蝙蝠之肺！啊，小夏想，*我的女武神*。平躺在地的他架起双臂抵挡拳头，这个不利位置给了他绝佳视野，望见逆光的阴云上展开一双翅翼，翼膜绷紧，阿福疾速俯冲，像一只毛茸茸的复仇小鬼。

又一个声音传来。是个少年。"喂，混蛋！"最高最壮的那个抢劫犯背后，是小夏之前见过的盯梢他们的年轻人。他使劲撞过来，抡起了拳头。新来这人拳头纷如雨下，阿福也呼啦啦拍打着肢骨&膜翼。小夏睁着瘀青的眼睛，感觉少年的攻击气势大于实力，然而劫匪们却慌忙逃开了。他们被阿福吓得不轻，它个头虽然小，但那尖牙利齿的外表不啻于恶魔化身。

一场混乱的闪电战。小夏摇摇晃晃地挣扎着起身，袭击者突然迅速撤离，出手相助的少年对着他们的背影大声咒骂，而阿福——这老鼠大小的勇敢精锐保镖,愿斯特勒盖的石像神保佑它,保全它——仍追着那群人不放,好像对手是窝苍蝇,它要抓住他们吃掉一样。

"你没事吧?"救命恩人转身帮小夏拍掉尘土,"你流了点血。"

"没事。"小夏说着,用指头摸摸脸,确认出血情况。不算糟。"谢谢你,嗯哪,非常感谢。"

少年摇摇头。"确定没事?"

小夏确定自己没事吗?医疗领域的零碎知识顿时浮上他的脑海。能够学以致用,他略微有些惊讶。牙齿?都在,只是有点出血。鼻子?没有松动,虽然很痛。脸擦伤了,也仅此而已。

"没事,谢谢。"

少年耸耸肩。"混混,"他说,"全是欺软怕硬的。"

"确实有这种说法。"小夏赞同,"但是世界这么大,肯定会有几个硬碰硬的,要是遇到那种,谁都得有点蒙吧。"他摸摸口袋,硬币还在,"你怎么知道他们要打劫我?"

"啊。"少年含糊地摆摆手,咧嘴一笑,"嗯,"他的笑有些窘,"我这辈子经常搞埋伏,所以看得出别人出手的时机。"

"你为什么要插手?"

"因为八打一太欺负人了!"少年涨红了脸,视线移开片刻。"我叫罗巴尔森。你的蝙蝠去哪儿了?"

"噢,它老是乱跑。会回来的。"

"咱们该走了,"罗巴尔森说,"海军就快到了。"

"那还不好吗?"小夏说。

"不好!"罗巴尔森动手拉他,"他们不会帮忙的,谁都不想跟那种人搅和。"

小夏懵懵懂懂跟着他走了一段,突然抬起手来捂紧双眼。"他们把我包抢走了!"他说,"那是我车长的东西,死也得保管好。"

他迷蒙地望望四周。他想要回背包,想惩治那群抢劫犯,想追查脱轨车车长的两个孩子,但此刻满腔的尘土&溃败,令他突然十分泄气。**快想想!**他努力思考,想办法打起精神,却并不顺利。"我还是走吧。"他喃喃道。

"那就这样?"罗巴尔森对着小夏的背影说道,"给点力啊,伙计!"小夏没应声,也没回头,怏怏不乐地抬脚返回港口。

他步履缓慢,逐渐感觉到全身瘀伤&擦伤的疼痛。他走下山,穿过街道,经过一些引人注目却不认识的地标。他走得慢慢吞吞,全无闲情逸致,心里一直在想那包书,他留意到其中一些是多么昂贵&稀有。

前方一条小巷里冒出一个人影,截断他阴郁的下山之路。他停下脚步。是罗巴尔森。"书?"罗巴尔森看着小夏的眼睛说道,递过他的包,里面是他满以为已经丢失的作品,一本不少。

"你怎么找着他们的?"一阵疾风骤雨似的感谢&惊叹之后,小夏提问。

"我对马尼希基比你熟,来过几次了。再有,我看到你的蝙蝠,觉得它在绕着什么东西转圈,就过去瞧了瞧。喏,没错:下面就是你的包。抢你的那帮人对这种东西不感兴趣。"

"但它们很珍贵。"

"那些人可不是什么高知罪犯,都是些捞快钱的。这些书都给扔了。"

"然后你又找着了我。"

"我知道港口的位置。你今天的确很倒霉,所以我猜你会回家。那么,"罗巴尔森扬起眉毛,和他对视,"总之,那么,"罗巴尔森重复道,点了点头,最后说,"很高兴你的书都找回来了。"然后转身要走。

"等一等!"小夏说着,掂了掂口袋里的硬币,"我欠你个大人情。让我……我想表示一下感谢,你知道哪里有好一点的酒吧之类吗?"

"没问题。"罗巴尔森说着,咧嘴一笑,"好啊,马尼希基最好的酒吧我全知道。去港口附近?咱俩回轨车都方便。"

小夏想了想。"要不明晚八点？我现在还有事要办。"

"那就去'风尘妹'，协定渊街。八点，我等你。"

"你的轨车是哪辆？"小夏说，"我在'弥底斯号'。万一去不成我可以直接去找你。"

"噢，"罗巴尔森说，"我的轨车——过后再告诉你吧。有秘密的不只你一个。"

"什么？"小夏说，"它是什么车？是猎鼹车吗？还是贸易车？轨洋海军？战斗车？打捞车？你是做什么的？"

"什么车？"罗巴尔森向后退去，直视小夏的眼睛，"我是什么人？你以为我为什么听到海军的名头就想跑？"他把手拢在嘴角两侧。

"我是海盗。"他以夸张的姿势悄声说完，咧嘴一笑，转身跑掉了。

第三十二章

阿福回来了。它一副悠然自得的样子,懒懒地张嘴咬本地甲虫玩,更多是出于天性而非饥饿。

"你真是只好样的蝙蝠。"小夏柔声哄它,"真是好样的。"它咬了口他的鼻子,沁出一颗血珠。但他知道这是表达喜欢。

小夏听从了打捞人的指点。"你为什么要去那儿?"当地人指路的时候,总这么问一嘴。穿过挤满机械&海军的嘈杂街道,进入堆满垃圾的脏乱差地区,浑身发抖的狗盯着小夏,令他无比紧张。

"他说他是海盗哩。"小夏低声对阿福说。海盗轨车的种种画面向小夏袭来——怎么可能按捺得住?插满武器的恶魔车身喷着黑烟,交叉扳手的海盗旗迎风飘扬,索命男女挥舞弯刀蜂拥而出,咆哮着向其他轨车冲锋。

"打扰一下,"他问路边的摊贩、建筑工、懒汉、闲坐的人,"拱门怎么走?"他感觉街道高度逐渐下降,接近轨洋基准面。"能不能告诉我拱门怎么走?"他问一位道路清洁工。那人靠在抖动的清扫机器上,友好地给他指路。

这片地区汇集了建筑工地、垃圾场、废弃地,中间就有道院门——"谁能错过这个呢,阿福?"小夏低声说。院子上方,那道拱门高调地宣示着自己的存在。

十八码高，凯旋门形状，却是奇怪的像素风格，一个个方块仿佛是从冰冷的白石上凿出来或者（假如车长出手）砍下来的。而小夏眼前的并不是石头，而是金属，是打捞物。

整座拱门都是打捞物，准确地说是元始打捞物——但并非神秘物件。专家学者早已对它的性质盖棺定论，它的主要组件是洗衣机。

他曾经看过相关演示。斯特勒盖办过一场集会，展览修复成果。连上"突突"转动的发电机后，一台机器呼呼响着吐纸，像落魄的动物皇子颁布愚蠢的敕令：那是传真机。还有一块古旧的屏幕，画功差劲的人物在上面精神抖擞地互殴：那是"垫子游戏"。还有这种白色方盒，是古人用来洗衣服的。

为什么要把元始打捞物用作明显违背其本意的用途？要建一道该死的拱门不是有简便得多的材料吗？

"有人吗？"小夏在拱门上敲了敲，指节振动机械外壳，发出空洞的闷响。

拱门上方有棵外形干枯的秃树，俯瞰一座大花园，如果荆棘上线缆纠缠、园圃中杂草葱郁之外片叶不生也能称作园艺的话。这块空地似乎确实是打捞物堆放处，各类杂件无穷无尽：奇形怪状的金属、塑料、橡胶、朽木，装点以浸水的旧广告单残片。有几排表层刮花的塑料电话，线圈硬化支起，每一根末端都连着个彩色听筒，像一朵朵弯曲的塑料花。

"有人吗？"一条小路通向一座老旧的大砖房，小夏看见屋外搭了些附房，用上了更多的洗衣机、旧式制冰机（或称冰箱）、古董点阵屏、黑色橡胶轮胎、笨重的流线形汽车车身。小夏摇摇头。

"有人吗？"

"放院门口就好。"一个声音传来。小夏惊得一跳。阿福也从他肩膀上跳下来，飞向前，绕着一棵树转了一圈。树枝上有个监控摄像头对准小夏，闪着指示灯。"你是来送什么的？留在院门口就行，先记我们账上。"

声音"嚓嚓"响着,从树杈上一个喇叭传出。由于放置时间已久,喇叭周围已生出旁枝,把它给嵌进树皮里,像个发炎鼓包的腹股沟淋巴结。

"我……"小夏走上前去跟它交涉,"我觉得你搞错了,我不是送货的。我在找——我不知道名字。我在找一对姐弟,大概……呃,也不知道那些照片是多久以前拍的。姐姐比弟弟大三四岁吧,我觉得。"

小夏能听见喇叭里远远地传来争吵,小声的互相拌嘴被静电声掩盖。"走开。"他听见一句。然后是个不同的声音:"不,等一下。"之后是更多的低语。最后,一个问题抛给他:"你是谁?"小夏听出话语中的疑虑。他用手指梳过头发,凝视着上方的云层&淡色的高天。

"我是从斯特勒盖地来的,"他说,"有些消息想告诉你们,来自一列失踪的轨车。"

门开了,眼前的人影跺着脚,全身上下裹在黑色皮衣里,头戴燧石玻璃目镜,看不清眼睛。那身行头上绑有木炭过滤器&水壶、设备零件、管子&喷嘴,杂乱繁多,左摇右摆,像棵硕果累累的树。小夏看得目不转睛。那人抬起胳膊,迈着笨重的步子领他进屋。

房间一点也没让他吃惊。看过了拱门&花园,他完全能预料到房内也是杂七杂八的各类打捞物:绮丽的,朽坏的,混拼的,勉强修复的,华贵的,脏污的。走过各式奇怪物件&回收物品,沉默的主人领着他进了厨房。里面也塞得满满当当,每个台面都堆满了东西,细细碎碎一大堆。大饭桌上摆满废品,像一碟碟倒胃口的前菜。窗台下也全是垃圾,沾满了灰尘。

大饭桌后面,一个男孩身穿连体牛仔裤,胳膊抱在胸前,正盯着小夏。他就是平面照片上的男孩!小夏松了口气。

男孩约莫比照片上大两岁。现在可能十岁?皮肤黝黑,黑色短发根根直立,像刺猬的硬刺,棕色眼眸里盛满怀疑。他个子不高,身体结实,胸膛宽度比得上青春期的壮小伙。他努起下巴&下唇,像是指着小夏,其他没有任何表示。

带小夏进屋那人剥下了奇怪的外衣，齐肩的黑色卷发从头盔垂下。正是失物照片上的另一个孩子，那个女孩，摇头甩开乱发。她年纪和小夏相仿，皮肤是和弟弟一样的深灰色，点缀着锈红的雀斑，五官和他一样凶狠，同样皱眉撇嘴，但神情没那么拒人于千里之外。她拂开眼角一绺汗湿的头发，冷静地注视着小夏。她的外套已褪到脚边，里面是一身脏兮兮的套头毛衫配秋裤。

"还得考验一下。"她说，"那么……"

"那么。"男孩说。小夏朝他俩点点头，轻轻安抚肩膀上扭来扭去的阿福。

"那么，"女孩继续道，"你有什么话要跟我们说？"

+++

小夏把来龙去脉慢慢讲了一遍，一会儿说着说着又停下，一会儿又重启话头，不求连贯，但求详尽：奇怪脱轨车的残骸、遗存，裸鼹鼠的袭击。

他没有提及骷髅&头骨，只是转开头说，车上有死过人的迹象。再抬起头，姐弟俩正静静地对望着，身体一动不动，嘴上一言不发，眼中眨落泪水。

小夏惊慌不已。他着急地来回看两姐弟，急切希望他们别哭了。他们并没有抽泣，甚至没怎么出声，只是不停眨着眼睛，嘴唇颤抖。

"你们在，能不能，我不是……"小夏语无伦次，拼命想博取两人的言语回应。他们却完全不理睬。女孩立即用力地抱了抱弟弟，然后退到一臂之外，检查他的全身。就这样，完成了某种必要的交流。结束后，他们转头面对小夏。

"我是卡尔德拉。"女孩说着清清嗓子，"这是卡尔德罗。"小夏注视着她,把两个名字重复了一遍。

"叫我德罗就行。"男孩说。他没有吸鼻子,只是擦去脸颊上的泪水。"德罗好叫一些。不然跟她的名字太像了,容易混淆。"

"施罗克。"他姐姐说,"我们姓施罗克。"

"我叫小夏·阿普苏拉普。那么,"见两人没有继续说话的意愿,他最后又补上一个问题,"那是你们父亲的轨车吗?"

"我们老妈的。"卡尔德拉说。

"但她带了爸爸一起。"德罗补充道。

"她出海做什么?"小夏说,"他俩出海做什么?" 这也许不该问,他想,可他的好奇心太强烈了,完全按捺不住。施罗克姐弟对视一眼。

"我们妈妈就是艾瑟尔·施罗克。"德罗说,仿佛这就能回答刚才的问题似的。他们像是觉得小夏应该知道这个名字,可他没听说过。

"你为什么来这里呢,小夏·阿普苏拉普?"卡尔德拉说,"你又怎么知道上哪儿能找到我们?"

"噢。"小夏接过话。见到施罗克姐弟如此悲痛,他相当不解,但总有些良心不安。他回想那列侧翻的轨车,以及满车的尘土&枯骨&破布。家庭探险的旅途出了意外,轨车做了收敛尸骨的铁棺。

"喏,那一刻,我看到了我觉得可能不该看的东西。"他语速很快,连呼吸都在颤抖,"那列轨车上找到的,相机内存卡。就像是……他们知道什么都留不下,所以找了个办法,要把那一样东西藏起来。"

施罗克姐弟俩神情呆滞。"一定是爸爸。"卡尔德拉轻轻说,"他真的很喜欢那部相机。"

"卡上存有照片,"小夏说,"我……看到了你们。他给你俩拍了张合影。"

"是的。"卡尔德拉说,德罗也点着头。卡尔德拉抬头望向天花板。"爸妈离家很久了。"她继续道,"我们一直清楚,他们可能……日子一天天过去,这个可能性越来越大。"她说的是洋泾邦语,带了一点可爱的奇怪口音,"事实上,我想过,就算出事了我们也没有办法知道。只能等,不停地等。而现在,你把这些消息送上了门。"

"嗯,"小夏说,"我想,假如我家里人一去不回……实际上,有点……"他调整一下呼吸,"我想,我会希望有人能告诉我他们的下落。稍等。"卡尔德拉&德罗平静地盯着他。他想起那些照片,兴奋得心跳加速,难以自持。"还有,"他补充道,"因为他们拍了些别的照片,所以我才特别想找到你们。他们出海做什么去?"

"问这干吗?"德罗说。

"问这干吗?"卡尔德拉眯起眼睛重复道。

给你们看个厉害的。小夏想着,激动得浑身战栗。他取出相机,向他们一一讲述自己见过的图像,拇指划过小屏幕,一张张卷动自己那些没用的垃圾摄影,铁轨&企鹅&轨道生物&天气&"弥底斯号"乘员&意义不明的影像,终于翻到那张照片——卡尔德拉父母生前拍摄的最后一张照片。

他按快门的时候跌倒了,便宜相机没对准焦,翻拍效果奇差,但还是足以看清展示的对象。空旷平原&单条航线,独独一副铁轨延伸向茫茫未知。

"因为,"他说,"他们去过这里。"

第三十三章

曾几何时，人们在纸上书写的字词，与当今不尽相同。曾几何时，"&"符号也是横平竖直的方块字。现在看来简直无法理解，但它确然是事实，我们无法改变的事实。

人类学会了驾驭铁轨，这种活动造就了我们铁海民族。轨洋航线四通八达，但两地之间绝无直线。轨车路径总是充满了折返&交叉&盘绕&回环。

还有哪个字能比"&"符号更好地代表将所有大陆分隔又连接的轨洋？轨洋通往何方？不是这里就是那里&那里&那里，无穷无尽。还有哪个字能比"&"符号的连写运笔更好地体现轨车的曲线折返运动？

从出发点到终点，最有效率的航线形成最细的连笔"&"号。而实际路程充满转弯，前进倒退、超程&修正，向西向南返航、横越先前航线、变向，再过一段共线，最终，停在离出发地相距毫厘的地方。

调向&偏航，半道转辙前往目的地，谁也躲不开这些操作。

第三十四章

"我总忍不住好奇,"小夏说,"他们出海做什么。"

"你是猎鼹人吗?"德罗问。小夏眨眨眼。

"是的。"

"捕猎鼹鼠吗?"

"呃,我嘛,不是。我给医生打下手。有时候也扫地收绳索,但是在捕猎鼹鼠的轨车上,没错。"

"你好像不太开心啊。"德罗评论。

"说到哪部分的时候?猎鼹还是学医?"

"你更愿意做哪样?"卡尔德拉问道,瞟他一眼,那番神情令他一阵小鹿乱撞。

"我都好。"小夏回答,"不说这了,总之,我来这里,不是要跟你聊这些的。"

"那倒没错。"卡尔德拉表示同意。德罗摇了摇头,又点点头,然后又摇摇头,神色严肃得像个小将军。"但我还是想问,你更愿意做什么?"

"呃,"小夏支吾道,"我嘛……"他不好意思地说,"像你们家这样就挺好的,做打捞人。"

德罗&卡尔德拉同时侧目。"你觉得我们是打捞人?"德罗问。

"我是说,嗯,对,"小夏承认,"我是说——"他耸耸肩,挥手示意房间里满得快要溢出去的回收科技&修复零件,"是啊,而且他们的目标地点,"他晃晃相机,"怎么看也是去搜寻打捞物。很偏远,不是吗?"

"你家里人是做什么的?"德罗说。

"啊,"小夏答道,"我家,是我两个表舅爷,算是,他们打零工,跟这完全不一样。另外,我爸妈——呃,我爸生前是轨车员,但他俩都不是打捞人。跟你们完全不同。"

卡尔德拉扬起眉毛。"我们以前算是做过打捞人。"她说,"应该算吧。我妈,我爸,都做过。你觉得打捞是能够激励你早起的理由吗?"

"咱家才不是打捞人咧。"德罗说。小夏的视线一直停在卡尔德拉身上。

"我是说以前,"她驳斥道,"又没说现在。现在我们是打捞相关从业人员。"

"可是,我是想说,整个搜寻过程,"小夏继续道,语速越来越快,"一定很叫人激动吧?发现前人从未发现的东西,不断挖掘,不断发现,揭露过去,创造新的未来,一直像这样,不停地学习……诸如此类。"

"你的话自相矛盾,"卡尔德拉说,"在揭露过去这个过程中发现的东西,怎么会是前人从未发现过的呢?'搜寻过程',我明白你的兴趣点了。"她盯着他,"不过,打捞人的工作不是揭露过去,而是捡垃圾。我认为最不值当考虑的东西就是过去。这里的人全搞错了。"

"这里?"

"这里,马尼希基。"她夸张地耸耸肩,示意墙外的整座岛屿。

"你为什么来这里?"德罗说。

"是啊,你们的车为什么来马尼希基?"卡尔德拉说,"这里又没有鼹鼠。"

小夏摆摆手。"谁都会有来马尼希基的时候。买点补给&小商品。"

"确实。"卡尔德拉说。

"打捞物吗?"德罗问,"是来买打捞物吗?"

"不是,"小夏说,"来买补给,还有小商品。"

他跟着主人卡尔德拉&德罗走过房屋。家中陈设随意堆叠&摇摇欲坠,所以他在脑子里评价它为平铺直叠。走上楼,又乘直梯下楼,再乘扶梯上楼,攀梯子下楼,经过各种奇怪空间,例如室内窝棚之类。

"你真好,特意来告诉我们。"卡尔德拉说。

"是啊。"德罗附和。

"二位父母的事,还请节哀顺变。"小夏说。

"谢谢你。"卡尔德拉应道。

"谢谢你。"德罗语气庄重。

"你也请节哀。"卡尔德拉说。

"啊,"小夏支吾道,"那都是很久以前的事了。"

"有劳你特意过来告诉我们,"卡尔德拉说,"路上挺费事的吧。"

"反正顺道。"小夏说。

"也是。"她在一扇门前停下,将手放上门把,看了眼弟弟,弟弟也回应她一个眼神。两人似乎从彼此身上汲取了力量。然后她做个深呼吸,德罗点了点头,她也点了点头,便带头跨进门内。这里曾经是间卧室,如今两侧的墙均已拆除,直敞向花园里的低天。空气清新,阿福吱吱欢叫起来。房间里的家具&地板都还在,无限通风条件下,覆满了霉菌、常春藤、陈年雨渍。卡尔德拉五指抚过湿润的灰尘。

一个男人坐在桌旁,面朝开敞的墙洞。他正在写作,手在纸笔&点阵屏之间疾速飞舞,快得几乎令人眼花缭乱。

"爸爸。"卡尔德拉叫道。

小夏瞪大了眼睛。

那人左右望望,对他们笑了笑。小夏留在门口。那人的目光似乎有些涣散,见面时流露的欣喜夹杂着一丝无奈。

131

"来客人了?"那人说,"你好,快请进快请进。"

"这是小夏。"卡尔德拉介绍道。

"他好心来找我们的。"德罗说。

"爸爸,"卡尔德拉开口,"我们有坏消息要告诉你。"

她走上前去,一抹惶恐从对方脸上掠过。小夏默默退出来,关上了门。他尽量站得远远的,但是一两分钟之后,仍觉得自己确实听见了哭声。

又过一两分钟,神色阴郁的施罗克姐弟回到门外。

"我记得你们刚才说,我发现的那具骨架……就是你们父亲。"小夏低声道。

"没错,"德罗确认,"那是另一个爸爸。"

世间的家庭结构类型,几乎多如轨洋中的岩石岛屿,这一点,小夏自然知晓。许多人对社会惯例持有叛逆态度,而在一些缺乏相关法律约束的国家,只要受得住白眼——显然施罗克家就是如此——家庭会有更多表现形式,奇怪的施罗克一家便由此诞生。

"我们父母共有三人,"卡尔德拉说,"但是拜罗爸爸……"她朝房间的方向瞟一眼,"他不像埃文爸爸&妈妈那样热衷于游玩。"

"游玩。"小夏重复道,希望对方展开说。

"他负责打理家务。"德罗解释,但他姐姐却在他没长眼睛的后脑勺后方,对上小夏的目光,不出声地做了个"以前"的口型。"他是作家。"卡尔德拉又做个"以前"的口型。"他有些……健忘,但一直照顾着我们。"卡尔德拉仍旧用唇语纠正说"是我们照顾他"。

小夏眨眨眼。"家里没有其他人吗?"他说。这对姐弟怎么可能独自照顾那个糊涂汉&他们自己?他突然想到了什么。

"话说,我听人讲过,"他开口,"听说有办法用这些东西,"他指着打捞物,"造出假人来,会走路&思考&做事……"他左顾右盼,似乎期望着能有个用废品拼凑、以奇异能量驱动的垃圾保姆出现,对他的指令唯唯诺诺。

"打捞物机器人?"德罗说完,附上一种粗鲁的声音。

"都市传说罢了。"卡尔德拉说,"没有这种东西。"于是,小夏脑海中那个金属&橡胶&玻璃&石头的人形在一缕现实的轻烟中消失,取而代之的画面上,卡尔德拉&德罗照顾着自己&悲痛的二号父亲。

第三十五章

刚刚确定了施罗克姐弟2/3孤儿的身份，小夏感觉对二人有种莫名的亲近，一种从未预料过的心灵羁绊。尽管惋惜自己没能进一步了解施罗克夫妇的故事，可他不能再久留了。时间如白驹过隙，奔腾下山，越跑越快。说真的，小夏暗里吐露心声，他有几分怀疑施罗克姐弟想挽留他，不愿与他们鳏居的父亲单独相处。

卡尔德拉再次进屋看望拜罗爸爸，德罗把小夏送出了门。他循着来路走出花园，来到洗衣机拱门下，返回马尼希基街上；他一路思索着轮岗排班，盘算着富勒姆洛医生&别的什么人在的时候，谁的吩咐可以当耳旁风，谁的指令赖不掉，等不及要偷溜出来，再次拜访施罗克家。也许正因为潜心思考着怎样阳奉阴违&避人耳目，他忽然发现施罗克家对面有一个人。

那人靠墙站着，身裹一件灰色长大衣，看起来比当季穿着厚实得多，宽大的帽檐完全挡住了下方的脸。小夏皱起眉头。很显然，那人的目光多半是投向施罗克家的方向，可能直盯着他。月光皎洁，路人频繁来去，小夏确信这家伙的出现并非偶然。

他焦急观望。盯梢的人迈开大步过街。小夏逗留片刻，蹲下身摆弄了一会儿鞋子。那人逐渐接近,小夏尽量装作不经意地走开。他决意不要回头,可脑子里总想象着那人正死盯着他,直盯得背上阵阵发痒。他忍不住迅速转头看一眼,那人快要追上了。小夏立即加速,再次扭头时,不想却撞上了一个人。

他忙不迭地连声道歉,然后才看清对方是谁。这是个女人,又高又壮,哪怕雄健如小夏也没能撞动她分毫。她关切地看着他,伸手拉住他的胳膊。

"嘿,"她说,"你没事吧?"她发现他回头的动作,"那人欺负你吗?"

"没有,我,是的,没有,我说不准。"小夏答道,"我不知道他想干吗,他一直在盯我——"

"盯你?"女人说。那人停下脚步,似乎突然对一面墙产生了兴趣。女人眯起眼睛。"你从那里头出来的?"她指着施罗克家问道。小夏点点头。

"别担心,孩子。"她说着,伸手搂住他的肩膀,"不管他想干吗,我们都不会让他得逞。"

"谢谢。"小夏低声道。

"不必担心。在马尼希基,我们待游客如上宾。"她带他离开,走向城里灯光繁华的区域,"我敢肯定,施罗克家正是这么做的。你去找他们谈什么?"这个问题从她嘴里说出来时并没有丝毫的语气变化,但小夏却不自觉地扬起了头。那一瞬间,他发现女人并没有看他,而是盯着身后的男人,目光中非但没有警惕,反而在传递眼色。

见到这一幕,小夏的心跳"腾"地加速,提到了嗓子眼。假意相救实则相害的女人看着他,脸色沉下来,手紧紧钳住他的肩膀。小夏放弃了将计就计&等待破绽的念头,转而选择眼前唯一的另一条出路,狠狠踩向女人的脚。

一声惨叫,她跳着脚粗声骂个不停,两人身后,那个脸罩在阴影里的夜行人旋即朝小夏冲上来,速度极快,大衣在身周翻飞。

小夏拔腿就跑,敞开衬衫放出阿福。蝙蝠向宽帽男俯冲攻击,但这个

轨洋

对手可不是什么年轻小混混，不会被轻易吓退。他挥手赶走阿福，持续冲刺，向小夏逼近。

"朝上飞！"小夏喊道，"快跑！"他扇动双手，蝙蝠逐渐飞高。

假如仅比拼速度，几秒之内小夏就会被抓。在这一带，百十年来曾有多少年轻人莫名遭到成年人的追击&欺压，他仿佛忽然受到他们的灵魂附体，使出他们的正当逃脱之术。尽管速度不算快，但他在正义指引下灵活地左奔右突，矫健&利落地翻越矮墙，躲开暗巷，抵达一条仍充斥着起哄声&夜市交易声&车流喧嚣的街道，借着淡去的天光，看准位置，壮起胆子，滚到车辆低矮的底盘下方。躺着一动不动，屏住呼吸。

阿福，他在心里喊道，拼命想把脑波投射出去，离我远一点。

城中的脚步起起落落，无影的步伐往来奔走，车轮滚滚，猫狗好奇地嗅探。小夏看见两只黑皮靴重重踏入街道中央。停下。转向。朝这边跑几步，往那边跑几步，再转个方向，终于跑开了。待那双脚消失在视线之外，小夏赶紧从车厢底下连滚带爬地冲出来，不住地喘气。

他满身泥污&血迹，抖个不停。他抬起头，高举双臂，阿福随即从天而降，回到他上衣底下。他呆站着，踉踉跄跄，马尼希基当地人大多不理会他，直到他沙哑着声音向其中一个人问路，得知如何返回码头，才偷偷摸摸地，尽量绕远路回到"弥底斯号"。

前往码头的路引领小夏经过头顶五花八门的路灯，用电的，煤气的，荧光的。灯具色彩纷呈，照亮了沿途各地，打捞自人类过往的历史，来到不属于它们的时代；甚至还有部分异世打捞物，专用于观赏，转动着脚印状的外形，或在光照区域内延伸出无尽的螺旋。

瘀伤肿了起来。一辆推车载着他回到"弥底斯号"，车灯摇曳，行驶过瞌睡的轨车之间，投下移动的阴影。

"大晚上的，才回来啊？"绮罗雅暮喊道。小夏瑟缩一下，绊到了甲板上的杂物。

136

"我回来晚了，"他说，"车长非得扒了我的皮不可。"

"不会的，她心思都在别的东西上呢。"

的确，当他来到甲板下方，偷偷溜进纳菲的车舱，把书刊放进她的带锁宝箱时，被高级车员餐厅里传出的声音一下吸引了他的注意力。一连串惊呼："噢""啊""天哪"。他不禁过去打探到底是什么情况。

车长&车副们聚在什么东西周围。"小夏，"有人说，"快进来瞧瞧这个。"就连车长也挥手召他过去，车副们在桌边腾出一个空位，现出满桌的旧时文物。

小夏寻思，这副满身泥泞&打斗伤痕的模样，应该足以解释晚归的理由。可是没人在意这些，小夏也是第一次见识到车长如此健谈，胳膊"嗒嗒"响着，流光晃动，指头点点戳戳，速度比真人手指还快。

"来看这个，看这儿。"她正在摆弄一个接收器。光点闪烁，发出母鸡一样的咯咯声，预设灯组亮起。看来她找到了卖家。

"信号范围——嗯，他们说有几十英里，甚至远达一百英里。还能穿透几英尺深的泥土。"

"巨鼹潜地可不止几英尺，车长。"有人提醒。

"没错，但总有出地的时候啊。并不是说接收器能带我们寻到巨鼹家门口去，奎克斯先生，也不是说有了这个，咱们就能安心待在车上喝茶。该做的事还是照旧，你也仍然是个猎手。而且，我们还得学习怎么看读数。不过，"她环视左右，"有了这个——"她举起小小的发射器，"把它植入巨鼹皮下——一切都会不一样。"

波兹拉廷·奎克斯整了整身上的华服，经纳菲同意后，拿起接收器。它由多个杂乱部件组装而成，实际上，"杂乱"多过"组装"——乱成一团，快要散架了。主要元件均是元始打捞物&异世打捞物，像个活物一样低声絮叨。奇特的小电路，源自上古&外星的专业科技，融合为一个丑陋而神奇的装置。

小夏挪了个位置，想看得更清楚些。奎克斯拨动表盘，指示灯随即变化，改变了颜色、位置、速度。小夏静静地站一会儿，又继续往前凑，而与此同时，指示灯也跟着变动。大伙儿齐刷刷看向他。他眨眨眼，再走动起来，灯组的花样又随着他的动作即时更改。

"搞什么鬼？"奎克斯说着，又按下一个按钮，手中的光芒更亮了。这台装置确实在追踪小夏。阿福从他衬衫底下探出头。

"啊，是那个小动物。"车长说，"那东西还卡在它腿上，被这台机器探测到了，应该是信号串频了。奎克斯，你得给它调试一下，保证它只跟这些个匹配，别弄乱了。"她晃晃手里那一把发射器，它们哗啦啦碰到一起，接收器便像鸭子一样聒噪起来，指示灯又发生了变化。

"就像我说的，"车长继续道，"需要学习怎么用它。但事情总归有了眉目，不是吗？好嘞好嘞好嘞——"她搓搓手，看着小夏，既然这个主意源自于他，那也该由他来弄清使用机制。她脸上全无笑意——毕竟是纳菲车长！——只是向他点了点头，足以令他手足无措。"查查手上有的详细信息，推断出最近的目击场所，也许能发现壮观的鼹丘群。那就是我们接下来的目标。"

第三十六章

"我知道,可咱们不能就这样丢下他啊。"德罗说。

"又不是真丢下他,"卡尔德拉反驳,"也不是没有请人来照顾他。你也觉得我不会想他吗?你知道他会支持咱们走的。"

"我知道,可我不支持咱们走。有他在就不可以,他离不开我们。"

施罗克姐弟俩躲进另一个房间讨论这个问题,原以为这样能躲过小夏的耳朵,可惜他们搞错了。

"德罗,"卡尔德拉语气软和下来,"我们走了这件事,他很快就会忘的。"

"我知道,可他还是会记起来,又会难过。"

"然后又忘。"

"……我知道。"

施罗克姐弟出了房门,小夏正在外面走廊上等候。德罗眼圈红红地盯着他,像是努力克制着情绪。卡尔德拉紧跟在弟弟身后,用手抚摩他的肩膀。两人与小夏目光交汇。

"正是因为他,我们才没有出发去找失踪的爸妈。"卡尔德拉说,"很久了。你告诉我们的消息,并不算多大的惊吓。只是他——"

"他一直在等。"她弟弟说。

"拜罗一直在等回信,"卡尔德拉说,"他一直在写的,就是给他们的信。你写信吗,小夏?"

"我也写,但不算勤快。特鲁斯&沃安——"小夏忽然发觉自己好久没跟二老联系了,不觉语塞。停顿半响,又说,"昨晚,我来过嘛。出门的时候,发现有些不对。有个人——"他神色严峻,"你们家,被监视了。"施罗克姐弟盯着他。

"嗯,是啊。"德罗说着,耸了耸肩。

"啊,"小夏说,"嗯,你们知道就好。"

"明摆着嘛。"卡尔德拉评论道。

"嗯,显然是明摆着的。"小夏有些窘,"不过,那个啥,我想确定一下,就是,为什么?为什么说是明摆着的?"

"被监视的原因吗?"卡尔德拉问。

"因为我们是施罗克家啊。"德罗骄傲地宣布,同时竖起右手大拇指指向自己,左手"啪"地钩了钩裤子吊带,挑起眉毛。小夏忍俊不禁。德罗皱起眉头瞪了他一会儿,也露出一丝笑意。

"我刚说了,我们爸妈算是三分之一的打捞人,"卡尔德拉告诉小夏,"再加三分之一的造物者&三分之一的考察员。他们去过很多地方,做了这帮人想做又做不到的事。他们就想打听爸妈去过的地点&动机。"

"谁打听?"小夏说,"哪帮人?马尼希基人?"

"马尼希基人啊。"卡尔德拉说,"所以,明摆着嘛,爸妈没有按时回家,拜罗其实是不能找海军的,搜救不是他们的首要职责。啊,他们反倒主动提出要搜救,问我们要手里的地图,还问爸妈的目的地是哪儿。"

"好像我们知道答案,能告诉他们似的。"德罗嘀咕。

"他们不在轨车上记录航海日志,"卡尔德拉又说,"所以会把那张内存卡藏起来。哪怕受了伤,也要有一个人保证把卡埋到地下。他们肯定想到了,那些照片会揭露他们的行踪。"

"他们故意绕远路到要去的地方，回程也是。"德罗说。

"拜罗爸爸应该是有点……"卡尔德拉的声音越来越细，又忽然响亮起来，"但也没有糊涂到相信海军，没有把他了解的航线信息告诉他们。"

"也就是说，确实有航图？"小夏问。

"轨车上没有。有你也看不懂，海军也是。马尼希基当局想找到爸妈，但不是为我们好，只是另有所图。我们施罗克家，从没给过他们想要的东西。"她的语气充满自豪，"我们有各式各样的机车&机械，其他没人造得出。他们才不是想把妈妈和埃文爸爸找回来——只是想要爸妈的东西，爸妈制造的或者回收的全部东西。"

"爸妈失踪以后，"德罗说，"他们不知道要搜寻多久。"

"可是现在你来了，"卡尔德拉接过话，"这么多年，他们终于第一次偷着乐：'总算有眉目了！'"

"他们逼得我躲进阴沟里。"小夏说，"不过，要想抓住斯特勒盖崽子，还得再长点本事。"

"一是核实你的身份，"卡尔德拉说，"二是逼问你的消息，问施罗克夫妇在哪里。"小夏记起第一次来访时，卡尔德拉&德罗和他的接触小心翼翼。怪不得他们那么多疑。怪不得他们没有朋友：就算没把心思都花在无微不至地照顾拜罗爸爸&眼巴巴地盼着另两位父母回家上，也得把每个访客都当成潜伏的间谍。

"你来之前，"德罗对小夏嘟囔道，"我一直觉得爸妈可能会回来。"

"这是他们离家最久的一次，但还是不愿掐灭希望。"卡尔德拉说着，把头偏向隔壁房间，拜罗爸爸正在经历一段不明所以的悲痛，"还没确定的情况下，怎么能撇下他不管呢？万一我们朝这个方向找，他们却从另一个方向回来了呢？"

"那现在确定了，吧？"德罗说。这本是个陈述句，最后却忽然加上语气词，变为了疑问句，那片刻间不肯确定的心愿，刺痛了小夏的心房。

"现在确定了。"卡尔德拉温柔地说，"所以我们要继承他们的意志，完成他们未竟的事业。这一定是妈妈和埃文爸爸的遗愿。也是他的心愿。"她又朝门里看了看。

"也许吧。"德罗叹道。

"他可能还会给他们写信的。"卡尔德拉说。

"既然那么健忘,"小夏问,"何必把伴侣去世的消息告诉他呢?"

"唔,他们相爱啊,不是吗?"说罢,卡尔德拉领着小夏去了厨房,给他奉上一杯油乎乎的茶汤,"他不配凭吊爱人吗?"

小夏狐疑地搅动茶水。"我每次问到你家,"他说,"别人看我的眼神都怪怪的。很明显,街上人都在你们背后嚼舌根子。我见到了那辆脱轨车,它是独一无二的。我也见过那张照片。"他抬头看着她,"你愿意告诉我,你父母在调查什么吗?你清楚吗?"

"你问我们清不清楚爸妈在调查什么?"卡尔德拉说,"去了哪些地方,动机是什么?啊,肯定的。"

"我们都清楚。"德罗补充。

"其实你也清楚啊。"卡尔德拉说着,瞟了一眼弟弟,他愣了一下,随即耸耸肩。"这个问题并没有多复杂,"她继续道,"就像你说的,照片你都看过了。"

"他们在找一样东西。"小夏说。

"已经找到了。"顿了一会儿,卡尔德拉接过话,"他们出海寻找一样东西,最后找到了。那就是……"她抛出问题,像个小学老师。

"一条脱离纠缠轨道的航线,"最后,小夏说,"通往轨洋之外。"

嗯,明摆着嘛。小夏见过那条航线,所以算是清楚答案。但是,亲口答出那句话,心里竟有种渎神的快感。宣扬异端邪说,原来是这样既紧张又舒爽。

"轨洋外面什么也没有。"他急不可耐地大叫,连自己也觉得有点烦人。

"咱们好像该忙正事了,德罗。"卡尔德拉说道,声音里透出一丝严肃，一种律己。她弟弟答话时，也给人同样的感觉。

"有些东西在拜罗爸爸房间里，"德罗说，"待会儿给他送晚饭时，我去拿下来。"

"轨洋外面什么也没有。"小夏又重复一遍。

"真的可以丢下他吗？"德罗说着，回头望了望留守父亲的房门。

"我们没有丢下他呀，"卡尔德拉温和地说，"你知道的，全都安排好了。"她靠近德罗，"需要的东西都给护工收拾好了——你知道他们会照顾好他的。你也知道，如果条件允许，他会亲自出海。可惜他去不了，所以由我们代替，完成他的心愿，完成大家的心愿。"

"我知道。"德罗说着，摇了摇头。

小夏准备再重复一遍试试。"轨洋外……"

"啊，别说了行不行？"卡尔德拉制止他，"显然有的，你都看到照片了。"

"可是人人都知道——"小夏开口，然后顿了顿，长出一口气，又说，"那个——"没有确实的信息，他在脑海里把已知线索过了一遍。"没人知道轨洋的源头在哪里。"

"嗯，没人知道，"卡尔德拉接过话，"但人们对拿不准的东西总有些直觉。你老家那边的人怎么说？斯特勒盖，对吧？你们怎么看？轨道是诸神铺设的吗？"她连珠炮般地提问："铁轨是从地下钻出来的吗？是否勾勒出神谕的字迹，好让驶过的旅人不知不觉地诵记？是否由某种尚不理解的自然过程制造出来？有些激进分子完全否认诸神的存在。铁轨是否因岩石、冷热、压力、泥土之间的相互作用而产生？铁轨出现时的人类，脑容量稍大的猴子，是否就想到了利用它安然躲开致命海床的办法？轨车就是这样发明出来的吗？世上的轨道是否无穷无尽，除了横越轨洋之外，还纵深向下，根根相接穿过一层层泥土&打捞物，直抵地心，直达地狱？有时候暴风会刮走表层土壤，露出下方的铁块。最热衷于挖掘的打捞人曾声称，在地下发现好几码长的轨道。至于天堂，天堂里有什么？天堂在哪里？"

"我认为——据我们所知——你也知道，"小夏说着，对自己这番语无伦次噗了噗嘴，"一切都源于海特托芬。"

"啊，没错。"卡尔德拉说。在所有受人崇拜、敬畏、蔑视，被用于安抚或骂战的诸神中，他的影响力最为广泛。体型庞大的烟囱头总管，身穿深色长袍，保护&司掌着轨洋以及海上各国和乘客。"很多很多年前，"卡尔德拉继续道，"可能有过一位大总管。通往哪里呢？那些铁轨。轨洋的边缘有什么？"

小夏不自在地扭动身体。

"小夏，"卡尔德拉说，"高天是什么？别说是诸神投毒的地方。轨道的源头在哪里？诸神的讼争是什么？"

"创世之初，诸神为地球的创造争执不休，其中海特托芬力量最为强大。诸神斗争期间，轨洋在泥土中浮现成型。"

"其实是各个铁路公司之间的斗争。"卡尔德拉纠正。

小夏也听过这个说法，他紧张地点头承认。

"整个情况恶化之后，那些公司又想靠公共工程赚钱。普通人要付通行费，统治阶层又要承担每一英里的工程费，所以各个公司抢疯了，互相竞争，在整片大地上到处开辟新航线，不择手段，因为路修得越长，赚得就越多。

"他们连续多年一直焚烧有害物质——高天就是这么来的——最后又把轰隆隆行驶的东西派到地上，改变了一切。整个世界都可以被他们随意操纵。这是一场商战。他们给竞方的轨车设置陷阱，所以轨洋中存在陷阱道岔和陷阱航线。

"他们铺设下铁路线，"卡尔德拉说，"斗得两败俱伤。谁也逃不过毁灭的命运，最后只留下了铁轨。我们生活在一场商战的余烬中。"她笑道。

"我们的父母在寻找一样东西。"德罗说，"他们了解那段历史，那些故事，腐朽的财富、历史、天使、无边的泪海。"

"我全都听过！"小夏叫道，"'财富的魂灵住在天堂，所有已降世和未出生的'！"他背诵古老故事里的文字，"'呜，避岸之泪海！'你是说，你爸妈在追寻那些传说？"

"万一不是呢？"卡尔德拉反问，"天堂也许和大家想的不一样，但那不等于它就是个传说，也不等于所谓的财富的魂灵就不存在。"

一阵数字铃声猛然响起，墙上一个挂钟提醒小夏注意时间。别吵啊！他想。他还想听那些打捞故事，还想在这所房子里继续探索。

"我……得走了，"他说，"约了人见面。"

"真可惜，"德罗礼貌地说，"我们也得走了。"

"什么？去哪儿？什么时候？"

"现在还没准备好。"卡尔德拉闭上眼睛说道。

"不过快了。"德罗立即补充。

"现在还没准备好。"卡尔德拉说，"既然你告知了我们事实，我们现在就得去完成该做的工作。别一副吃惊的样子，小夏，你听到了我们刚才的交谈，也知道我们必须那么做。我想，那正是你专程来给我们看那张照片的原因。

"你该不会觉得，我们会放下父母未完成的工作不管吧？"

第三十七章

"风尘妹"和多数码头酒馆一样人满为患，充斥着响亮的游戏电子铃声。小夏望着聚集在吧台边的打捞人。他们没有穿专业的打捞装束，但即使是便衣也极具辨识度——高定华服，复原自人类早已无法企及的时尚年代。他往那边凑，偷听他们嘴里的打捞界行话——互称"友儿"&"宝子"，谈论着捞挖机&养身物&无壳机械。小夏不出声地跟着学。

"那么，"罗巴尔森说，"你们车长喜欢那些书吗?"他大口喝着小夏请他的酒，名为轨车油，以甜威士忌&黑啤&糖蜜调制而成，入喉恶心但回味醇香。

"挺喜欢的。"小夏说，"再次感谢你，就那个，昨天的事。"

"那你要不要讲讲自己的故事，小夏? 出海多久了?"

"这才第二趟。"

"那难怪了。他们那种人，闻得出来谁是新手。不是刺激你，事实就是如此。"

"那，"小夏说，"你车上有没有伙计在这儿?"

"他们不来这种地方喝酒。"

"去专门的海盗酒吧?"

"没错。"罗巴尔森顿了半晌,最后扬起眉毛说道,"专门的海盗酒吧。"他语气很平淡。

+++

小夏待的时间比他预计的晚得多。当点唱机里传出劲歌《轨车痞子们跳起来!》的狂热鼓点时,他快活得哇哇大叫,咿哩哇啦地跟唱副歌。罗巴尔森也唱。其他顾客带着不满&看笑话的心情打量他们。

"这叫看不满话。"小夏指出这点的时候,罗巴尔森编了个词。

"看烦话。"小夏说。

"小夏,"罗巴尔森提醒,"你再这样下去,咱俩都会给人踢出门外。那群打捞人到底有什么好看的?一进门你就目不转睛地盯着,好像野獾眼馋肉虫子似的。"

"就是,怎么说呢,"小夏答道,在椅子上扭了扭,"他们穿衣的风格啊,说话的风格啊,做的事情啊。就很——嗯,很酷,不是吗?我也想……"

"你跟那边大厅里有个人聊过,对吧?那个女的。"

"对。叫什么西洛可。她人很好,还请我吃了蛋糕。"小夏咧嘴一笑。

"轨洋那么大,"罗巴尔森说,"你就不觉得,打捞车上也会有那么一个人,每次从猎鼹轨车边经过时都会想:'他们做的事比我要刺激多了。'"

"不好说。"小夏回答。

"他们会想:'啊,在那列轨车上当医助,多叫人向往。'"

"那把地址给我啊,我去问问他们肯不肯交换。"

"还有,不是听你说你们车长有个执念吗?"罗巴尔森继续劝导。

"那又怎样?"

"那还不够激起你的雄心壮志吗?我打赌,打捞人可能还挺无趣的。"

轨洋

酒吧角落里有一男一女注视着两个年轻人。小夏看了看他们。不是打捞人，他心想。那两人发觉他的视线，便转开了头。他蓦地记起先前躲在马车底下的经历，浑身一激灵。

"我遇到了两个人，"他说，"我觉得可能是打捞人。至少是半个打捞人。"他眯起眼睛，"他们可不无趣，相信我。他们是一对姐弟。"

"哦，好像有点印象。"罗巴尔森说，"是叫舒特？施莱克？还是梭克？"

"你怎么知道？"

罗巴尔森耸耸肩。"我爱听故事，到处都是各种传闻。有人讲到，一对怪姐弟要启程去探寻流淌绿奶酪之地什么的，机车节就走。小道消息还说，有人想追随他们，一起去寻找幻想的宝藏。"

这一次，小夏是偷偷摸摸离开施罗克家的，循着姐弟俩建议的暗道出门&返回镇上，没有招惹任何眼线的注意——他们肯定在屋外蹲点。罗巴尔森的话惊得他不住眨眼，而罗巴尔森本人却似乎对这则全岛上下关注的传闻并不感兴趣，只是不经大脑地机械转述。

"看不出来啊，"他评论，"我是说你。你觉得自己想当打捞人，但却未表现出分毫。"

"有意思，"小夏应道，"他们也这么说。那你呢？你平时做什么，罗巴尔森？"

"我做什么？那要看是哪天。有些日子刷甲板，有些日子刷车头，啊，去他妈的，我宁愿被讼争的诸神揍一顿。有些日子活儿轻松一些。知道我今天瞧见了什么吗？高天掉下来的东西，大概一个月前，落在北面海滩上。有人把它装在罐子里，花几个铜钱就能看。"

"活的？"

"小夏，它从高天掉下来，当然就活不成了。是给泡在醋还是什么液体里的。"

"好吧，你知道我不是那个意思。"小夏说，"你在哪辆轨车上？"

"哦，"罗巴尔森说，"不提也罢。"

"嗯，"小夏说，"都行。"好吧，就让他继续玩神秘少年的游戏。"高天，基准面，地平线，"小夏漫不经心地罗列，"各种边缘。你听过那种，怎么说呢，关于世界边缘的故事吗？"

罗巴尔森眨眨眼。"故事？"他说，"你是指天堂那些传说？可能跟你听过的差不多。怎么了？"

"你就不想验证它们的真假？"小夏的语调蓦然变得如痴如狂，那般热情连他自己也大吃一惊。

"不太想。"罗巴尔森说，"首先，它们不是真的，都只是传说。第二，如果是真的，你也宁愿其中一些是假的吧。假如确实应该避开它，你怎么办？都怎么说来着？哭泣之宙，是吧？还是，嚎啕的财富？"他摇摇头，"不用多想也知道不是啥好事儿：愤怒的魂灵，永恒的哭泣。"

第三十八章

"弥底斯号"车主想要的,只是鼹肉&鼹皮&鼹油能换来的金币&声望。他们根本不管纳菲捕回的是哪只,或某只指定的鼹鼠,除非某些特殊事件有望提升她的名气,而那种品牌效应可能为他们带来收入的增加。

追寻终极猎物、寻猎宿敌并真正捕杀成功的车长寥寥无几。和所有的斯特勒盖少年一样,小夏去过完满名人馆,见过那些著名的平面照片,男男女女站在各自执念对象那山一样高的尸身上:哈伯斯坦&甲虫;阿普莫格雷夫&鼹鼠;塔尔明&身形曼妙的变异獾尼希尔,他把消解了意义的虚无象征踩在脚下,笑得像个念小学的孩子。

"弥底斯号"乘员花了三天时间,把一辆中等大小的猎鼹轨车改装成寻猎执念的移动堡垒。锤子敲,扳手拧,车员们对机车&备用机车完成了检测。叉戟磨利,火药备足,包层中的漏缝修补好。"弥底斯号"好多年没这么气派过了,就连刚出厂时的状态也不比现在。

"各位都清楚此行的风险。"纳菲说。她不爱喊口号,但这个环节必不可少。车副说得对,乘员们需要一场动员。"我们可能要在轨洋漂泊很长时间,"车长的话语传过管道,有些破音,"几个月,甚至几年。这趟狩猎,我们将孤车深入。我已做好准备,各位是否愿意听我号令?"啊,感染力不错,小夏想。

"我不会强迫哪位车员追随。出海捕猎,是为这辆漂亮轨车的车主,"这话博得几声会心的假笑,"为斯特勒盖的荣耀,为尊崇知识。为了我——如得各位支持,我将永志不忘。咱们向南走,听任知识的导引。为轨道而生的先生们&女士们——出发!"

乘员们欢呼雀跃,七嘴八舌地表达忠心,支持狩猎,支持盲目寻猎的终结。"为车长的执念!"喊声传遍整个甲板,回荡在每一节车厢。真的?小夏寻思。

"小夏,"乘员们各自执行任务,富勒姆洛医生却叫住他,"港务长送来的。"医生递过一封密封的信件,小夏惊愕地盯了半晌,嘀咕着感谢——不是每位乘员都会尽责地转交,自然,有些没底线的还会抢先偷看。信封上写着"夏沫·萨鲁普"。差得不远,他想道。医生虽有底线,却不无好奇,他在一旁等着小夏撕开封印。

限时好价!信上写道,**施罗克的贵客请注意!征集施家动向资讯,报酬优厚!详情咨询港务长,赶快行动,还有免费好礼相送!**

"是什么?"见小夏撇起嘴把纸揉成一团,富勒姆洛问道。

"没什么,"小夏回答,"垃圾广告,全是废话。"

"不知道我有什么毛病,"小夏说,"一点感觉都没有。"他给施罗克姐弟讲了纳菲慷慨激昂的动员演说。

卡尔德拉耸耸肩。"我也是,"她评价道,"不过你也算是幸运。"

"幸运?"

"不用烦恼要不要把帽子往天上抛。"卡尔德拉正在数饭桌上那些像大头针或者螺钉之类的东西,德罗则在往手提箱里打包罐头。

小夏从"弥底斯号"偷溜出来的技能越发娴熟了。他出现在施罗克家门前,姐弟俩淡定地和他打招呼。

"快进来,"卡尔德拉笑道,"我们刚下课。"

"课"原来就是德罗&卡尔德拉在藏书室里对坐着,周围是一堆书籍、点阵平板、打印资料。周围的书架上,除了书以外,还有同样多的骨头&怪异物品。德罗正在依照某种难懂的系统,整理&存放学习资料。"你们在斯特勒盖怎么上课?"卡尔德拉说,"你们的学校是什么样?"小夏的目光令她眨了眨眼,"本地我不太认识像你这么大的朋友,更别提外地了,"她解释道,"纯粹是好奇。"她脸红了吗?嗯,没有,但她有点害羞。

"我们去过斯特勒盖,"德罗说,"不是吗?"

"啊,爸妈是带我们满轨洋跑,"卡尔德拉说,"可我都记不清了,也不能说了解哪个地方。"

于是小夏向她简单讲解斯特勒盖地。他满脸通红,即便她神色如常。他磕磕绊绊地把一两件相当普通的童年轶事讲成异国趣闻,与此同时,德罗收拾好了零碎的东西。

小夏继续讲述,卡尔德拉听着,眼睛却不看他,德罗离开了房间。小夏听见拜罗的房门开了又关。他不停地讲着,过了一会儿,门又打开,德罗回来了,苦着脸,红着眼眶,站在小夏&卡尔德拉之间。小夏的故事终于讲不下去了。斯特勒盖少年&三分之一打捞人的女儿各自转开头。

"该我了。"卡尔德拉说着,轻巧地离开房间。

"做什么?"小夏问。他没指望德罗解释,德罗也没有,只是站在那儿,咧着嘴皮子,好像准备打架一样。沉默越来越漫长,越来越难熬,卡尔德拉终于回来了。她从拜罗爸爸桌上拿了一张他的照片、一条围巾、一个破旧的折叠式点阵屏。

她的脸色和弟弟一样颓丧,但尽力稳住了说话的声调。"你的蝙蝠呢?"她问。

"去别的地方捕猎了。"小夏心事重重地竖起十指。"我收到一封信函,"他说,"怂恿我有偿提供你们的资讯。"

"你怎么回的?"卡尔德拉问。

"你觉得呢?我把它扔了。我每次来,都是走的你告诉我的暗道,但关于你们的流言蜚语仍越来越多。听说'弥底斯号'也是传闻满天飞。"

卡尔德拉若有所思地把指尖放到唇边。"确实有很多关于你们轨车的传闻。"她说,"你们怎么来的,要去哪儿,途中有什么发现,等等。人在海上走,哪能不脏鞋。"

"我到处问人,听到世界尽头这个词有什么想法,"小夏说,"实话告诉你吧,反应都不大好。"

"你要不要跟我们一起走,小夏·阿普苏拉普?"德罗忽然问。

"什——什么?"小夏说。

"现在不行,德罗。"卡尔德拉制止。

"等等,他刚才说的啥意思?"小夏问。

"现在不行,"卡尔德拉重复道,"你刚才聊到你们车长的动员演说,怎么来着,小夏?"

"啊,那个,就是觉得……毫无感觉。我真的没有想上猎鼹轨车的欲望。"小夏环视一遍屋子里的所有打捞物。

"有人说,"卡尔德拉开口,"每个人都有自己的使命——那调调一听就知道,说得不像是自主的选择,而是上天的安排。你的使命一直在等着你。"

"也许吧。"小夏若有所思地说。

"我个人倒觉得是屁话。"卡尔德拉话音刚落,德罗就咯咯笑了起来。小夏眨眨眼。

"这么说来,咱俩都没有使命。"小夏应道。

"我可没那么说。原话不是那样吧?我说的是,也许你没有使命。我现在的使命就是搬东西。"她提起各种各样的行李,"不,德罗,你现在的使命是待在这里,把这些都分门别类整理好。你觉得自己的使命是什么,小夏?"

德罗嘟嘟囔囔,唧唧歪歪,小夏则跟着卡尔德拉,走过一堆用绳子拴好&绑紧的纸箱,走过塞得鼓鼓囊囊活像饱食的蛇一样的行李箱,来到外面的废品花园,白色金属拱门地标映入眼帘。她把一枚钥匙放进咖啡罐,套上抛光的龟甲,藏进一个水桶下面。

"你这么看重这件事,一定要找到我们,亲口传达,"卡尔德拉说,"很让我感动。你父母是什么情况?"

小夏抬头看她,说道:"什么?为什么问这个?"她的视线终于击溃了他的心理防线,他跟着她步履沉重地走过打捞物花园,支支吾吾讲了一段父亲失踪&母亲痛不欲生的简版故事。"但是有沃安&特鲁斯照顾我。"他补充。

"我相信你。"卡尔德拉说。

"他们很满意我能在猎鼹车上干活,"他继续道,"能见见世面。"

"一部分世面。"她纠正,"你知道吗,一开门我就明白你要告诉我们什么。我是说,我们父母的消息。那时候我才意识到自己已经等了多久。我真心希望能有另一个人找到你父亲的脱轨车,或者你母亲的踪迹。把消息告诉你,替你着想,就像你替我们着想一样。"

卡尔德拉冲他笑笑,笑容亲切却短暂,几乎是转瞬即逝。她替他拨开凌乱的杂草,又说:"见世面挺好的,但是见过以后,就免不了好奇接下来还有什么。"

小夏吃惊地发现,前方不远就是海。几码外,土地变得平坦,尘土飞扬,植被骤减,挤满了相互交织的铁轨。一段木质走道向外延伸几码,凌驾在轨道上方,尽头是一辆推车。巨大的齿状板岩挡住视线,让外人一眼望不到花园。

"你们有私家海滩?"小夏说。

卡尔德拉走到码头上。板条很旧,透过缝隙,小夏能看到片片油漆落上海床,被凶猛的小型哺乳动物搅和得到处都是。

"外面的世界,"她说,"有太多未知。你知道吗,无数英里之外,有族群驭风行驶,他们的轨车几百年没有变过。我们的父母找到了他们的狩猎场,找到了他们,和他们一道航海,向他们学习如何不使用机车航行。"

他们当中流传着许多故事,关于轨洋&天堂&天堂之路&泪海。所有的一切。每个人都拥有值得学习的知识。"

"不是每个人。"小夏说。

"好吧,不是每个人。但至少是大多数人。"

云彩暂时散开,小夏望了眼黄色高天,听到飞机的声响。

"你相信天堂汇聚了世间的财富吗?"小夏说,"那就是你要追寻的吗?"

卡尔德拉耸耸肩。"我说不准自己信不信,但那不是我们出海的目的。"

"你只是想探险,"小夏说,"了解未知。"

她点点头。"我们等爸妈等到望眼欲穿,"她叹道,"感谢你尽可能带回了他们的消息。除了重走他们的路,还能做什么?这不仅仅是责任。我敢向你保证。你给我看了一张照片,那么,我还你一张。"

卡尔德拉从口袋里取出一份打印资料。千奇百怪的风蚀岩,小山丘上生长着瘦骨嶙峋的硬地动物、仙人掌、常春藤。数英里宽的轨洋。还有一段楼梯。

一段楼梯。拔地而起,45度角凌空支出,有房子那么高。打捞物悬梯?小夏看呆了。

"这是个自动扶梯,"卡尔德拉说,"就在那外头。"她指着轨洋。楼梯顶端正对着下方堆成小山的泥土&垃圾。楼梯上掉下来的甚至不是打捞物,而是真正的无用的垃圾,无法回收的废弃物,从世界的肚腹深处传运上来。

第三十九章

"啊,石像神啊。"小夏说,"那是哪儿?"

卡尔德拉回头看一眼家里。"我故意支开德罗,免得他听见。给我一点时间。"她看着小夏,"先别插话,听我告诉你那下面有什么。"她清了清嗓子,开始讲述:

楼梯在不断运行,保持向上移动。所以,登上去之后——铁轨离它没那么近,得跳上去!——你得逆着移动方向往下跑,不然的话,那段鬼知道用什么电流驱动的旧扶梯就会把你和垃圾一道丢下去——

"你怎么知道?"小夏说。卡尔德拉眨眨眼。

"他们带我去过一次,"她说,"爸妈当时正处在人生计划的转折期。他们知道怎么利用打捞物,但是……不再热衷于那些了,所以带我去那儿,把理由讲给我听。嘘。"

卡尔德拉继续讲述:

——和垃圾一道丢下去。

所以你得背好包,逆着方向跑下金属楼梯,跑进轨洋下方的黑暗。我知道你在想什么:那里是动物的栖息地,为什么要闯进去?大多数情况下,动物不会进那些隧道,我也不知道为什么,不清楚。总之,别去想穴居猛兽、有毒泥土、落石、地底青尸什么的。

下面有电灯。那里是打捞物的矿藏。

别去想什么穴居兽。接下来你会猫着腰走过支柱横梁下方,经过推车&货厢&废弃工具,别去想垃圾侧壁上能看到一个鼓突,也别去想那个鼓突会轰响着一劈两半,一半融入地下阴影,一半化作一张脸,盲眼长牙,抽着鼻子。

就看这段通道。在层层压实的泥土&页岩之间,考古数个世纪以来沉积的废弃物。紧实的剖面呈现出垃圾、碎片、玻璃、细屑、破塑料袋打卷的薄条。更环保的层带里,有发条时代的小齿轮、塑料片、玻璃时代的晶粒、老化录影带的裂缝,稀奇古怪的东西混在一起,结成乱七八糟的团块。

各大陆板块同床共眠,随着时间增长彼此会慢慢地出现不适,便互相推挤,再加上常年的压力,有些地方的母矿会逐渐上浮,锋利而危险的打捞物暗礁横亘轨洋,塞满垃圾宝藏。还有这些隧道,就跟你知道的那些铁路隧道一样。

学者的目标,是研究出这些东西是什么。打捞人研究它们的目的,是帮助销售。如果没有帮助,那就懒得管。使用它们的人,只想了解具体的使用方法,虽然也会自己想办法给它们分配一些别的用途。他们甚至会用回收物敲钉子,如果别人问起,就说是锤子。

+++

"这样有什么不对的?"小夏说。

"不对?"

没有什么不对的。也没有什么对的。关于打捞物，只有一件事达成了共识：不管它的出土、买卖、搜寻还是研究，不管它用于贿赂还是穿戴，都是因为它吸引眼球，就像金属箔之于喜鹊。

没有规定说打捞人必须穿成那样。他们是自己想要披上炫耀的孔雀羽毛。打捞物永远只符合这一个特征：看起来很酷。

说真的，这算什么啊？

算什么？假设有一个或两个打捞人，对打捞失去了热爱，也许根本没必要费尽心思去了解自己到底想要什么。知道过去的追求并非内心所愿，也许就足够了。足够开启新的篇章。

"问题是，"卡尔德拉说，"这个——"她晃晃照片，"——你就想追求这个？填埋的垃圾？兴许有别的目标比这个更好，或者至少是不一样。考虑一下。你还有一两个小时的时间。"

"然后呢？"小夏说，"然后会怎么样？"

"然后我们要出发。所以，在那之前，你得决定好，要不要跟我们同去。"

第四十章

阿福变戏法般地从天而降，落在小夏肩上。卡尔德拉吓得一跳。翼兽在小夏耳边嗡嗡吱吱，他却懒得看它一眼。

"你留了钥匙。"他说。

"是给护工的。"卡尔德拉答道，转身往家里走去，"他们是正派人，我们考察了很久。给了钱。拜罗爸爸会被带去疗养院。"她闭上眼睛，"因为我们有事要做，所以……"

"你连爸妈去哪儿都不知道！"

"拜罗知道，"她说，"不管他多么糊涂，都从没告诉别人。我们有他的写作机器，了解里面的秘密。再加上你告诉我们的信息。"

施罗克姐弟俩马不停蹄地穿梭于储满打捞物的房间、露天房间、发条嗡嗡&柴油机械摆成迷宫的房间。他们收拾好东西，把东西拖上推车，在厨房里将推车列成一排。然后从橱柜里取出衣服，抻开看它们是否结实，摸它们是否保暖，闻它们是否发霉。

"可是，等等，"小夏叫住他们，"我听说，有人告诉我，你们机车节才走。那不是还早着吗！"

"看来奏效了。"德罗说。

"机车节，"卡尔德拉解释道，"是我们故意放出去的消息。这样就能抢到一点时间，避免免得有人想过来看，或者跟踪我们。"

"跟踪你们？"小夏说，"你真的认为……？"

"毫无疑问。"德罗说。

"没错，"卡尔德拉确认，"有这种人。关于我们父母寻求的东西，谣言简直不要太多。"她用食指&大拇指做个捻钱的动作。

"你说过他们不是找宝藏。"小夏有些疑惑。

"确实不是。但谣言可不管真假。所以——"她把食指立在唇边。

小夏脑筋急转，如同全速开动的轨车轮子。"你为什么想去那儿？"他说。

"你不想吗？"卡尔德拉反问。

"我不知道。"探索，发现新事物，以此为生活主旋律。"可是我，我的家人……"话到一半，小夏停住了。等等，特鲁斯&沃安会介意他转行吗？

没错，会介意。但他们会更介意他只做个差劲的庸医，几十年不长进。

"我觉得，"小夏语速很慢，努力捋清因果逻辑，"他们希望我能好好干，甚至于找到自己的执念什么的。"

"我还以为只有车长才有执念。"德罗说。

"先做车医，可以升阶到车长。虽然我不知道他们有没有想过这一层。"特鲁斯&沃安清楚得很，他最早就是补缺来的，小夏想着，忽然有点心疼二老。

"德罗，"卡尔德拉说，"去把它开过来。"弟弟离开后，她又问小夏，"你真想要执念吗？为一个动物魂牵梦绕，赋予它意义，让它占据你的人生？"语气里没有半点嘲讽的意思，肩扛的重物压得她步伐跟跄。"有些地方，"她继续道，"铁轨会穿越海滩，往高地延伸。"

"轨江，嗯。"他说。

"对。还有些循山而上，直通高地。"

"然后又绕个圈从别的地方下山，总会重新汇入轨洋。"

"还有些通往山上古老的死城。"

"然后又出城。"小夏说。卡尔德拉看着他。

"好沉重。"她说的是肩上行李，不是这段对话。小夏从她手里接过，替她扛到码头，然后停在那儿，呆望着眼前景象。

有什么东西穿越轨洋山丘驶来。周围的土地纷纷拱起，探出好奇的鼹鼠鼻头。来的是德罗，乘坐——呃，乘坐一列轨车。

机车头外观短小又厚实，后面拖着几节小车厢，侧面装有玻璃舷窗。阿福急急冲过前方空地，过去一探究竟。机车经过装甲强化，没有烟囱，既看不到也闻不出一丝废气，而这段轨道却并非电气化。"它是怎么运行的？"小夏低声说。

德罗上半身探出迎面驶来的轨车窗外，仰头看看阿福，蝙蝠旋身调整膜翼角度，下落些许。"卡尔德拉！"德罗喊道。

她来到小夏身旁，对他说："那我们走了。"她的视线穿过周围的岩石缝隙，望向轨洋。这里，一堆复杂的仪表盘，那里，一个巧妙伪装的控制台。"好了。你愿意来吗，小夏？"

阿福发出一声不同寻常的叫声，像是乌鸦的"嘎嘎"，就像听懂了邀请很兴奋似的。德罗又喊："卡尔德拉，快来！"

"万一结果很糟糕怎么办？"小夏脱口而出，"万一真就是无边泪海怎么办？前人也不是没有警示。你也提醒过我，应当避开它！"

卡尔德拉没有回答。她&弟弟同时转头，望着自己的家。小夏知道，他们在牵挂拜罗爸爸。泪水从卡尔德拉眼中涌出，在眼眶停留片刻，随后又默默淌下。

小夏可以跟他们走。就算做不成打捞人，他也不愿做车医或者猎鼹人，他另有志趣。

但他什么也没说，待了一阵，还是什么也没说，耳中是自己的沉默。

卡尔德拉看着他,良久,最后难过地耸了耸肩。轨车开过来,线路上的转辙器依次启动。卡尔德拉转身背对小夏,面朝轨车。

轨车的加速比小夏想象的快得多,转弯也比他预想的更决绝。他则完全相反,不动如山。

"等一等!"他喊道,终于往前跑去。可是他跑得慢,轨车开得快,眨眼就来到码头末端,打开门;卡尔德拉跳上去,进了车厢,没有看他,铁了心不回头看他。轨车又开动了。怎么这么快就结束了?他们驾驶的是什么疯狂高科技&打捞物混搭机械?

"等一等!"小夏又喊,来到树林边缘,着急地蹦跶。下方轨道映着阳光,时间无情流逝,施罗克姐弟终于远去。

小夏一屁股跌坐在地,望着轨车车尾飞速退走。

天光渐逝,太阳不一会儿就下了山,仿佛吊着的一口气松开,立时摆烂。施罗克轨车在黄昏中消失了踪影。

等它再也看不见了,小夏只得自己爬起来,凝望一眼浅浅的海滨轨道,然后穿过花园,走过房屋,经过洗衣机拱门,回到该死的马尼希基街上。猎鳚轨车还在等他到岗。

没用的蠢货。一路上他不停地咒骂自己。

第四十一章

罗巴尔森又在酒吧里。"什么事耽搁了?"一看到小夏的脸,他便出声招呼。

"我是个没用的蠢货。"

"嘻。"罗巴尔森说。

"还记得我跟你讲过,要去见两个人吧?啊,他们给了我机会,邀我一起去某个地方。我觉得他们,其中一个,真的希望我一起去。我也想跟她去。可我愣是没说出口。我也不明白是怎么了!我觉得自己真的想去的。但我就是做不到!做不到。"

"说的是谁啊?"

"就是那家人,我找到了他们的一些秘密,算是,算是藏宝图吧。他们出海去验证真伪了。"

"那就是梭克他们了。你没去?"

"我没去。因为我蠢……"

"喔,嘘。我说,告诉我怎么回事儿。我不觉得你是没用的蠢货。你不蠢,小夏。"

有人这样想可真好。于是小夏偷工减料地讲了那个故事。他絮絮叨叨地讲那列脱轨车,语焉不详地提及"某物"的"证据",不幸身亡的两位探险家似乎成功守护了某个秘密,而施罗克姐弟有权知晓。

罗巴尔森听得全神贯注。"据说他们机车节就出发!"他说。

"那是……假消息。"

"不是吧。"罗巴尔森最后说道。他面色严峻,若有所思。"我觉得我明白了。传闻很对啊!"

"呃?什么传闻?"

"关于你的传闻。"

"什么?"小夏呼吸急促起来,"你在说什么?"

"你没去,是正确的决定,小夏。"罗巴尔森语气紧张,"有件事我要告诉你。"他东瞅西瞟。

"什么事?什么意思?"

"到外面去,"罗巴尔森说,"我慢慢跟你解释。等一下。别让人看出你是跟我一起的。务必小心。"他说话的时候没有看小夏,"外头,往左,有一条小巷子。我先去。五分钟后跟过来。小夏——别让任何人看到你离开。"

他出去了。小夏有些蒙,也有些害怕。他开始算时间。他咽了口唾沫,感觉血往头上涌。最后,他站起身,头有点晕,但不是醉酒。有人监视他吗?他瞟了眼昏暗灯光下的酒客。他说不准。

来到本地街灯的暗影中。马尼希基已入夜。他从外围悄悄绕进黑暗。阿福从天而降,落在他身上。他用鼻子蹭蹭它。罗巴尔森在那儿,吊儿郎当等在墙边,身旁是个垃圾桶。

"你还带了蝙蝠?"他紧张地低声说。

"是什么了不得的秘密?"小夏低声问。

"了不得的秘密。"罗巴尔森点头,"还记得吗?你问过我在哪列轨车上,还问我做什么工。"

小夏打个激灵。"记得。"他回答,"你说你是——嗯,你开了个玩笑。"

"嗯，你还记得。秘密就是——"罗巴尔森靠近了些，"我没说谎。我真是海盗。"

而小夏发现——他两手忽然让人粗暴地反剪在身后&牢牢押住，无法动弹。看不见的袭击者把一块飘烟的布头摁上他口鼻，一大股漂白剂&薄荷醇味儿的东西钻入肺部，他脑袋昏沉，眼前发黑，耳边传来阿福发出的蝙蝠尖叫——小夏发现，这则消息并没让他感到多么惊讶。

第四部分

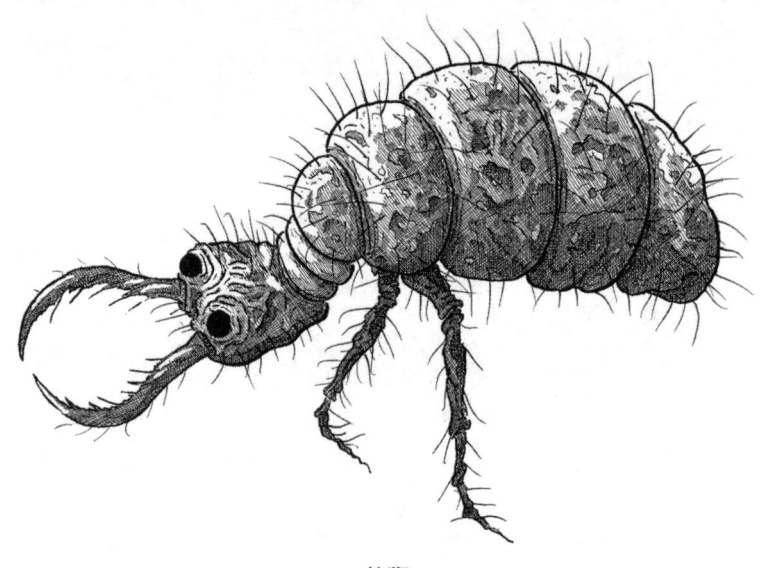

蚁狮

学名恐蚁蛉（Myrmeleon deinos）

图片来自斯特勒盖猎鼹人慈善协会档案馆，复制已授权。

第四十二章

意识休息时，人会做什么？这个问题或许会被脑科学家、实验心理学家、思维图示家批为毫无意义：失去意识，人即不成其为人。意识休息时，人也暂息。

与之相对，其他人可能把它看作一种佯谬，引发批判性思考&思维创新。抬杠不必有理，也可对思想的应变能力有所助益。有没有可能，荒谬的问题正是一种不可或缺的哲学工具？

我们的思维是从史海垃圾中淘出的打捞物，又是往故事里注入混沌的机器。这个故事，讲的是一个染血的少年，由他的思维进行提炼&表达。这个过程中，也许会抗拒佯谬的产生，并且厚着脸皮选择逃避叙事，因此，即使至关重要的那一个意识暂时休息，也不一定对故事造成阻碍。提问：当故事上演的主窗口降下帘幕，应该怎么办？答案或许是：应该换个窗口看。

也就是说，登上其他轨道，借助其他眼睛观看。

第四十三章

日暮时分,施罗克轨车驶入黄昏,潜入黑夜&越来越深的夜。即使是最浓重的黑暗,也不会干扰它的行驶。

施罗克姐弟查对过昂贵的地图,使用精密的尖端传感器,将全车外围都改装得极为灵敏。这段线路距离海岸很近,马尼希基政府声称归当局所有。施罗克轨车跟其他任何轨车一样,关闭了车灯,可以说是偷偷摸摸地,以最小噪声前行。

施罗克姐弟穿上了最好的衣装。尽管这天是秘密出海,尽管两人打包时考虑实用,几乎只选择了耐用的丑东西,却都破例带了一套漂亮的礼服。驶出马尼希基海岸线几英里,旅途从这里称得上是真正开始,他们立即换了装束。

德罗身穿华丽的蓝色棉布翻领西装(略微有点窄小)还仔细把蓬乱的头发梳成了中分。卡尔德拉穿着宽松的酒红色长裤&荷叶边衬衫,她弟弟扬起了眉毛。这身打扮她算不上疯狂喜欢,但无疑是最有范儿的一套。她&德罗用一模一样的棕色眼睛打量着对方。

"到了。"德罗说。场合如此正式,是他们自己的决策。

远处,主港灯塔明亮,光束旋转着,光芒触及途经的几千道铁轨,直达数英里之外。往来旅客都知道，轨车机车&设备、航图&航行意图，是当局关注的内容。因此，姐弟俩比既定日期提前几天趁夜出行，好避人耳目。

最终，他们驶出本国领地，立即给古怪机车解锁性能，加速&打开车灯。从前方看，机车头就像个发光的独眼巨人，潮涌般的象牙色光束淹没了前方纠缠的铁道，吓得穴居野兽东逃西窜。轨车向东，向北，向东，向北，向北，向北。整整几代的飞蛾文明整体扑向这激动心绪的光明之源——多么残酷的义无反顾！——迅速被它们热爱的灯具拍死。

如果任何一只飞蛾能穿过那无情的光芒，进入车内，会看见什么？首节车厢的特征与施罗克家异曲同工，虽然狭窄&整洁一点，但铺位、桌椅、写字台、坐厕椅同样被文件、书籍、工具、打捞物包围。

德罗睡在上铺，随列车运动而摇摆。他偶尔会猛然惊醒——这种睡眠状况持续好久了，自从三位父母中的两位失踪以来便一直如此。惊醒后，他就坐起来盯着上方，仿佛要望穿金属天花板，化身为轨车的眼睛。他的眼神只是投向远方，就像他母亲厌倦了打捞、复原、新创时一样。德罗太年幼，不记得自己继承的这副表情在原版脸上的模样，但他姐姐每次见到都不免倒抽一口凉气，因为她记得。

疲惫的卡尔德拉保持着警觉，查看父母教会她看的屏幕，操纵父母教会她控制的控制台。她坐在先锋科技&打捞物组合而成的巢穴中间，稍稍调一下系统，座椅就能往上移，直接望向高高的横条舷窗之外；然后把座椅调下来，仔细研究周围屏幕上的各通道监控画面。

车轮"啦吱咔啪"滚动，聚变引擎"嗞嗞"作响，卡尔德拉哼着歌，望向前方。她的眼神是否也和弟弟&母亲一样，对远方&未知充满了向往？也许，类似于此。

她想起小夏，默默感谢他带来消息&展示照片。她轻击拜罗爸爸的点阵屏的按键，提取信息，将它与其他信息交叉核对，包括小夏的叙述。开始规划路线。

卡尔德拉心里泛起模糊的情感,遗憾小夏没有一起来。她咬了几口三明治,唱起歌。

警报低声拉响,亮起红灯。她连忙查看吱吱喳喳的信息提示,前方轨距变更。

她戳动各种按钮。单这一项技术,就能让马尼希基市民、打捞人、私掠海盗兴奋到什么程度!她暗自想道。

"啦吱咔啪嗒",轨车略微慢了一点——拉动一两个操纵杆,拨动一组变轨设备,机车全身颤抖,恰似一头困兽。支架从下方伸出,在行驶途中承托住车身重量,迅速举升,机械随即运作,临时悬空的车轮向内滑动少许,咣——回到新的窄距轨道上。

不需几个小时进行轮轨匹配的复杂操作,几秒钟就完成了轮距调整。卡尔德拉在歌词中插入了对父母的致敬&赞美之词。

经过一大块金属物品时,她忽然怀疑那是父母车上的一节车厢,在旅途早期即已丢弃,原因不明。但她没有叫醒德罗,什么话也没说。

困得不行了,她停下轨车,布置好武装防御系统。虽然靠点阵屏也能在无人监视的情况下继续航程,但她宁愿规避任何风险。很快就要到五点,轮到德罗接班了。

接下来的一天&后续的数日,施罗克姐弟继续一心一意地行驶在凶险荒野。他们循着人迹罕至的路线穿越轨洋,朝向最隐秘&最僻静的地方,跟随父母的秘密航线,寻找父母生前的神秘发现。

第四十四章

学界最重要的学科，无疑是铁海学，就轨洋钢铁线路本身展开的研究。这是龙头老大，学术核心。只要方法正确，就能像轨道&轨枕结构一样，与各领域的思想交叉。针对铁轨的研究不仅涉及其材质相关的冶金学，还涉及其维护、保养、清洁、修理相关的应用神学，因为这些都是天使机车秘密开展的业务。它还涉及生物学研究，论证所有穴居动物巢穴&异垃松&深地动物&地表缠结线路之间普遍联系的假说。

它也涉及符号学研究。自诸神的讼争以来，轨洋以外世界的成型&存续，即是为轨洋的美学&象征需求服务，万物皆是轨洋的目的，包括城镇、大陆、轨车，以及你我。

但凡航程足够远的轨车员，都能见识到各类神灵崇拜，供奉各种体型&外表&神力&教诲&偏好的神祇——不仅是神明，还有神化的凡人、先祖的精魂、抽象的准则。匹特曼北部有一种非凡的神学理论，其中一支教派的布道令人过耳难忘：假如所有轨车在同一瞬间同时静止，假如钢铁道路上的车轮停止与之相击，那么所有人类生命将在顷刻间消失。轮轨之声是轨洋世界的鼾声，是它入眠的呼吸。我们乃是轨洋梦中之人，轨洋却并非因人类梦境而生。

第四十五章

在轨洋别的地方,一列古旧得多、传统得多的轨车正向南行驶。它的路径没有施罗克轨车那么怪异,只保持在同一轨距,但航行的急切比之毫不逊色。

这便是"弥底斯号"。再次遭到热情鸟群的追赶,吵吵嚷嚷的轨鸥犹如甩不掉的彗尾,啄食轨车员们扔下的残羹剩饭。只花了一天,果断的疾速行驶一天之后,马尼希基及其外围沙洲、轨枕间凸起的上百个岩块,全落在了身后。来到开阔轨洋,向南,嗨!也许带着一点忧郁。

"弥底斯号"在马尼希基逗留的最后一天,好几个人可想而知地返岗迟到了。他们一个接一个地返回,一个接一个地受罚——罚得不重,只是最常见的轻微违纪。

阿普苏拉普呢?

小夏·阿普苏拉普?

小夏·阿普苏拉普在哪儿?

怎么叫也没人应。他没有回来。

就连车长本人也来过问他哪儿去了。准备工作继续进行。车长来回踱步,再次询问是否有医助的消息。

直到最后，港务长到访，给富勒姆洛送来一封信。医生看了信，在车长跟前骂骂咧咧地读给她听。门没有关严。医生经验老到，那并不是无心之失，而是一种名为"轨车电报"的技术。几分钟后，全体乘员都知道了信的内容。

富勒姆洛医生&纳菲车长&各位车副&"弥底斯号"轨车上所有朋友：

请原谅我没有回来，我再也干不下去了。我有了新的成员伙伴，是T.西洛可一伙的打捞人。他们会教我打捞，我从来就不想当猎鼹人，也不想当车医，所以要跟他们走。请跟我家里人说，谢谢你们，对不起。对不起，我一直想做打捞人，现在机会难得，祝大家好运，谢谢！

您顺从的仆人：小夏·阿普苏拉普

他们疾速前行，狂风的鞭挞越来越不留情面。"弥底斯号"进入更加荒凉&寒冷的土地，从地下蹿出地表的动物，不论脑袋还是身躯都更显庞大。随着铁轨温度降低，老车员听出了车轮响声&轮轨节奏的变化。

第四天，他们驶入一座老旧炼脂平台的阴影下。平台立在一片树丛上方，虽然接近报废，却仍在孜孜不倦地提炼油脂。一群中等个头&品相的灰色野鼹鼠在附近出地，嬉戏&吐尘。其中三只被迅速刺穿、绑起，拖进屠宰车厢大卸八块。

"嘿，还记不记得？"武里南突然对着空气说，"那个小夏·阿普苏拉普没事的时候还给咱送酒。"他清清嗓子，"他也分不清到底是更喜欢打杂还是更喜欢本职的学医，是吧，富勒姆洛？"

传来几声笑声。武里南提及出走的伙伴，他们是高兴，抑或悲伤？正确，他们高兴，抑或悲伤。

"闭嘴吧，武里南。"亚什坎说，"谁在乎啊。"但这话可不走心。

"想不到他有这等魄力。"当晚两人同饮劣质烟熏茶的时候，富勒姆洛对本迪嘀咕道，"真是没救了，虽然那小子确实招人喜欢，尽管他老是眼

轨洋

巴巴地向往打捞人的生活，但我从来没想过，他真有胆识亲自去干打捞。"

"弥底斯号"从一列洛克华恩奴隶车旁经过，车长不愿打招呼。肖桑德尔&厨师德拉明眺望着轨洋，车尾有一头巨大的雄性老犹狳，活像一节"吭哧吭哧"的装甲推车，前爪抬起到半空嗅探猎物，然后又钻到地下。

"他吃饭很搞笑。"德拉明说。

"他不在，还真有点不习惯。"仆役说。

他们来到一列哐啷作响的巨型战车前——它属于某个卡比戈君主国，正外出演习&侦察。他们驶近那带轮的双层堡垒、豪猪尖刺般的枪筒、呼啸的乌黑烟雾。

施华杰上将接待了纳菲，一番奉承&一杯仙人掌茶之后，她礼貌地向车上的暴脾气猫咪表示了足够的关注，然后借助双方勉强能懂的混合语言，结结巴巴地询问，他是否有关于一头毛色米白的巨鼹的消息。

天呐，他真有。

许多轨车都保存着小道消息记录，例如目击巨型野兽、偶遇猎物&怪兽的传闻，也了解路遇的猎鼹人求索的心情。施华杰的手指顺着一列传闻条目滑下，上面有各类传奇，诸如最大的獾、白化蚁狮、巨大的土豚。有些条目旁标注了车长的名字，甚至不止一个：啊，寻猎目标撞车，这种情况可尴尬了。不止一位执念人寻求同一个意符，会怎么样？真是出了名的尴尬。

"啊，那个，"施华杰说，"还有一条消息。"他的故事库超级丰富，"你知道巴杰尔人都在哪里活动吗？"纳菲微不可察地点点头，帆车游牧民族在大片轨洋区域聚居&捕猎。"有个深海长矛猎手从他们的领地回来，给我讲了她从一个毛皮商那里听来的消息，那人和一伙打捞人做交易——"

故事最终传递到纳菲车长耳中的前因后果&来龙去脉，在她听来都复杂难懂&无足轻重。真正重要的是："有一个轨车员见到了我们的寻猎对象。"纳菲回到自己车上如此宣布。她尽力克制了自己，仔细地挺直身体

&僵立不动，像一根贝斯弦，只为这则消息微微颤抖。"它不远。扳道工，转西南偏南。"

"弥底斯号"上仍旧萦绕着那种怅然若失的气息。

一段独特地形，承载着轨道逐渐走低，来到一处树荫遮蔽的下坡，这里挤满了兔子。从弗拉斯克湾一路开来的轻型蒸汽轨车转述了他们听到的故事，和战车一样，也听闻了那头外表像患了黄疸的凶猛大王鼹。他们给"弥底斯号"指路向西，那边的蚯蚓体型硕大&行动迟缓，是最大型巨鼹的口粮。

历经三天，跟随越来越宽的土痕，"弥底斯号"发现了两头南方巨鼹。一头油光水滑的年轻雄性，隔得太远追不到；另一头花灰色雌性，倒不是没法追捕，只是纳菲命令叉戟手别擅自行动。

太阳坠入轨洋基准面，寒气越发狠毒。他们抵达一处复杂而危险的铁轨交汇点，多种轨距交缠，需要仔细测绘才能搞清楚如何顺利通过。车长丝毫不知疲倦，透过望远镜全神贯注地遥望最后一丝亮光。

没来由地，她突然提出要本迪、布朗纳尔、比奈特利、博尔和她一同下车。被点名的乘员往身上套了毛毡&皮草，裹得像个气球，车长本人却只穿了一件中等厚度的夹棉夹克。

"她不需要皮草，脑子一发热全身都燥。"几人慢慢向前开动推车，博尔低声对比奈特利说。他们认真测绘&完成记录，为等在后方的"弥底斯号"布置道岔，眼巴巴地望一望轨车远去的温暖&灯光。

他们慢速绕过暮色中一片金属色的灌木丛……在瘤节遍生&细瘦得如同骷髅的树木间穿梭……用车钩推开铁轨上的落石……龟速开过一丛丛耐寒植物。这片区域铁轨密集，只有少量泥地出露。他们驶向其间一座弧形的山丘。

"在这儿停一下。"纳菲颤抖着声音命令道，起身准备下车。"去看看山顶上能望见什么。"推车靠近那座苍白的山头，杂草凌乱的骨白色山丘。

177

山上覆盖的却不是霜白的冻草,而是毛发。

淡黄的山丘发出轰响,打了个颤。

小山发出咆哮。

山体抽动一下,方向变换,山顶的毛茬&毛团动了起来。伴着它的移动,周围响起咀嚼的声音,牙齿猛然咬合,气流从兽类的喉间呼出。

小山睁开邪恶的眼睛。

"啊,我的老天爷啊!"有人尖叫,"是它!"

大地突然猛烈震动,群鸟的嘶喊与乘员的惊呼同样响亮。这不是山,而是白鼹鼠莫克杰克巨硕的侧腹&拱背。低沉的咆哮从喉间传出,树干粗的门齿喷溅着涎水;它一个猛扑,动作幅度大得令人惊惧,无数吨重的肥肉&狠辣的肌肉&泛着死亡色泽的皮毛移动起来,仿佛世界本身&时间本身都随之弯曲。巨兽通红的眼睛接近盲瞎但恐怖程度不减分毫,它直立片刻,立即垂直下潜,留下满地狼藉,轨道弯曲,轨枕开裂,巨坑边缘仍在颤抖。

一声枪响,黑暗中闪过一星火光。大地再次颤抖,世界倾斜。比奈特利、布朗纳尔、博尔脚底不稳,紧抓住推车边沿。有人用力拉下手刹,阻止推车随着巨兽坠入深渊。尘土模糊了地底的怒吼。

啊,多么令人胆寒的音色。

推车上的乘员一个接一个地睁开眼睛,在莫克杰克身后留下的尘云里不住咳嗽。他们检查身上的伤口&瘀青,确认自己还活着。

他们在天旋地转中挨个扬头,只见车长镇定地站立,面露狂喜之色。她手握步枪抵在腰间,枪筒冒出的烟与空气纠缠不休。

纳菲向新挖的洞口探过身去,凝视新的深影。她的人造手中握着新买的机器,上面光点闪烁。她晃晃步枪&供电盒,露出笑容。令人不寒而栗的笑容。"接下来,"她说,"就等着瞧吧。"

"麻蛇子。"本迪终于低声开口,这是他老家门达纳的脏话,源于当地独特的鼹蜥神的信仰。"你早知道那是什么。你也清楚，我们要是知道了，肯定不会来。你早望到它了，就是故意这么打算的。这是第一步，没错吧，车长？"他的语气里佩服&愤怒参半。

　　车长未置可否。她按下手中盒子的一个按钮，查看指示灯变换。她紧握的扫描器追踪着死敌在泥土下方穿梭，信息反馈自她方才射入巨鼹肉身的追踪器。

第四十六章

这里是轨洋中段,既未到最深的外轨洋区域,却又远离硬地,与海湾&巡逻严密的入海口&大陆架上的轨河也相距甚远。轨车行驶的路线蜿蜒穿过低矮的耐寒林。

"噢噢!"德罗边叫边驾驶施罗克轨车,远远避开一个修建在岩石上的小村庄,村里的房屋外形封闭。他再次透过操纵杆旁边的舷窗,望着树上观察他的那个小型猿猴群落,再次学着模仿它们。"咿咿——"他叫嚷着上蹿下跳。

猿猴家族正襟危坐,快快地目送轨车离去。年老的雌性嗅嗅鼻子,撒了泡尿。其他猴子各自散开,双手交替攀上树枝。

"呔,"德罗说,"那些动物好蠢,是不是?"

"随你怎么说。"卡尔德拉答道。她正在写施罗克轨车的航海纪要&日志。

"别这样嘛,姐。咱们不是出来玩的吗?"

"玩?"她放下日志本,语速很慢,"玩?你知道咱们这是去哪儿吗?你肯定不知道,我也不知道。重点就在这儿。但你清楚,咱们出海不是寻开心,而是要兑现一个承诺,对他们的承诺,就是这样。所以我再问你一遍——你觉得咱们是出来玩的吗?"

她紧盯着弟弟,他也和姐姐对视。他个子比姐姐小很多,但还是昂起脑袋,皱着眉头说道:"是啊,有一点。"

片刻之后,卡尔德拉败下阵来,叹口气道:"没错,我想也带一点吧。要不这样,"她朝身后远去的树丛看一眼,"再遇到猴子,就扔水果给它们。"

内外轨洋交界带的另一个特点就是危险,遍布着岩礁&打捞物富集地,金属废品不成比例地杂乱支出,硬地岛屿之间隔着树林&狭窄海峡。仔细看航图,司机们,要是决意在夜间行驶,危险更会翻倍。

施罗克姐弟决意要在夜间行驶。他们打开各类仪器指挥轨车前进,犹如坐在二极管闪烁的洞穴之中。没有星星的夜甚至比平日更暗,前方远远的有另一座灯塔,雪白光束无声地扫过。

"这里小心点。"卡尔德拉自言自语着,查看航图上的危险提示,这段铁轨靠近落石&流沙。

"烦人。"她嘟囔着,减速倒车。"我要往那边走,"她说,"那里一定是瑟夫豪古德灯塔。"她再次查阅航图,"那么,如果走这条道……"

她操作道岔遥控器,选定路线慢慢驶向灯塔。车轮在铁轨上低语。光束中扑扇着小小的黑影,夜鸟&夜行蝠在其间吵吵嚷嚷,争夺狩猎权。

"咱们这是到哪儿了?"德罗说。卡尔德拉指指地图,德罗皱起眉头反问:"真的?"

"我知道你想说什么。"卡尔德拉应道,咬紧牙关勉力操纵控制台。"我知道,我知道,从方向上看,你认为咱们的线路有点偏北,对吧?嗯。"他们隆隆驶过高低起伏的地面,"嗯,这些航图不是最新的,肯定是弄错了。"

"你要这么说的话,"德罗满腹狐疑,"我的意思是……"他眯起眼睛望向夜色。

"嗯，也不大可能是别的原因吧？"卡尔德拉接过话，调整设置&变道，"我是说，看看那座灯塔，他们总不会造了座新的吧？"

当然，最后一个字说出口的时候，卡尔德拉已经在心里回答了自己的疑问。德罗盯着她，不甚理解，感觉姐姐的神情有些恐怖。外面亮光一闪，吸引了他的注意。光点的位置实在太近。"有异常，"他说，"在那个海滩上。"

"停车！"卡尔德拉大喊着，用力拉下制动阀，轨车车轮极不情愿地停下，发出怨恨的尖叫。德罗跟跄几步，跌倒在地。"往回往回往回！"卡尔德拉喊道。

"你在……？"

"确认后方情况！"光束从头顶掠过。轨车再次缓步起动，倒车，远离融入无边暗夜的一小团黑暗。

"你让我确认什么？"德罗说。

"跟在后面的任何东西。"

"什么也没有。"

"简直完美！"卡尔德拉说着，加速倒车，"盯紧了！时机到了咱们就调头。"

后退的轨车颠簸一下，前灯明亮的眩光左右扫过几码，卡尔德拉看到，他们行驶的路线两侧都是燧石岩坡，相距极窄。就差一口气的时间，她险些把轨车开进隘口。隘口边缘，沉默的人影在上方监视他们，身旁排布好巨大的滚石，伺机放下石头逼她的车脱轨。

她屏住呼吸，咬紧嘴唇。车灯再一扫，现出伏击者苍白的脸。他们盯着倒开的列车，视线直直穿过玻璃&监控头，死盯着她。

面色冷静的男女，全副武装，工具齐备，全是用来拆卸损毁轨车的器械。他们仍躲在藏身之处，神情中没有流露任何惋惜或者挑衅，只为猎物的逃脱表现出些微的失望。

"显然是有人造了新的灯塔。"卡尔德拉自言自语。

"说啥呢？"德罗问，"听不见。到底怎么回事？"

怎么回事？有人打碎了真正的自动化灯塔的指明灯，卡尔德拉想，塔身一定还立在附近海滩上，与她见到的假灯毫无关系，无用地包裹在黑暗之中。当地人仔细查阅过轨洋航图，选定了地点亮起假航标，在最黑暗的夜里，作为喜人的方位参照，引诱倒霉蛋驶上有去无回的恐怖轨道，而修造假灯塔的团伙守株待兔，向旅人痛下狠手&收拾他们亲手制造的残骸。最残忍的一种打捞。轨车食尸鬼，翻车帮，强盗。

"翻车帮。"卡尔德拉低声说。

第四十七章

故事轨车的路线抵达一个枢纽，这里有盏红色信号灯。

世世代代的思想家曾摊开笔记本站在海岸线上，坚称轨道的特征便是无始无终。轨道&轨枕在他们眼前无尽延伸——无数枢纽、道岔，通往四面八方的可能。没有时刻表，没有终点站，没有运行方向。这已成为常识。成为老生常谈。

每条铁轨都被要求综合考虑其他线路，以及其他线路可能转上的所有支路。有些叙事者会安排顺序，控制所有此类叙事的前后相继，甚至偶尔还可能主张其权威——不过也并非都能成功。我们可以把历史看作是路线规划者们与驾车开上侧道的其他人间的无休止争吵。

那么，此刻，信号灯指示故事停车。伴着柴油机的喘鸣&车轮的抱怨，故事轨车倒车。扳道钩一击，故事道岔转辙，我们的文本又从几天前继续展开，从它到过的地方继续展开。要回答巨鼹评论家们大声提出的问题，我们需要在脑海中登上施罗克姐弟正在行驶&"弥底斯号"正在搜寻的路线。不耐烦又好奇的鼹鼠听众从地底探出头，叫声传过未知事物的平原，要求在别处地点重拾戏份。

第四十八章

接着讲小夏。

数英里之外,数日之前,小夏无意识地抽搐着,慢慢脱离深度昏迷状态,一下恢复了神智。头疼。他龇牙咧嘴地睁开眼睛。

一个房间。窄小的轨车车舱。冰冷的光线从舷窗射进来。架子缝隙里塞着纸盒&纸片。头顶传来脚步声。轨车转向,天光明暗变幻,摇摆着在侧壁上拉长。小夏的背部此刻感受到车身的抖动,感觉到自己正随车疾速行驶。

他没法坐起来他被五花大绑丢在铺位上,勉强能看见自己的双手向空气乱抓。他想大叫,却发现嘴里堵着布头。他挣扎一番,没有用处。他惊慌起来,而惊慌也同样没用,在心里盘桓一会儿,自讨没趣地溜走了。他尽力拉伸每一块肌肉。

武里南?他默默呼喊,**富勒姆洛?纳菲车长?**他想要大声说出这些名字,却只发出低沉的呜咽。**卡尔德拉?他在哪里?其他人都哪儿去了?**他的目光被一张施罗克轨车的照片吸引。莫非他在施罗克轨车上?几分钟,抑或几小时、几秒钟过去,门终于打开。小夏努力转过头,发出嘶哑的声音。罗巴尔森站在门口。

"啊哈,"罗巴尔森说,"终于醒了。给你用的剂量不大,我还以为你早该醒了。"他咧嘴一笑,"我这就给你松绑&开嘴,让你能坐起来。"他继续道,"咱们说好,别给我惹麻烦。"

他放下一碗吃的,给小夏松了绑。脏布头刚从嘴里扯出,小夏立即大喊大叫起来:"你他妈在干吗我车长会来找我的到时候有你好果子吃你这头疯猪!"他骂个不停,本想气沉丹田霸气怒吼,但说出口的却更像是大声的哼唧。罗巴尔森叹口气,又把堵嘴布塞了回去。

"你这不就是给我惹麻烦吗?"他说,"羊肉粥,不惹麻烦才有得吃。就这么说定了。别怪我干出比堵嘴还过分的事。"

罗巴尔森又松开布头,这一次,小夏什么也没说,只是冷冷地、愤恨地瞪着海盗。

也瞪着那碗粥。他真的很饿。

"你管这种该死的事儿叫什么?"小夏喝了口美味的粥,仍旧骂骂咧咧。

罗巴尔森揉揉鼻子。"绑架吧,我觉得。你怎么说?"

"有这样开玩笑的吗?!"

"也有的。"

"你……你个海盗!"

罗巴尔森摇摇头,像是回应一个弱智。"早跟你说过我是。"他答道。

"咱们这是上哪儿?"

"看情况。"

"我的蝙蝠呢?"小夏说。

"绑你的时候飞走了。"

"车速怎么这么快?"

"因为我们想快点儿到,再说了,我们是海盗啊。我们也不是唯一听说传闻的人。打捞人一直在询问你的消息。况且我们这么搞,像这样突然走掉，你完全可以打包票，外面早有一帮人在兴致满满地关注我们的动向。"

"你想要我做什么？"

"我们想要的，"一个新的声音说，"小夏·阿普苏拉普，是情报。"走廊上的来人进了屋。

这人身穿工程师连体服，头发很短，抹了油。他的双手轻轻交握在一起，说话声音很轻，充血但闪着睿智光芒的双眼，定定地与小夏对视。"我是埃尔弗里什车长，"他温和地说，"至于你，我还没确定。"

"我是小夏·阿普苏拉普！"

"我还没定好你的身份。"

海盗轨车的车长没有穿貂皮或者鼬皮大衣，也没有蓄个大胡子&辫入冒烟的火药条，让浑身散发恶魔般的硝石臭气。没有斜戴三角帽，上衣也没有血手印。没有戴骨珠&皮片串成的长链。那些装扮都是小夏的道听途说，是轨洋海盗赖以散播恐怖的方式。

这人戴着大框眼镜。要是在别的场景下，小夏会觉得他很面善。他禁不住想象着那样的情景，忍不住苦笑一下。

对方抱起胳膊。"你觉得自己的处境很好笑？"他说。他的语气就像个办公室主任，要求下属把一排数据理清楚。

"不。"小夏说。席卷身心的竟是愤怒而非恐惧，他有些吃惊，又暗地里感到开心。"你摊上大事了，你还不知道吧？我们车长马上就会来找你，她会——"

"她什么也不会做。"车长打断他，擦了擦眼镜，"她收到了你的留言，说想当打捞人，要坐打捞车走，中间是些外人不知道的细节，最后祝她好运，跟她道别。还说你要找寻自己的命运。她都懂。"

他重新戴上眼镜。"人人都知道你和施罗克一家有交情，你的理想也不是凭空蹦出来的。你的车长知道你追求梦想去了，她不会来找你的，孩子。"

他内心保藏的所有故事,小夏想,所有的秘密,所有的渴望,想要冒险的感觉,对衣装惹眼的打捞人的向往,对罗巴尔森如数吐露之后,到头来害了自己。

"你想要什么?"他声音嘶哑,"我没钱。"

"这倒是实话。"埃尔弗里什说,"我们的车也很挤。要是你没用,留下你就没有意义,明白吗?所以,这个问题值得你好好考虑,除了金钱以外,你可以有什么贡献,让我们缺了你就不行。"

"你想要什么?"小夏的声音低了下来。

"啊,我说不好。"埃尔弗里什答道,"会想要什么呢?我的甲板也有人擦。我们有厨师,有车员,该有的都有了。啊,不过,等一等。"他若有所思,"确实有个事儿。还只是个想法。你在地图上给我们指一下发现脱轨车的地点,怎么样?你们轨车员不该外泄的那种详细程度。指完以后,你再告诉我,在车上发现了什么。自从你去了,啊,波隆以后,就传出了各种故事,关于两位可怜的施罗克车长最终结局的故事。全告诉我,怎么样?我指的是完整的全部故事,你捎给施罗克家那俩小娃的全部内容。"

"我们这列车跟他们有一点利益往来,所以这个名字并不是完全陌生。我没想到还能再跟这个名字打交道。不过当然了,总得稍微留意一下那两个天资聪颖的施罗克二代要做什么。很多人都在关注,那是自然,但是咱们车上有些人的热情超过了其他。

"我对实验不感兴趣。但现在嘛,我很关心航线的问题,尤其是遵守秘密遗嘱,探寻绝对独一无二的宝藏的航线。别的不谈,它让人觉得错过了什么东西,这种感觉一向都很难受,你说是吧?"

"什么?"小夏问,"错过了什么?"但埃尔弗里什没有回答,而是从口袋里掏出了小夏的小相机。

"这里头有张照片,我特别感兴趣。"他另起话头,"特,别,感,兴,趣。不是说你那些企鹅。瞧,我还不知道他们都出发了,施罗克家那俩小娃，不然我们直接就跟过去了。真是让人措手不及。不过我们知道，你和他们交谈甚欢。"

"如果，"他说道，声音突然变得冰冷&干枯，伴着金属音共鸣，就像阴毒的昆虫在疾走，"你不想被开膛破肚，吊在车厢外侧，腿擦着地，随着车慢慢开过很长很长的里程，将血一滴一滴洒在地上让海土下所有活物都闻到，一个个钻出来，顺着你的脚趾头往上，从外到里啃个干干净净。你要是不想这样的话，知道你应该给我什么吗，小夏？"

"告诉我，施罗克家的小娃要去哪儿。"

第四十九章

"那他们会怎么做?"死里逃生躲开那个调换灯塔的翻车帮以后,德罗对他们产生了浓厚兴趣,很想知道姐弟俩躲过的到底是什么厄运。

"跟你说了,我不知道。"卡尔德拉回答,"放掉一点压力——右侧引擎气压积起来了。我觉得应该是引诱轨车过去,推下滚石砸碎,然后把车拆解开。"

轨车驶上一个山坡,车身拱起——呃,在这里,轨洋面并不怎么平坦。他们经过小溪&池塘,繁茂的树木在轨道之间抽芽。有时枝条会碰到轨车侧面,"嗒嗒嗒"一路敲打,好像有什么东西请求上车来。

"他们这样对待轨车,"德罗说,"那人呢?车上的人呢?要是被抓到了,他们会怎么对待我们?"

"那是什么?"卡尔德拉说。前方的铁轨看似是从什么东西里面延伸出来。具体来讲,从山上看去,它的外形很像轨洋里的微型小岛,可是岛屿没有这种朦胧感,外轮廓不像透光的金丝,也不会反光。

"是个桥津。"德罗说。

铁轨密密麻麻,聚成团,拼成块,在横梁&支柱之间层叠交织,在扶壁&支杆上方拧成一个紧密得离谱的疙瘩,活像是庞然巨兽的钢铁骨架。

施罗克姐弟望见两三列旧轨车停在不同的高度，老式外观，冰冷、孤寂。了无生气的空壳，早已废弃。

"绕过去。"德罗说。

"没那么简单。"卡尔德拉一边反对一边变道到相邻路线上。"这周围每一条铁轨都是从那儿发散出来，就像蜡烛头流下的蜡油。要想绕过去，光是规划路线就得花好多个小时。咱们要去的是正对面。"她伸手一指。

"所以嘞？"

"直接开过去。"

上了引桥，行驶的噪声发生了变化。突然悬空在吱嘎摇晃的高桥上，不论心跳还是轮轨相击的声音都更加空洞，共振更强。高处的铁轨把天空临时切割成小块。施罗克姐弟驶入阴影，穿过线路底侧"啪嗒"滴落的水汽。

下方是铁轨，上方也是铁轨。他们在距地面六七码高的地方，摇撼这空中迷宫，切换道岔，努力通过桥津的中心。轨道倾斜摇晃，两人不安地对望一眼。

"这东西安全吗？"德罗低声说。

"天使会把它养护好的。"卡尔德拉回答。

"但愿吧。"德罗说。

"但愿吧。"

阳光透过陈旧的线路，洒下斑驳暗影。施罗克轨车斑点密布，仿佛行驶在树篱的深处。

"谁会在这种地方的半中间翻车啊？"德罗望着卡在桥津里的废弃轨车说道。有一列车离得很近，他们正朝它开过去。

"粗心的人啊，"卡尔德拉说，"倒霉的人啊。"她打量着轨车古旧的外形，"其实没有翻车，只是……熄火了。"这列车笨重又庞大，外观符合过去的审美。它没有烟囱，也没有任何排气装置，车背顶上支出一根巨大的杠杆：发条车。

"这应该就是原因。"卡尔德拉说，"我认为这车是卡密哈密的，桥上到一半，车轮没动力了。用来拧发条的那根杆子——到这里拧不了，空间不够钥匙转开。"

它盘踞在上方陡峭的支线轨道上，仿佛在注视他们经过。每一扇舷窗里都垂下茂密如云的常春藤&蔷薇藤，随风拂动。里面能看见——至少从最前面的车窗里，能看见乱七八糟的工具、雨水浸坏的头盔、骸骨。茂盛的植被鹊巢鸠占，挤得死者遗骨无处安放。

"再过几个道岔，"卡尔德拉说，"就出去到对面了。"透过前方长满苔藓&风积土层层叠叠的横梁，宽阔轨洋尽收眼底。

"多么壮丽的风景啊！"德罗说。轨车开始下坡。他们的行驶振动了路线，轨道疙瘩摇晃起来。卡尔德拉咬紧牙关。身后传来响亮的"砰啪"，那是金属不堪重负，断裂的声音。轰隆隆，铁轨的抖动越发剧烈。

"那是什么？"卡尔德拉说着，查看反射镜，不觉"啊"的一声。

旧轨车经受不住这样的摇晃，螺栓松动、拉扯、断裂。陈旧的刹车早已失灵，曾经绷紧的金属簧轮在震动下猝然失控，垫木&楔子崩裂，发条轨车从当前位置往下滑，恰好驶上他们所在的轨道，跟在他们后面。速度越来越快。

"啊……我的……"德罗惊呼。

"快，赶紧的。"卡尔德拉不停念叨，"快快快，走走走，快走。"她猛拉控制杆，给施罗克轨车加速。偶遇的冷血追命车意外地索命来了。

正常运行的轨车与损毁已久的轨车争速，孰快孰慢，实在太显而易见了，不是吗？但卡尔德拉有一个严重的劣势。她活着，而且想保持活命，那就必须小心行事。追赶他们的轨车化石则不受这个限制。它不必像她在岔路口减速，也不用学她挑选最佳路线通过横梁网格。她得费尽心力确保自己&弟弟不会迎头冲向殒灭，而追踪者多年以前行过此处肉身早已殒灭，如今只无脑竞速，别无顾忌。

RAILSEA

旧轨车越来越快，跟着他们通过一个又一个枢纽，一个又一个道岔，整团轨道疙瘩都随之震动，施罗克姐弟失声尖叫。它在重力加速度拉动下，轰隆隆咆哮着追来，车行过处，古怪桥津的支柱&撑杆像木棍一样纷纷掉落。

"开快一点！"德罗喊道。

"啊，真是谢谢了！"卡尔德拉大叫，"我还没想到呢！这会儿只开了一半的速度！"他们向阳光驶去，身后紧追着整车的骷髅车员。现在距离海土只有几码了，只要下桥就能变道离开这条航线，可是发条车步步紧逼，速度太快，再过几秒就要和它猛烈相撞，脱轨离开当前路线。

"脱弃！"卡尔德拉高声下令。德罗犹豫一瞬，便依从了。

他戳动按键，卡尔德拉在心里罗列着即将失去的东西。*我把毛衣留在了那节车厢里*，她晕乎乎地想，*还有第二好的笔&全部甘草*，但来不及遗憾，德罗已拉下最后一根操纵杆，大喊着："脱弃！"施罗克轨车的尾节车厢随即脱钩，在爆炸螺栓推动下反向运行，恰如其分地滑到后方轨车的来路上。

报废轨车撞上了后退的车厢。施罗克姐弟丢弃的车舱绝无可能阻挡那具庞大的残骸，但也实无必要。它的任务圆满完成了，车轮尖利地鸣响着暂时减慢了轨车的行进，虽然只有几秒钟，时长却足以令卡尔德拉&德罗乘着此刻更轻便&更迅捷的小轨车闯出桥津，回到轨洋，为胜利生还而热烈欢呼。

他们变道驶上支线，远远避开先前线路，然后匆忙来到舷窗旁观望。发条机车呼啸着冲进灿烂阳光下，受前方车厢阻拦而速度放缓，随着桥津的共振颤抖起来。桥身发出杂音，剧烈摇晃，伴着轰雷般的断裂声，气流忽而涌动，整个摇摇欲坠的巨大生锈结构体开始倒塌。

仿佛脚下打滑一般，收殓死者的发条轨车翻倒了，将片刻之前施罗克姐弟物理制动的睡舱推下空中轨道，尖啸着坠入荒野。场面相当骇人，老机车笨重地在空中翻着跟头，飞落途中分崩离析，碎片&断裂的藤蔓&死

轨洋

去探险家的骸骨大面积散落在下方铁轨上。

灰尘持续翻腾了许久。桥津坠落发出延绵不绝的刺耳声响,痛苦地一块块落地,最终归于静止。破碎的轮廓在尘云中渐渐清晰。粉碎的轨车残片在轨洋上四处滚动。

震耳欲聋的响声消散很久之后,啮齿动物的好奇心终于战胜了警惕性,轨洋的穴居兽重新在浅草丛中露头。清风吹乱了卡尔德拉&德罗的头发。他们上半身探出车窗外,目瞪口呆地望着桥津的解体现场&发条轨车的第二次死亡。

"所以啊,"卡尔德拉说,"必需品千万别放在最后一节车厢里。"

第五十章

"我不知道！我不知道！千真万确！我不知道他们去过哪儿！"

埃尔弗里什甚至没有挨他一下，只是把脸凑得非常近，盯着小夏。那双眼睛里的温和已然不再，仿佛盛满了剧毒&冰霜。车长身后，罗巴尔森的样子很不痛快。

"我发誓，"小夏语无伦次，"我什么都不知道，我只是看了照片，觉得他们应该知道……"

"照片，"埃尔弗里什说，"就像这种……"他晃了晃相机。

"照片！相机拍的！脱轨车里找到的！"

"你在撒谎，孩子。"埃尔弗里什笃定的语气冰冷如霜，"车上没有。"

"有！只是在地底下！在一个洞里！"

车长歪起头。"洞里？"他说。

"就是施罗克挖的！从破窗户那儿往下掏，把内存卡塞了进去。"

埃尔弗里什心事重重地面向厢顶，紧闭双眼苦苦思索，或是回忆。"洞里。"他粗声喘息，"洞里。"他看着小夏。"要是有照片，"他说，"也许别人就可以用来复原出施罗克夫妇去过的路线。他们总是要固执地隐瞒行程，不管怎么挑唆。"

195

"对!"罗巴尔森说,"就该那么办!"他紧张地朝车长疯狂点头。

"但是,"埃尔弗里什低声对小夏说,"你手上已经没有那些照片了。"

小夏无比地想回答"不,我还有",但终究还是壮着胆子拖延许久,最后低声说:"对,都没了。"

埃尔弗里什车长发出野兽般的吼叫,猛地把小夏拖出房间,进了走廊,走过一个个车舱门口。海盗们在各自忙活。他们的外表和普通轨车员没有两样,只是身上配饰更随性,服装更多样,而且每个人都带着武器。

进入一个房间,里面等着几个疤面车副。透过窗户,小夏看见轨车正疾驰过一片葱茏绿意,大地仿佛被累累植被压弯,斑驳树枝&藤蔓花朵&树木十分惹眼,到处是色彩鲜艳的鸟儿&受惊的猕猴。小夏感觉到轨车颠簸着通过枢纽,经过信号箱&转辙器,线路一直在拐弯。

看来他们正在往北。有人把小夏押坐在椅子上。他使劲挣扎,大喊大叫,但怎么也没法挣脱。面前的桌子上,有人铺开厚纸,像是为了保护桌面不溅上脏东西。小夏又惊叫一声。一个车副慢慢展开一卷皮袋,里面排列着闪闪发光的锋利物品。

"我什么都不知道!"小夏大喊。这都是些什么恐怖刑具?"我没骗他!"

"犹大摩,"埃尔弗里什说,"开整。"

大块头从包里取出一根外形狠毒的灰色尖刺,舔舔大拇指,轻轻按压尖头,五官抽搐一下,表示满意。小夏尖叫起来。那人把尖刺放低,指着小夏的脸。

"那么,"埃尔弗里什开口,"你说你发现了照片。应该就是这些。"他拿起几张纸,那是小夏在点阵屏上看完之后,凭记忆匆匆画给自己的提示,现在沾了油,撕破了,磨花得厉害。"最劲爆的是这个。"小夏的便宜小相机。屏幕上出现孤零零的铁路线,虽然画面很小又失了焦,却使全屋人都安静下来。

"知道它通向哪里吗?"埃尔弗里什低声说,"嗯,我也不知道。但是,你应该已经发现，我非常爱听故事。就像有些人热衷于搜寻他们无比看重的传奇，那些神话里的，显然完全不真实的世外之地，全都围着金钱打转。特别热衷。明白我的意思吧。

"啊，总有人会追踪施罗克那家人的，不可能只有我。我怀疑他们的车会遇到各种阻碍。不过，既然知道有人跟踪，他们肯定会绕路。所以我想赶在他们前头，也就是说，得知道他们要去哪里。

"现在，你的境遇就握在自己手上，小夏·阿普苏拉普。这些——"他晃晃涂鸦，"——你应该能看懂，但对于我，真没多大用处，在我看来就是瞎涂乱画。那么，你看到了哪些画面？

"描述一下。"

那个叫犹大摩的人垂下手中尖刺，往纸上摩擦。原来是支铅笔。他开始绘画。

他将小夏乱七八糟的描述转译为了图像。犹大摩极有才华。望着他随心涂抹灰色线条，如轨洋般纠缠重叠的笔迹间逐渐浮现出图画，经历恐惧洗礼&惊魂甫定的小夏也不免深受震撼。

会有人赶来救我的。 他想着，结合记忆讲解了自己的草图，其实是担心救星迟迟不到。在准备马尼希基之行的数日&数周里，小夏一边制订计划，一边翻阅自己潦草的重绘，在脑子里把原版照片过了不止一遍。全都记忆犹新。

"然后第三张里面有，呃，那个……"

"那是什么？"有个嗓音低沉的海盗盯着小夏的草图咕哝道，"是鸟吗？"

小夏毫无艺术细胞。

"不，它是，就像，应该是，应该是岩架，就像，就像……"小夏忙不迭地打着手势，描述岩石角度等信息。为了活命。犹大摩画出他讲解的内容，小夏则像过激的疯子评论家一样批评&纠正他。"不是这样，小森

轨洋

林宽一点，树矮些，就像……"

每个场景的原版照片都是精心取景&定格，毕竟拍摄对象本就是独特风光。每一张都自有其特质，自有其特征，区别于日常的轨洋，因而具有摄影的价值。几个小时过去，犹大摩依据小夏记忆中许久以前匆匆一瞥的数字图片风光，画出了符合描述的手绘图。海盗车副们歪着头，揉着下巴仔细端详，争辩起眼前的所见。

"是这个顺序？"

"瞧，那一小块像是诺维斯特和平海岸附近的角落。"

"传闻说卡密哈密那片的轨道有蹊跷，不会就是从群山中间凿了捷径，直达西面的群岛吧？"

他们描画着路线，借助手边的地图冥思苦想。过了很久，海盗轨车上最聪慧的智囊搁置了争议，连猜带蒙地复原了已故探险家夫妇的路线。他们最终认定自己明确了去向——笼统而言，大致差不多——实在令人惊叹。

从来没有想过会是这样。小夏暗自思量，我原本不是海盗，却成了海盗的帮凶。

第五十一章

请稍等。研究轨洋的学子们,想必你们有疑问,可能会细化到铁轨神学中某些尚无定论的神秘问题。

你们想知道哪个文明是轨洋上最古老的,哪座岛邦的成文史可以追溯到最早,使用何种历法?相关史料又能提供哪些关于世界历史的线索(诸如午餐世纪、史前时代,以及无数纪元的打捞活动之前,还没有外星游客前来野餐&随手丢弃垃圾的年代)?从前的高天上真的群聚着如今仅在低空飞翔的鸟吗?若真如此,又意味着什么?

至于帝国(人类帝国&神明国度)的衰落&覆灭呢?还有诸神——海特托芬、掘地的马利亚·安、铁轨克星比钦,那一整个群体?以及最重要的,林木是什么?

这个谜题很关键。林木使得树成其为树,林木也使得轨枕成为轨枕——横向放置于轨洋铁轨下方的支撑条。而事物仅有独一的本质。那么,悖论何以存在?

哲学家的答案五花八门,其中有三种以荒谬性最低而引人瞩目。

——木材&树木皆可称林木,其内涵实有异同。

——树木是魔鬼的造物,以迷惑世人取乐。

轨洋

——树木是轨枕的灵魂，当部分轨洋海域遭受损害&破坏之时，生有瘤节的虬枝总会发出梦呓般的回响。物质的化质。

其他假说的怪异程度都极深，最接近事实的，是这三者之一。相信哪一种，取决于你自己。

咱们得倒回去讲海盗那条线了。

第五十二章

通常是罗巴尔森给小夏送饭。也是罗巴尔森，会在埃尔弗里什离开后还待在附近。车长一般是短暂过来一会儿，核实照片描述，每次都令小夏胆寒。"就是。"罗巴尔森会帮腔，好像无条件同意埃尔弗里什灌输的恐惧。他还会扭曲五官冷笑一个，如果小夏的惧怕明显令他不适，他又稍微收敛一点。

有一次，罗巴尔森独自下来，手里拿了根杆子。他用皮带绑住小夏的手腕，另一头拴在杆子上，牵着囚犯上了楼梯。这是一列现代轨车，烧柴油，行驶速度比"弥底斯号"还快。他们右舷前方是一条紧邻池塘的铁路，左舷外则是流沙，惨白的蛆虫从里面冒出没有眼睛的脑袋。

小夏暗自点数。意想不到，竟有七节，不，八节车厢，其中两个是双层甲板。到处都是乘员。一座指挥塔，没有他习以为常的瞭望热气球那么高，但侦察孔里支出的望远镜看似性能强大。"塔拉勒什号"并未追击目标，也未悬挂臭名昭著的骷髅&扳手旗帜，但车身枪筒林立，特别设置的舷窗&小孔中伸出加农炮&机关枪。埃尔弗里什也在。小夏打了个寒战。

"怎样？"埃尔弗里什车长嚷嚷着指向正前方。一片凋敝的森林连着沙漠，沙子在奇异的天光下呈现砖红色。"你在照片上见过吗？"

轨洋

　　他们之所以带他上甲板——不是给他放风，而是来确认风景的匹配度。埃尔弗里什&车副们围在犹大摩的画作周围。

　　小夏是否该说假话？诅咒他们都下风暴地狱？告诉他们这地方不是——他看了看，啊，还真是。他屏住呼吸。这里正是他在纳菲车长背后看到的第一张照片的场景。他应该撒个谎，矢口否认，让他们去到完全不同的地方，让他们没法跟踪施罗克姐弟。

　　就一则传闻&一张照片？小夏想，埃尔弗里什是哪儿来的疯子，凭这两样就足以驱使他们穿越半个轨洋，驶入未知海域，只为侥幸一搏鬼知道是什么的东西？埃尔弗里什虽然兼有邪恶&冷血&可怖等各类气质，精神却似乎从未失常——

　　的确没有失常。小夏蓦地一惊。上次车长曾谈到错过了什么东西。小夏提及脱轨车内物品的时候，那般言之凿凿地反驳。每次聊到施罗克家族，他给人的感觉不仅是贪婪，还带着一种未竟的遗憾。

　　就是他。小夏想，之前就是他害了他们。就是这列车毁灭了施罗克轨车。

　　啊，卡尔德拉，小夏默念，德罗，卡尔德拉。他想象着"塔拉勒什号"冲向业已严重受损的施罗克轨车。抓钩抛出，横越冰冷铁轨。袭击者登车，挥刀&开枪，在小小轨车中扫荡。啊，卡尔德拉。

　　施罗克夫妇仔细规划了绕道回家的航线，这也能偶遇？埃尔弗里什肯定找到了行程的线索，足以印证两人在工程&打捞方面的惊人壮举。意识到他俩不是普通的游牧民，见到日志中以隐语讳莫如深地暗示他们曾抵达天堂，便记起相关的传说，那里满是无尽的财富，所有已降世&已殁去&尚未创造的财富的魂灵。

　　海盗们一定费尽心机地搜寻过关于天堂之路的线索，拆解&劈裂&撕碎轨车残骸。用尽残暴手段，向一息尚存的施罗克夫妇逼问答案。却遗漏了那个拼死掘开的深洞。难怪埃尔弗里什心结难解。且不说可能带来的丰厚回报，那些照片是对他的毁谤，身为海盗不合格的证据。

一见到车长，小夏不禁打了个寒颤。他望向远方的轨洋，阴郁地下定决心，非要反着说不可。

"我来跟你说叨说叨，你为什么绝不能说假话。"埃尔弗里什劝道，"因为你指对了方向才能活着。把它想成一张清单，每张照片打个钩。我们大致知道要往哪儿走，但需要跟你核实。十二个钩，你通关，咱们走到终点。要是两个钩之间相隔太远，扣掉一条命，游戏结束。全盘……结束。"小夏咽了口唾沫。"所以，如果这里不是必经之路，你最好马上报告，好让我们重新思考路线，赶紧回到正路上，因为你连第一个钩都没拿到。

"我相信，"埃尔弗里什说，"你不想死吧？"

确实不想。饶是如此，小夏也有几分打算直接说几句离谱的假话，让他们轰隆隆驶向完全错误的方向，一直到穿帮的时刻。那样算是慷慨就义吗？

"看得出来，你还在考虑，"埃尔弗里什和蔼地说，"我会给你一两分钟。我相当理解，这个决定很重大。"

"得啦，"罗巴尔森低声道，猛扯一把小夏腕间的皮带，"别犯傻。"

小夏走上前去。既然已经放弃希望，那干吗不，干吗不整他们一下？他迈步向前，就在这时，他望望轨车附近盘旋的轨鸥小旋风，看到一个轮廓，与鸟类羽翼相去甚远。

阿福！疯狂的蝙蝠式拍翅，左一摇右一晃，动作奇快&杂乱无章，与鸟类全无半点相似。小夏保持着镇定，没有表露出一丝兴奋。

蝙蝠绝对看到了他。小夏激动得心潮澎湃。阿福飞了多远？跟了他多久？正是朋友的出现，哪怕是动物朋友，也霎时间驱走了小夏的孤独感，改变了他的主意。出于某些他无法用言语表述得很清楚的原因，保留性命&尽量久地活下去，在当下突然变得对他无比重要，而且有用。只因为，瞧啊，阿福还在。

"对的，"他说，"这就是照片里的风景。"

"很好，"埃尔弗里什说，"依据你对第一张照片的描述，确实不大可能是别处。你要是否认，恐怕我只能痛揍你一顿。明智的决定。欢迎你继续活着。"

小夏转过身，正好瞟到罗巴尔森的脸。他震惊地发现，那海盗小子正盯着空中的蝙蝠。他知道！他见过它！但罗巴尔森看看他，没有说话。

他把小夏带回牢房，确认周围没有旁人之后，急切地使了个眼色。"身边留张友好的脸孔没什么坏处。"他低声说着，对小夏局促地笑笑。

什么？小夏想，你想交朋友？

但他不愿让昼行蝠的自由或生命陷入风险。小夏咽下心中的憎恶，报之以微笑。

他一直等到年轻狱卒的脚步声消失，然后迅速打开牢房的小窗，将胳膊伸进窗外的狂风，尽量伸长。角度很别扭，手臂的疼痛着实不轻，而那飞舞的小点就像暴风中的灰烬一样，随机地不断变换。小夏挥手&轻唤，他发出的声音必定被风声&轮轨节奏夺走了，但还是努力呼唤着。仅仅过了片刻，他的喊声便充满了胜利的喜悦，因为阿福飞扑下来，重重地落在他手臂上，毛茸茸的，暖暖的，笑嘻嘻地向他致意。

第五十三章

"那些天使肯定没怎么养护那个桥津。"德罗说。

"天堂的干预,已经不像从前那样了。"卡尔德拉叹道。

"看!"德罗向外一指。远处烟雾弥漫。肮脏污浊的烟雾——蒸汽机车燃烧非清洁燃料排出的气体——蹭着高天的下缘,而当日的高天同样迷雾翻腾。

"怎么了?"卡尔德拉说。德罗透过望远镜反复察看&确认,又操作车载点阵屏进行推断&猜测。

"说不准,"他回答,"太远了。我觉得——我觉得……"他转头对着姐姐,"我觉得是海盗。"

卡尔德拉抬起头。"什么?"她喊道,"又来?"

又来了。施罗克姐弟曾故意放出关于航行计划的假消息,虚晃这一招已渐渐失效。现在,马尼希基所有关注他们的人肯定都知道他们走了,必然会传出流言蜚语,正因如此,随着时日的推移,他们开始瞧见海盗轨车的身影。

这片轨洋海域并非风平浪静。这里有诸多小岛&记录不完全的林地&

深谷,足可供老练的车长藏身其中。海盗对他们的青睐本不足为奇,但他们没有料到自己竟会是多少人追踪的目标。

几天以前他们碰到了第一批,当时他们仍然以为可能是偶遇。旁边近得出奇的矮树丛中窜出一列畜力小轨车,大摇大摆地朝他们冲过来。车长手里巨大的鞭子抽得"啪啪"响——离得很近,又是顺风,施罗克姐弟听得一清二楚——赶着轨道两侧各三头、共六头的动物小队,喷着响鼻集体狂奔,而那一小撮凶神恶煞的海盗站在装饰繁复的战斗甲板上,又是嘲讽又是讥笑。

"啊,看哪!"德罗说,"犀牛!从来没想过还能看到犀牛。"

"嗯嗯。"卡尔德拉不屑地略施小计,稍微提速,一股尾气熏得跟踪者直咳嗽。拉动施罗克轨车的机车密封极佳,并未排放尾气,但它却备有好几缸专门合成的污浊烟雾,按一下按钮,就能从车尾喷出,效果拔群。

"我喜欢那些犀牛,"德罗说,"你呢,卡尔德拉?"她一言不发。"有时候你后悔带上我,是不是?"他嘀咕道。

卡尔德拉翻了个白眼。"别说傻话。"她应道。偶尔有人陪着的感觉挺好,仅此而已。"趁现在有机会,好好欣赏犀牛吧,德罗,往后就再也看不到了。"

"为什么?"

"没有多少地方能放心让牲口拉畜力轨车,"她回答,"这里的野兽要干掉犀牛毫无问题。它们坚持不了多久,离家园这么远,肯定是为了找什么东西。"

她说这话的时候,姐弟俩短暂地对视一眼,并不曾想到自己会成为海盗的袭击目标,直到两天后,一帮小型轨车趁夜追来,每一列都覆满装甲,如同黑壳龟,变道技巧娴熟得惊人,险些赶上了他们。警报响起,施罗克轨车加速离去,那时他们听到领头的柴油机车小子在喊:"就是他们!"

姐弟俩从此提高了航行速度,以避免任何暴露的风险。"知道吗?"卡尔德拉说，"南面有些轨车员一直被污蔑为'海盗'，但他们做的事不过是为了维护家乡的海岸，因为多年来各种各样的外地轨车总爱过去乱倒垃圾。妈妈告诉我的。很多顶着海盗名号的人根本就没做坏事。"

"那些可不是你说的那种。"德罗望着后方追来的车队，做出判断。

"对，"卡尔德拉说，"应该是真的海盗。"

他们的行程规划源于三方面内容的糅合：父母离开前给予他们的教诲、从父母留下的笔记中搜集的信息、未亡的父亲混沌的记忆。再加上点阵屏文件&小夏转述的那块旧屏上的所见。

他们驶近一条河流。"桥呢？"卡尔德拉向世界发问。一座桥也看不见。

"唔。"德罗查看航图，"我觉得，要是一直走右舷方向——嗯，走到猴年马月，一定能遇到桥。"卡尔德拉在心里计算着时间。"我说，"德罗缓缓开口，"也有办法快些过河。走隧道怎么样？"

"隧道？"卡尔德拉说，"你觉得？"

地下铁道从来不是优选路线。地下铁轨表面&周围似乎总有邪恶的东西经过，像是某种深潜的穴居兽返巢，就连虔诚的信徒进了隧道也不免嘀咕。遇到这样的暗河，轨车通常会调头绕开。通常会。

"省时间。"德罗说话的语气很兴奋。

"嗯。"卡尔德拉应道。看样子确实有路线直接横穿河底。

铁轨带着他们下坡，穿过外围的硬质灌木&犹如张开大口的环形岩洞，进入一个混凝土通道。卡尔德拉听说，有些地下通道甚至有照明，但这里没有。他们打开车头明亮刺眼的灯泡，行进途中，轨道、潮湿斑驳的水泥、肋骨形状的地道加固工程，迅速逐一浮现又重归黑暗。

"这里头有些怪声音。"德罗说着，睁大了眼睛。阵阵回声将他们包裹，每一声"噼啪"&"咔嗒"都近在咫尺，触及轨车的金属车壳，又再度弹回。"你觉得有多远？"

"应该不远，"卡尔德拉说，"只要大致保持这个方向一直开。"

阴影中隐约出现更多隧道，延伸向四面八方，形成一座地下迷宫。每到一个交叉口，他们都放慢速度，检查道岔，再继续前行。

突如其来的诡异响声震慑了姐弟俩。尖利的颤音，像猫头鹰的叫声，震得铁轨&周围地面隆隆抖动。卡尔德拉扳下制动阀。

"什么情况？"她说道，声音低低地卡在喉咙里。德罗瞪大眼睛，抓着她的胳膊。

又来了，这一次离得更近，更加气势汹汹。一声咳嗽，一声吞咽，尖利的飘忽的气息，此刻还加上隐约的拍击声。

什么东西从黑暗中出现，摇摇摆摆地来到轨车的刺眼车灯下。它身形不稳，跟跟跄跄，上肢不断拍打，颤抖的硕大喉头闪着亮光。一只鸟。一只鸟，双眼紧闭，浑身绒毛，比人类最高的男女都还要高。它扇动绝对载不动体重的短小翅膀，蹒跚行走。身后还有其他同伴，磕磕绊绊地进入视野。

"快看哪！"德罗叫道，"怎么会有这种东西？都还是，还是小宝宝呢！"他脸上漾出微笑，"在干啥啊，姐？"他姐姐正在扒拉控制台，查看雷达，咬紧牙根猛力加速。"姐，它们上不来的。"雏鸟还不大会走路，跑两步就摔倒，你踩我我踩你，引发尖叫&可怜的小颤音。

"那边有个鸟巢。"卡尔德拉说，"那几只是穴鸮的幼雏，它们的妈妈懒得亲自挖泥巴，直接在隧道里做窝了。它们的叫声……"

德罗明白过来，顿时倒抽一口凉气。"……是求援警报。"他说着，跌坐到座位上，疯狂点击控制按钮。倒车。雏鸟跟跟跄跄跟在后面，叫得楚楚可怜。

轨车后方，传来低沉得多、雄浑得多的啸叫。冷如冰霜的寒意传遍卡尔德拉的骨骼。紧接着，是利爪擦过地面的声音。

身体左摇右摆，两眼如同巨大的灯笼，燃烧着令人晕眩的怒火，硬喙弯曲成邪恶的尖钩。一只亲鸟踏入尾灯的光芒之中，亮出利爪，做好起始姿势，冲进来保护它的幼雏。

"我选另一条路。"德罗的声音压得极低。

穴鸮比他们的轨车还要高，弓起背&俯下头，尖爪抓地跑过隧道，翅膀将垂直空间塞满。它的双眼如同最险恶的月亮一般明亮。它凄声厉叫，那双爪子准备撕裂施罗克轨车，掏出里面柔嫩的施罗克肉虫。

变道，"咔嗒"分路。面对突然的临时线路变化，卡尔德拉逐渐驾轻就熟。雏鸟蹒跚走步&可怕成鸟迅速逼近的途中，她已倒车经过枢纽，再往前开上支线，加速冲出那猛禽的巢穴。

"还没甩掉。"德罗说。

"我知道。"卡尔德拉说。变道，前行，右转，加速。

"它还在朝咱冲过来！"德罗大叫。

"等一等！"卡尔德拉喊道，"我觉得我们——"

一阵风驰电掣，耳畔回荡的响声宽仁地全数消散了，他们猛然冲回天光之下，来到河流对岸。暴怒的穴鸮跳着脚追在后面，张开双翼，细长腿左一倾右一斜地半飞半跑，速度几乎要赶上草丛中飞逃的施罗克轨车，但终究略逊一筹。

"永别了您嘞，火药桶猫头鹰！"卡尔德拉得意洋洋地说。

"不行！还得跑！快！走那些怪东西中间！"德罗喊道。

"啊，嘘——是你的主意，我们逃脱了，不是吗？"

"对，但我现在想……"德罗答道。

"想什么想，"卡尔德拉说，"我带咱俩脱险了，就连句'真棒'都不配吗？"

"我在想……得有两只大鸮才能生小宝宝，不是吗？"德罗说。

头顶一声巨响，拍翅的声音，响若惊雷。

一团阴影遮蔽了高天之上的太阳。他们明白了，这一对亲鸟，是一只大穴鸮&一只特别特别大的穴鸮。更大的那只低沉地号叫着从天而降，震得施罗克姐弟的骨头&他们的轨车都抖动起来。它猛扑向最后一节车厢末

轨洋

尾，利爪如造车厂的机械手一般握合，刺穿&劈裂了车厢的厢顶，再击振双翼起飞，利爪依旧紧扣。于是乎，从后往前，施罗克轨车的车厢一个接一个脱离轨道，升向天空。

第五十四章

在轨洋另一处地方,轨枕坚硬如石,铁轨完全漆黑,经历再多的车轮打磨也反射不出亮光,铁轨之间&其下的土地极其冰寒。这样的轨道上驶来了"弥底斯号"。

若是天上有神祇在旁观,只要他对猎鼹略懂一二,必然会为列车的速度所震撼。"弥底斯号"在冰冻铁轨上疾驰,"倏咔恰倏"的节奏适用于穷追猛赶,而非当前情况,因为四周毫无巨鼹的迹象。我们假设的旁观者或许会想,这列轨车还是更适合放低一点速度,轮拍打滑时更需慎行。

"弥底斯号"车首,车长的机械手中紧握追踪器,视线在屏幕&地平线之间上下跳跃。天际是一片灰蒙蒙的空气&险恶的云团,屏幕上则是一颗舞动的红点,烦躁的二极管。

"本迪先生,"纳菲说,"它转向了右舷方向。扳道工,变道。"他们变了道,蜿蜒通过一连串道岔,直到扫描器上的光点再次接近笔直向前。

车长除了用那块不知疲倦的屏幕进行追踪,就是回舱与那些关于执念的图书做伴,阅读由凤毛麟角的执念终结者撰写的回忆录&思考&推测。她在页边空白处写下笔记:一旦苦求而不得的念头终于成真,会怎么样?

他们一路跟随那头迅疾如电的邪恶野兽,中途有三次,因为距离太

211

远、速度太快或掘地太深,微光闪烁的小点游离到了纳菲车长的读数范围之外。每次回到漫无目的的搜寻状态,她便将扫描器开至最大功率,同时切换回传统的鼹鼠栖地识踪技能,不出几天,又重新捕捉到信号。

第二次跟丢&重连代表巨鼹的"哔哔"声后,在极远的远方,他们看见一个鼹丘露头。尘土喷涌而起,惊得所有人噤了声,视野中留下一个庞大雄伟的土丘。

"真希望那小子能看到这些。"富勒姆洛低声自语,"听说就是他给推荐的扫描器。他一定会喜欢这个场面。"没人搭话。

追猎仍在继续;他们仍旧是猎鼹人,运用猎人的阅历进行追踪&推测&判断。只是现在,纳菲车长的执念留下了电子踪迹。大概有一两次,车长似乎在喃喃自语,一边摆弄着接收器,一边咕哝着类似"谢谢"之类的词语。

莫克杰克的行动轨迹不似普通巨鼹。"它怎么知道的?"武里南向天发问,"该死的,它怎么知道我们在追踪它?怎么一个劲儿地逃跑?"他把那个生物不同寻常的快速回避&杂乱踪迹理解为逃跑。

因为它一直在戏弄咱车长。几个车员自言自语地回答,不愧是她的执念。

霍布·武里南还有一个问题。在黄昏那该死的暗淡天光下,轨车绕过一片冰原,他烦躁地把口袋翻出来又塞回去,一边对富勒姆洛医生说:"你有没有觉得,这样可能是自欺欺人?"

车医望着几只土拨鼠在洞口吵闹,没有应声。

"如果纳菲用这种方法找着了莫克杰克,"武里南说,"就算了结执念,也是自欺欺人吧?阅历的积淀也有捷径可走吗?你觉得呢?"轨车从争吵的土拨鼠旁边经过,富勒姆洛把纸揉成一团扔了过去。"不知道小夏会怎么看。"武里南叹道。

"有什么好看的,"富勒姆洛说,"这也不算打捞吧?就是追一头大鼹鼠。"

RAILSEA

　　夕阳斜照在闲聊小夏的两人身上,他们暂且效忠的列车在交错的铁轨间描画着歪歪扭扭的螺旋,追逐车长的痴念。

第五十五章

头几次招呼阿福飞下来,小夏只是要摸摸身边这个喜欢他的小东西,获得一点慰藉,根本懒得费心去确认某一处轨洋是否是照片中的哪一处。指认工作还在继续,他总是正面确认:有硅化木森林,有边缘缓慢侵蚀轨洋铁轨的冰川潜流,有地貌独特的丘陵地带。"见过这里吗?"

每一次小夏被带出去指认,阿福都在头顶盘旋。每一次他都说"见过"——直到上一次,他犹豫一下,说了实话:没有。埃尔弗里什也犹豫片刻,点点头,更改了航线。

阿福不愿进入小夏那憋闷的牢房,只在小窗的窗框上休憩。小夏会奋力张开胳膊,动作夸张地指向当地岛屿,鼓励它飞去骚扰轨鸥,取食肉虫子做零嘴。他也用激烈的手势招引它回来。他望着它掠过云层&高天之下,飞过凌乱的打捞物暗礁。

这是哪儿?

小夏的性命掌握在另一个人手中,他知道那个人残酷无情。周围都是杀人犯,会因一时兴起把他扔下车或者用车钩扎死,只为了取乐。但只要他活着&提供一点用处,至少能去到没去过的地方,不做车医,不胡思乱想,就在全新的地方,做全新的事,还有一点刺激——且不论如影随形的危险。

罗巴尔森随时过来巡查，但什么消息都不透露。一开始往往是冷嘲热讽，骂完就往地上一坐，心烦意乱。最后，他说："好多人都在传，施罗克那俩娃娃在找的东西，他们家人找到的东西，就算只有人们以为的一半那么好，我们也能……"他发出咂嘴的声音，"据说根本无法想象。所以我们得先下手为强，免得其他人也想通了这茬。他们没有你的照片吧？"

没有，小夏想，但他们照样会追杀施罗克姐弟。他咬紧嘴唇。

汽笛拉响，沉重&急切的节奏传来。轨车加速&偏离了原来方向，变道异常熟练。迅速的位置转移仍在持续，突然的换向、加速、减速。罗巴尔森跳起来。

"怎么了？"小夏大声发问。狱卒愣了愣，极其紧张地朝他笑笑，就出去了，随手反锁。小夏从小窗向外张望，顿时大气不敢出一口。"塔拉勒什号"正在追赶另一列轨车，一列在轨洋岛屿间往返贸易的小型商车，此刻正穷尽了蒸汽机的动力极限，火速狂奔。"快逃！"他向几英里外大喊，小轨车仿佛听见了他的鼓励，努力奔逃。

隆隆声响，一连串可怕的飞弹慢悠悠从海盗轨车出发，越过铁轨，划出彩虹般的弧线，坠落。连续的爆炸排山倒海，断裂的轨道碎片&轨枕向四面八方炸开。其中一枚飞弹击中猎物尾部。

小夏低声哀叫。守车爆炸了，火焰&金属&木头轰然飞散，啊，石像神啊，还有小小的人影，如同风车般旋转跌落，横七竖八。有的受伤了，此时还在紧一阵慢一阵地乱动，旁边的泥土霍然翻起，穴居的食肉动物闻到了人肉的味道。

又一阵枪林弹雨，轨车失去了动力。恐怖的几分钟过后，"塔拉勒什号"逐渐赶上。小夏听见乘员挑衅地叫喊着装备武器。被逼停轨车的甲板上，男女乘员虽然面带恐惧，却手持刀枪严阵以待。既非士兵亦非海盗的他们，准备投入战斗。

轨洋

但那并没有给他们带来太多好处。"塔拉勒什号"继续轰炸他们,护车的守卫如同挑棒游戏里的木棍,四散八叉落在恐怖的海床。埃尔弗里什指挥轨车来到相邻铁轨与之并行,抛过抓钩,抓牢无法动弹的商车。"塔拉勒什号"的作战车员高声呼喊着骁勇海盗神的名号,荡绳登车,肉搏战开始了。

小夏的视野极其受限。这也是幸事一件。能看到的已经够多了。他看见男男女女近程互射,伤员&死者扑落轨车。有的落点很近,能听见哭叫,看见他们按住伤口,拖着断骨爬行,扒拉着往车上逃。

沙土开始翻腾,旋转,下陷。一个圆圈往下拉伸,变成圆锥形。一个人大叫着滑了下去,坑底张开一双几丁质的大颚,如剪刀一般合拢。甲虫棕的镰刀,复眼。

眼看蚁狮的大颚就要咬下晚餐,小夏别开了脸。尖叫声戛然而止。他瘫靠在舷窗下的车壁上,感觉心跳又快又猛烈,仿佛要把轨车震得抖起来。再向外看时,虫兽间竟开启了内斗,海床上折腾的不仅有人类男女,还有巨型昆虫&裸鼹鼠、鼩鼱&鼹鼠的抢食。损毁的轨车上,海盗夺取了控制权。

落海后仍活着的海盗获救了。海床上的商人则无人过问,只能连滚带爬地往脱轨车跑,绕开蚁狮坑&饥饿野獾留下的松散表土。

埃尔弗里什的手下把货物从货舱中拖出,挂上吊钩吊起来,用滑轮运上邻近的"塔拉勒什号"。武装卫队监视下,剩下的几个商人哭丧着脸看他们行凶。小夏听不见埃尔弗里什说什么,只看到两三个车员敌他们不过,被拽出来——衣装最上乘的,看样子是车长&车副。几人被拖上海盗轨车,离开他的视线。上方传来摩擦声。其余商人发出一声惊恐的哀吟,齐齐盯着小夏头顶正在发生的场面。

"塔拉勒什号"终于离开,将洗劫一空的熄火轨车留在身后。一大块现代打捞物,供某人前来拣选。懒得处决的最后几个乘员被留在厢顶,在寒风中悲伤哀痛，无处可去。

"今儿不顺哪，呃?"罗巴尔森说。

"他们会怎么样?"小夏不愿转过头，只斜眼看着他。

"应该会有人来找他们，假如，没在该出现的地方按时出现。"罗巴尔森说着，耸了耸肩，躲避小夏的目光，"别用那种眼神看我。"罗巴尔森嘀咕着，气呼呼地放下碗。

"你怎么处理后面那几个人的?"小夏说，"我听到……"

"走跳板啊。"罗巴尔森答道，两指做个行走的动作，"他们是头头。我说了，别用那种眼神看我！你知道我们损失了六个人吗？要是他们直接投降，根本就用不着这样。"

"哦。"小夏说着，转身回到窗边。他想哭。身子抑制不住地颤抖。"跳板下面是什么？架在哪里？"没有回答，他又继续道："更大群的蚁狮，对吧？蜈蚣？"罗巴尔森已经离开。

小夏仔细地四处找纸，如同曾经的乘员伙伴细心寻找巨鼹。找到一张塞抽屉的纸片。继续找，终于找到一截丢弃的铅笔头，得用牙齿撕掉木皮。他写下：

求救！我被非法拘禁在"塔拉勒什号"轨车上。这是海盗轨车，车上全是海盗，有枪。他们叫我带路去找一份秘宝，否则就要把我丢进轨洋，投到蚁狮陷阱之类的。我叫夏·阿普·苏拉普，在"弥底斯号"车长纳菲手下实习。求你救救我。还请告诉斯特勒盖的特鲁斯·伊恩维巴&沃安·伊恩苏拉普，我没有逃跑，我会回来的！除了我以外，"塔拉勒什号"还想伤害两位年轻的马尼希基旅人，求你救救我们!! 我只知道当前正往西北方行进。万分感激。

小夏伸出头去，向着暗夜吱吱喳喳，把阿福唤进来。他把纸紧紧捻成一卷，塞进仍然卡在昼行蝠腿上的追踪器。

轨洋

"听我说,"他开口,"有件事要交给你,我知道很难。你进来找我,可你并不懂得这份情义有多重。你知道我现在需要你做什么吗?"他用力挥动手臂指向来路,"我需要你回去,飞回去。找个人,谁都行。"

蝙蝠呆呆看着他。夜晚令它畏惧,它缩成一团,舔舐他,望着他的眼睛。小夏心都要碎了,却也只能劝说它,吓唬它,甚至在必要时候恐吓它。经过漫长的思想工作,它终于飞走了。

第五十六章

又一节车厢没了，被穴鸦巨大的复仇之爪擒上天空。穴鸦起飞后，卡尔德拉毅然弃尾，操作略有延迟，但时机恰到好处。她憋着劲，直到那双鸦爪正对上施罗克机车仍在疾驰的轨道，抓起最后一节车厢。她猛然加速，机车车身一震，向前冲去，后车厢轮子朝下落回铁轨上，溅起火星，发出恐怖的撞击声。要是再晚片刻，离地太远，或者错位太宽，整列车就完蛋了。

施罗克姐弟倒吸凉气，两双眼睛瞪得圆圆的，望着几吨重的金属尾车厢被拽上天，成为一道漆黑剪影，途中一直被狠啄，金属碎片不时脱落。最后它变得像一捆蛛丝缠绕的稻草，从天上扔下来，落地轰隆一声，连大地都为之震颤。

他们终于得以继续前进，在无边夜幕下，在高天猛禽凄厉啸叫的深夜。施罗克姐弟——

——等一等。转念一想，现在不是讲施罗克姐弟的时候。此时此刻，小夏·阿普苏拉普面临的，或即将面临的遭遇，实在太多了。

瞧，小夏刚把他生有小小飞翼的毛茸茸的朋友送出去。这位曾经染血的少年，差劲的医学实习生，有志于打捞的年轻人，如今是关押在海盗轨

轨洋

车上的囚徒。

此时此刻，我们的故事轨车不能，也无法转向离开当前轨道，因为小夏被困在这条航路上，那并非他自主的选择。

稍后再讲施罗克姐弟。小夏上贼车了。

第五十七章

"你什么毛病?"小夏情绪低落的时候,罗巴尔森老爱骂他。终于说服阿福趁夜溜走的第二天早上,小夏情绪非常低落。

他们此时身处荒野之中,地形奇特,不时有异常景观打破轨洋地貌。桥梁连接小丘;环岛逼得机车转向,跨越呈放射状分布的铁轨;多个岛屿下部凿通;有打捞物,但不全是古老的原始打捞物。各式车骸,大小不等,从小型侦察推车到如今只剩框架的大型车厢。杂草葱茏,风吹日晒留下冰冷铁锈。一座轨车坟场。

"应该会有人来找他们。"罗巴尔森曾这样说那几个流放轨洋的商人。小夏将信将疑。谁知道呢。那天晚上,他独自遥望鸟群,向它们招手,没有一只理他。他吸吸鼻子,因为阿福走了,他的心很痛,现在这列轨车上,他没有一个朋友。

第二天早晨,小夏再次向外张望,顿时吸了口气。他屏住呼吸,咬紧嘴唇,以免自己欣喜得失声尖叫。地平线上,一列马尼希基铁军轨车映入眼帘,仿佛一个奇迹,仿佛受他召唤&呼请而来,又或者是他漂亮的蝙蝠朋友的功劳。

轨车的行驶威风凛凛,又快又稳。这些轨洋海员从大约三英里外,循着一条拦截路线驶来。它打出旗语,如今已是合格轨车员的小夏看懂了意思,说的是:准备接受检查。

+++

匆忙的脚步,焦急的准备。罗巴尔森从门外探头进来。

"你,"他说,"管好嘴,别出声。我就在外面。你要是弄出一点声音……"他摇摇头,"车长正愁找不到借口。你要是敢弄出一点声音——什么事都得栽你头上。"他做个"嘴巴闭紧"的动作,离开了。

"注意,'塔拉勒什号'。"马尼希基轨车的高音喇叭里传出嘹亮的声音,"准备接受登车检查。"小夏望着它靠近相邻轨道,放下一辆速度迅疾&外观现代的推车,满载着身穿制服的军官。他将身子探出窗外,拼命挥手叫喊。

他们看到他没有?车长是不是在讲什么牛头配马嘴的故事?他们是不是把海盗的家当全缴获了?小夏听见上方甲板传来跺脚声,拿不准什么时候能够安全地大喊大叫。有人沿走廊过来。他心里激烈地斗争着。他听到吼叫&争辩,但一个字都听不清,直到吼叫的人在他车舱外停下,他的心提到了嗓子眼。门猛然打开,一位高个子马尼希基海军军官立在眼前,身着气派的黑色上校制服,织锦&镶金&纽扣抛光,对着埃尔弗里什&罗巴尔森大喊大叫。军官指着小夏怒吼:"那小子,就是我说的人。快把他带出来。有够你解释的。"

"他们非法拘禁我!"小夏跟在军官身后大喊,"别让他们给骗了,长官!他们是海盗,长官!谢谢您解救我!"埃尔弗里什连忙想制止他,伸手去捂他的嘴,可小夏跑得奇快无比,"他们想让我带路去寻找秘宝,长官,但我根本就不清楚有什么秘宝,更不知道在哪里。他们硬说我认得,把我关在这里好几天。这是违法犯罪——"

他们到了车舱外。小夏从未见过如此令人毛骨悚然的轨洋景观。前方，铁轨穿梭于灌木丛生的岩石山丘之间，横穿山腹，短暂进入光秃树木俯瞰的黑暗隧道。甲板上还有其他马尼希基军官。小夏的救星一出现，他们便高声致礼："里斯上校！"

里斯盛气凌人地抬手叫停。身材高大的他依次俯视过每一个人，之后招手示意小夏上前。小夏宽心了些，抖抖索索地松了口气。

"你真不能听这傻小子胡言乱语，长官。"埃尔弗里什说着，扇了他一巴掌，"他是车上的仆役。"

"你刚才告诉我，这个才是你们的仆役。"里斯指着罗巴尔森。

"他俩都是。仆役永远不嫌多嘛。但是这个，这个小夏，他从上车起就不停地惹祸。"

"所以，也有嫌多的时候。"军官把手搭在小夏肩上。

"当然有，里斯上校。我们把他关进拘禁室，是因为他偷东西，长官。他偷食物。"

"他们说谎！"小夏立即如竹筒倒豆子一般，详细讲出了自己的故事，虽然不太连贯。埃尔弗里什不时打岔，堂而皇之地表示质疑。"您得把他们全体逮捕！"他恳求道，"他们烧杀抢掠无恶不作，还要杀我！就是他杀害了施罗克夫妇，毁灭了他们的轨车！那是很久以前的事，您听说过施罗克吗？"

"他是个妄想狂。"埃尔弗里什冷笑道。

"也许吧。"里斯说，"可是，今天不凑巧了，军方已经得知确凿消息，马尼希基有两个姓施罗克的年轻人已经离城。我们还听说，他们失踪已久的家人，遗体其实已经找到。那两名年轻人乘坐军方急于追踪的轨车离开，也和我们掌握的情况一致。这个小伙子到访后，激励了施罗克家新的一代出海追求理想，到处惹麻烦。那么，车长，你以为，你真的以为，关于这些，我们都不知情吗？"

他一定是快速使了什么眼色，手下忽然举起武器，整齐划一。小夏屏住呼吸。

"如果要检查你的货舱,埃尔弗里什车长,"里斯说,"能找到什么货物?"

一阵沉默。"塔拉勒什号"乘员悄悄摸着武器。**抓到要害了!**小夏想。

埃尔弗里什叹了口气。"那好吧,"他说,"没错,跟他讲的差不离。"

"您瞧瞧!"小夏喊道,"逮捕他们!"

"不过,"埃尔弗里什说着,摆出"宽心,不是拿武器"的姿势,从口袋里掏出一个皮质钱包摊开,亮出里面的银印。"我有捕拿特许证。持证上岗。马尼希基公章。完全正规。"

完——什么?小夏暗自惊诧。

"你怎么一开始不提这个?"里斯说。

"提什么?"小夏问。

"嗯哼……"埃尔弗里什说着,咧开嘴温良一笑。

"纳税了吗?"里斯说,"私掠车掠得的财物需按20%比例上交给马尼希基。你这个该死的逃税犯。"

"什么时候才能逮捕他?"小夏喊道。埃尔弗里什抬手便给他一巴掌,里斯没有阻止。

"瞧,"里斯沉吟道,"是这样的。如果他的说法不假,那么你&他要去的地方,正是二代施罗克的目的地。你们用的那种技术,声音我很喜欢。"他考虑一番。

"逮捕他们吧?"小夏说。海军无动于衷。

"我要没收他抵税,"里斯决定,"看看能拷问出什么来。"

"什么?"小夏大喊。

"什么?"埃尔弗里什大喊,"你不能这样!"

"我当然可以。"里斯说。

小夏明白过来,这不是警匪交锋。他顿时心如死灰。毕竟,他们抢劫&遗弃的并不是马尼希基商人,不属于海军执法范畴。他认为——也希望

——叫来海军的不是他的昼行蝠。埃尔弗里什不是什么野路子，而是合法海盗，受当局支持，是跟里斯平起平坐的马尼希基特工。这只是同事间的争执，办公室政治。

"我问问你，"埃尔弗里什说，"轨洋外面是什么？我也不知道。但是，上校，你我都明白，论起财富，航程远近与金钱回报存在正比关系。换句话说，地理位置越偏僻，宝藏价值就越大。那么，你认为轨洋外面有什么？"

"不存在轨洋外面这种地方。"里斯字斟句酌地回答。

"不敢苟同。"埃尔弗里什小心地举起枪，即便里斯的手下早已亮出武器。对方却注视着他，仿佛被他缓慢的动作麻痹了似的，只愣愣看着。他把枪指向里斯。一些海盗也跟着举枪。

"这小子是我的。"埃尔弗里什说。

里斯大笑。"说得好，"他宣布，"你的特许失效了。目前为止，你记录在案的罪行有妨碍执法、威胁恐吓、非法劫掠。"

"但是，"埃尔弗里什说，"我愿意赌——瞧，我手下车员也是一样——世界尽头有什么，值得一赌。"

明媚阳光下，山野宁静，鸟儿盘旋，风拂乱了小夏的头发。最后，里斯说出两个字："开火。"

方才莫名发愣的官员立即回过神来。无所畏惧，有令必行。他们开枪了。

海盗开火还击。双方为争夺小夏而混战，他趁乱一头倒在地上。

甲板上乱成一锅粥。喊叫，枪击，脚步奔忙。人们手忙脚乱地寻找掩护。尖叫声响起。里斯不停开火，拖着一名受伤的战友走过甲板，朝对方的肩佩麦克风高声发出信号。战车的大口径火炮转动起来。里斯&手下官员伏低身子，匆忙撤回己方推车上。

"见他妈的鬼！"埃尔弗里什大吼。即使如"塔拉勒什号"这般武装精良的轨车，对抗马尼希基战车也几无胜算。"开足马力！开足马力！走走

轨洋

走走！甩掉他们！"

轨车车身一震，疾速向前冲去，动力全开，驶入那丘陵&隧道组成的天助迷宫。

小夏早有计划。如果可以称作计划的话。持续的混乱之中，他手脚并用来到瞭望热气球底部，迅速往上攀爬。战车继续逼近。"把他弄下来！"埃尔弗里什喊道。"塔拉勒什号"疾速朝隧道驶去。

海军轨车开火了，紧接着，是一场爆炸，平地里蹿起足有山那么高的火海。"塔拉勒什号"摇摇晃晃，似乎遭受着猛烈的冲击波。来的毕竟是战车。

小夏努力计算运动轨迹。他头脑异常冷静，忽然掂清了接下来的行动方案，时间，地点。"抓住他！"埃尔弗里什大喊着，朝小夏的方向挥动火枪，但他手下却四散逃开。罗巴尔森在小夏正下方，仰头看来，满脸震惊&可怜的表情。

战车迅速赶上，又快又猛。它再次开火，一枚炸药落下，失控加速中的"塔拉勒什号"车尾爆炸了。

异口同声的惨叫。海盗飞过空中，零落在轨洋上。爆炸威力巨大，将轨车车身猛烈往前推，轨车失控地冲向前方隧道，冲进那岩石山中凿出的航线。

小夏低下头，恰好见证爆炸的火光吞噬罗巴尔森。小夏倒抽一口凉气。

眼前的"塔拉勒什号"在行进中分崩离析。他惊骇地望着轨车冲进黑暗，而他藏身的瞭望热气球重重撞上岛屿侧坡，晃荡着往下坠落，像一棵被伐倒的树。他早有准备，乘在吊篮里。它仿佛慢悠悠载着他下坠，带他避开最尖利的岩齿，落向那座撞翻轨车的无名孤岛。

海盗团伙七零八落，泥土中&轨洋上传出他们的哀号。埃尔弗里什摔到了海床上黑漆漆的洞穴里，抬头狠瞪着小夏，眼神中充满愤怒&仇恨。下方有什么看不见的地下生物在洞穴里骚动，推挤，吼叫着钻出地将他拖走。埃尔弗里什只瞪着小夏,眼睛一眨不眨,就这样被猎手抓捕,拖入地穴。

之后,他们都从小夏视野里消失了。

他翩然落地,瞄准一处灌木丛。他知道会很疼,但总比摔在石头上强。"呼呼"&响亮的"啪",金属碎裂,他想得没错,"嗷",确实很疼,他翻滚几圈,现在到了硬地上。他躺着一动不动,喘气&发抖,一半是疼得没法动弹,一半是因为他还不敢相信计划已经成功,因为他知道自己仍然是抓捕对象。

小夏静静躺着,听那战车逼近,听那"塔拉勒什号"残骸中呼救连连,听那猛兽群集的海床上,海盗惊恐嘶吼。

轨洋荒野中,一片轨车坟场间矗立着一座小岛,那山顶上躺着小夏。

第五部分

穴鸮

学名雅典娜厉鸮（Athene cunicularia trux）

图片来自斯特勒盖猎鼹人慈善协会档案馆，复制已授权。

第五十八章

调研一张地图。寻找轨洋上航图收录最少、航行人次最低、最原始、最陌生、最危险、各方面都特别难对付的地段。

从世界西北边缘的一个点，延伸出窄窄一道未知。在那怪兽群生的高山&高地东面，有一块块稀疏铁轨勾勒的麻烦地界；南方最黑暗的极地冰洞也有其可怕一面；如此种种。在那些荒野地段，铁轨似乎让奇珍异物灌醉了，不听使唤。转辙器拒不执行命令，地面也不如表象那般坚硬稳固，诸多弯道&险阻，铁轨本身就为妨碍轨车而存在。极其蹊跷，违背常理。

在这里，诸神各自向对方铁轨动手脚，兄弟姐妹反目成仇，破坏彼此的航线。这样的地带伴随轨洋而生，只要轨洋存在，它就会一直存在。

傻子才会说，但凡这种地方都无法通行。史海悠悠，众多轨车早已现身此地，当下&未来同样如此。世事大多终有结局，而争议较少，甚至根本没有争议的论断，至少是这些地带险恶难行。

第五十九章

打捞人从事打捞——特别是那一位。海盗从事劫掠。海军轨车为马尼希基探寻&占领岛屿。动物呢?

凶猛大王鼹,绝非行踪易判的鼹鼠,贪婪&力量造就了这一地兽之王。现在情况如何?

再没有任何悬念,车长的执念莫克杰克的行为模式已经发生了改变。掘地速度更快,曲折路线更短,次数也不如先前,更多地以直线前进。几乎可以把它当前的行为称作"逃跑"。

车长对巨鼹的痴狂感染了乘员。激情是一种病毒,如同好奇心&执迷。有些人对此免疫:有的在疾速行进中嫌恶地向外吐口水,唾沫消失在泥土中;有的旁敲侧击地游说车副,劝他们调转车头,回归更传统的狩猎。他们毕竟是少数。武里南内心困苦。

纳菲派车副轮流查看小扫描器,轨车不停行驶,不论白天黑夜。轰轰隆隆,经过与世隔绝的村落,经过萤火般的丛丛光点,经过岩石。莫克杰克一路向北,偏离惯常出没的区域。

"要是你在,一定会喜欢这段旅途。"甲板上的富勒姆洛医生喃喃自语着,凝望夜幕苍茫,凝望轨车的狭窄灯束如同拉链将黑夜拉开又合上。

"但愿打捞人的生活对你温柔以待。"

+++

一段打捞物暗礁旁，躺着锈蚀的轨车残骸，零落着轨车员的白骨。风刮来各类甲壳节段，来自巨型钻洞昆虫、甲虫、体长相当于好几个成年人的蜷曲百足虫。鸟儿对这个铁轨稀疏的地方避而远之，但此时至少有一只动物正盘旋其上。

富含垃圾的泥土翻腾起来，有东西在往上顶。伴着呼呼声，地面一阵骚动，一股灰尘&废物碎片喷出，一个金属边的螺旋尖头旋转着冒出来。这机器有一节车厢那么长，从下方直立而起，斜刺里摔到铁轨上。一列潜地车，流线型外观令人生畏。路途扬起的灰尘在周围沉降，舱门打开，里面探出一个头。潜地车员扫视一遍四周，取下脸上的目镜。那张脸很脏，糊满油脂，简直不像是皮肤。

"好嘞，"她自言自语，"搞定了。"她用手指敲敲，伴着一连串叮当声&仿佛气哼哼的气流声，掘进机底盘逐渐舒展开一条条分节的机械臂，张开机械抓斗。特拉维桑德·西洛可以专业眼光冷冷审视这片垃圾地貌。听说前方有一列商车刚刚被毁，需要清理。西洛可噘起嘴。你可能认为她在给眼前的垃圾估价，那么你判断正确。

上方有什么东西俯冲&急转，在空中躁动不安。

"你好！"西洛可说。她又戴上目镜，"嗞"&"咔嗒咔嗒"，焦距调节。"你好，请回答！"她重复道，"你也是外来的吧。"她又噘起嘴唇，这次跟钱无关。

"准备些肉，"她喃喃道，"再来根绳子。看来我要钓天上的东西了。有客人来了。"

第六十章

  小夏躲了起来。整整几个小时，差不多就只做了这一件事。努力掩饰声迹，用尽所有力气。
  疯狂跃向石子坡，跳入自由的怀抱。他在岛上，身后是爆炸的海盗轨车，碎片在轨道上散落滑动，马尼希基海军势如破竹。幸存者的尖叫，最后的零星打斗声，猛兽的咆哮。俘虏相继被拖走。
  小夏滑下石子陡坡，来到避风的山脚，钻进岩石暗处，在孤岛寒气的侵袭下浑身发抖。他飞快藏进一个山洞，抱着膝盖，等待。火并双方都想抓他，而他不想被任一方抓住。
  要怎么办？
  混战声没有持续很长时间。他听到最后一个海盗等待最后一个海军搜索完最后一处声源，寻找他，以及其他目标。他听见大轨车原路返回，听见推车"突突"响着离开。出于某种君子的仁义，马尼希基军队用它载走了受伤的海盗。
  小夏尽量不去想自己无法一直躲下去这个事实。罗巴尔森被浓烟&火焰席卷的景象在脑海中循环播放，他闭上眼睛，努力摒除那些画面。
  最后一场对决结束后的两到三个小时，四周沉寂许久之后，轨车声在岛上绝迹。他侧耳聆听，听见轨鸥、风声、沙尘磨砺石头的声音。他仔细摸索各个口袋，如同任何一位走错了地图的探险家。他找到一些坚果&一小团黏糊糊的糖块，吃下凄凉的一餐。

然后天黑了。什么时候，怎么就黑了？

然后他睡着了。

无所事事，别无选择，疲惫，恐惧，饥饿，彻底&完全的孤独，小夏的意识渐渐模糊，他惊讶地发现自己竟然能睡着。

他醒得非常早，天刚蒙蒙亮，浓烈寒意袭遍全身。他身体僵得像个可怜的木偶，像一捆被打湿的树枝。小夏抱起胳膊蜷缩了一会儿，听肚子里的叫嚷如同狼在呜咽。恐惧毫无用处，他终于烦了，站起身来。

这天他四处探索了一番。在离岸边不远的轨洋上，他发现了海盗轨车的残骸，海盗的尸骨横陈荒野，惨不忍睹。

他所在的岛方圆大约几英里，侧坡陡得离谱，植被繁盛，长满各种爬藤&灌木的蔓枝，其中一些挂着圆滚滚的小果之类。他小心翼翼咬一口，忙不迭地吐出，爆浆的苦味太难吃，令人犯恶心。他的肚子咕咕直叫。好在有水，从高处的含水层中淌下。小夏将嘴唇凑近涓涓细流，吸溜吸溜往肚里吞，完全不在意它冰凉倒牙，还有股矿味。

岛上挺热闹。鸟儿窸窸窣窣，其他生物吱吱喳喳，待他走近便陷入沉寂，又在他背后再次响起。他在安全限度内尽量攀高，顺着山脊远眺，前方的峰顶似乎刺入高天。他下到鹅卵石岸边，海岛与黑色古铁轨相邻的地方。

海岸线附近散落着一些细屑&碎片。要是用棍子去捞，甚至可能拿到一点。那些东西遗失自海盗的口袋，残余自轨车的爆炸。对打捞人来说太细碎，对喜欢亮晶晶物品的鸟儿来说又太暗淡。

想到打捞人，小夏自然就想起了施罗克姐弟。虽然他俩不是打捞人，明摆着的。或许这恰恰是他联想到两人的原因。他们的头脑多么有趣啊，他想。小夏挂念着卡尔德拉，她只比他小一点，却指挥着惊世骇俗的先进轨车，绝不会为这种没人要的垃圾停留。

有很多词语可以描述她的特质。元气，活力，内驱力，热情。卡尔德拉&德罗似乎就是这些东西组成的，天下总共一石，两人独占八斗。小夏盘腿在岸边坐下，几乎是跌坐下去的。他捡起一截木棍，用指甲划着玩。

这里一定是恶名远扬的岛礁群，脱轨车富集。众多小岛挺立在视野中，直至轨洋深处，车厢&机车外壳散布其间，稀巴烂的"塔拉勒什号"不过是最新一员。即便是如此接近地图边缘的地界，打捞人也曾光临，清理走最易打理或最完好的回收物，但海上仍有大量无法回收的废品。

小夏垂下头，发觉自己一直握着那根枯木棍，用大拇指指甲不停地抠，抠出了一张脸。

他发现对面最近的岛屿植被更茂盛，地势更低更平坦。岛上树木繁多，或许结有果实。小夏舔了舔嘴唇。两块海滩之间隔着大约两英里宽的铁轨，每道铁轨之间隔着一段骚动的泥土。纷扰。动物的纷扰。小夏浑身一颤。

岸边延伸出一溜岩基岛链，每座小岛上杂草丰茂，群鸟争鸣。轨枕间的石料弯曲如断齿状，将轨车员送往海床。小夏能看到一个货舱，残存的货物撒了出来，要么风干要么腐烂，还有一个锈迹斑斑的推车、一堆毁坏的机车零件、一节粉碎的守车。

他的肚子咕咕叫，像只急躁的小动物。你想让我给你什么？他跟肚子说话，努力控制自己的恐慌。一大群鸟儿朝他飞来，一时间他幻想打头的会不会是阿福，要来亲亲热热给他的脸"啵"一下。错了。那就是一只脾气暴躁、空投粪便炸弹的无名轨鸥。

对面岛屿看起来越发的美味。我已经不是小孩儿了，小夏想，不应该再把别人的话奉为圭臬。想到这里，一只大鸟呱呱叫起来，小夏把它当作是鼓掌。长这么大，老听人说海床危险。他寻思，那可能是真的吧。但是……他紧盯着狭窄轨洋海峡对岸的美食岛。可能那些人就是故意利用这种说辞，好让大家都信以为真，吓唬大家不敢下海。

小夏没有给自己时间三思，直接抬腿迈步。

他挺起胸膛，目视前方，大踏步走下岩石岸边缘。跨过第一根铁轨，脚踩在轨枕&轨道之间，继续向前。

*我在海床上行走！*他想着，不断前行，穿过一条又一条铁轨。他大笑，他加速，他大叫，他绊倒了。他四仰八叉，他摔上轨枕。地面晃了晃。

啊，没错，泥土确实在动。小夏止住笑，站起身，纹丝不动地停在原地，回望岸边。看起来远得要命。

表层泥土不再是轻微起伏，转变为里里外外的震颤。一次。两次。他惊恐地望着一道土脊隆起，有什么东西在地下突进，朝他袭来。*尝试失败。*小夏想着，转身就跑。

他脚步翻飞，身后传来一声巨响，撞击声，地表破裂。泥浆纷洒到小夏身上，下方的未知生物强势破土而出，"咔嗒咔嗒"响着冲向他。

小夏狂吼着加速，跳过最后两大步，总算回到那骄阳炙烤的石滩上，追命虫的一声嚎叫险些把他震得弹起，那声音就像烧水壶的尖啸同时混合了电器短路。他踉踉跄跄翻个身，转头看去。

亮闪闪的节肢外壳，尾巴上一对剪刀状巨钳，或称尾颚。它扭动着身子回到阴暗地下，留给他短暂的一瞥。蠼螋。啊，石像神啊，算小夏走运。要是它换个心情，说不定就撵着他上岸来了。

他捡起一块大石头，扔到蠼螋尾后翻动的泥土上。又是一阵轰响，一条食肉蠕虫的头映入眼帘。随即闪现一团绒毛&刚硬如金属的尖爪，只见凶狠的鼩鼱掘地而出，不深不浅，刚好一口咬住虫子拖往地底。

小夏目力所及之处尽在翻腾，不论是轨枕间的地面，轨道周围的土块，还是溅上路基的泥浆。他朝亢奋的鸟群喊叫，小鸟报之以嘲笑，大鸟则威逼他后退。"我他妈认了，"他对它们大喊，"海床确实危险！"

第六十一章

写到这里,笔者原本想说,如此湿滑的西海地形,如此诡异的错乱铁轨,虽然少有轨车员见识过,但施罗克姐弟此时早已抵达,且继续航行其间。然而,时机还不太对。

一旦时机适宜,施罗克姐弟就将登场。毕竟是卡尔德拉&德罗,而非无关紧要的人物。

怪物或潜于地下,或居于地面林间,或从枝头荡上轨车厢顶甲板,还有些几乎不能称作动物的生物在高天巡视,任何一个都可能搜寻、嗅探、冲向施罗克姐弟。将之永远略去不提,是错误的。然而,尽管铁轨本身遍布轨洋,向四周放射,往各方分岔,每次却只能登上一条。

这个故事,讲的是一个染血的少年。施罗克姐弟值得别书另撰,后续将有单独的章节。虽然他们&小夏的故事如今已相互交织,密不可分。

第六十二章

可能吗？噢，他们认为可能。他们逐渐生出自信，"弥底斯号"的乘员，将成功迈进完满名人堂。

"弥底斯号"继续穿越轨洋，目标直指莫克杰克。他们再次聊到谢德尼·阿普耶斯，他捕捉行踪诡秘的猫鼬，约等于毫无意义的玩票。胡米的猎物，名为波舍维尔的圆壳沙漠龟，倒是坚韧不拔的象征。谷雅&萨莫夫，两人寻猎并成功找到一只白蚁后（存疑）&一头公牛大小的袋狸（鄙视）。

人们普遍坚信，人生最大的落寞，莫过于觅得苦求的智慧。"嘻，"富勒姆洛医生说，"相信我，大多数人确实渴望达成内心渴望。得偿所愿或许有一些负面效果，但远不及它带来的好处，而放弃追寻的坏处更甚。"

无法再假装这是任何类型的常规狩猎。不知是出于对纳菲的忠诚，对若隐若现的成就的激动期盼，还是因为轨车胜利返航后积聚巨额财富的可能性忽然不再难以想象，多数乘员都安心追随收发器信号，无视其他巨鼹。进入轨洋凌乱的偏僻角落，南方巨鼹很少在这片地下活动，这里太热了，地面不是太硬就是太软，遍布着大量不规则走向的打捞物沉积带，就像雪花牛排。

轨洋

在一个小镇,"弥底斯号"让柴油商人坑了一笔,对方看准了他们的着急,硬要收现金不可。他们在马克萨的砾石海岸边挥手却没有停靠,害得市民们空欢喜一场。他们独辟蹊径,深入最凶险的地图,进入坏轨海域。原始海岸上,内陆生物的活动使得树木剧烈摇晃。在一个无名环礁,轨车遭到了轻武器射击,子弹叮叮当当到处回弹,戏剧效果拉满,很是吓人。

"快了。"他们相互宽慰。莫克杰克,恐怖而笨重的巨兽,不应当拥有什么奸诈诡计。而所有人的惧怕似乎成了真,它带领他们来到了铁轨被染黑的地方。

"这边很久没人来过。"德拉明说。

寂寥天空下,突然传来一声咆哮,低沉雄浑,仿佛宣告暴风雨即将来临。声波令轨车为之一颤,向乘员送来风&尘土,让他们脑袋上汗毛直竖。其后是一段寂静,比任何寂静都要寂静,持续良久。亚什坎想挤出一个讪笑,却受到满脸神经的拒绝。

"石像神在上,那是……"武里南开口,仿佛遇到了难解的谜题。车长于是亲自为他解答。

"莫克杰克。"

她半个身子倚到栏杆外,不停喊着:"莫克杰克,莫克杰克,莫克杰克!"最后转身,没有明确向谁下令,而是朝所有人怒喝:"把——车——开——快——一——点!"

轨车加速驶朝兽吼的方向奔去,进入碎石遍地的危险海域。看不见的巨鼹再次呼唤。

"哎呀!"有人低呼。前方突现巨大的石柱拦路,右边则是深陡的斜坡。泥土结构中现出一个陷坑,宽数英里,深数百码,令人胆寒。航线通往陷坑边缘,凌驾其上,戛然断裂。坑中散落着轨枕&受损的铁轨,看得人心中一紧。连天使车&打捞人也避之不及的轨道,俯临下方的轨车残骸。

莫克杰克第三次发出召唤。它就在附近。"弥底斯号"即将驶过狭道，一边是粗粝嶙峋的石林，一边是看不见底的深谷。

"扳道工，"本迪喊道，"就位。"众人列队站好，手握遥控器&扳道钩。"来吧，先生们女士们，让那畜生看看猎鼹人航海的本事。"埃巴·沙比掷出长杆，前方枢纽"咔嗒"一声顺利变道，等候"弥底斯号"驶去。

但紧接着，就在"弥底斯号"前轮距之仅剩几英尺的时候，转辙器又移动了，伴着清晰&恐怖的响声自动返回原位。猎鼹车隆隆驶过，转向左舷方向，直奔峡谷而去。

第六十三章

嘈杂混乱。虚空近在咫尺。车长高喊着命令,英勇无比的扳道工们迅速地当机立断,灵活而有力地揿下按钮&扳动手柄,以毫厘之差堪堪避过眼前的灾难。延斯·托恩上半身探出车外,按动按钮转右舷方向。"锁闭不了,车长!"他高声报告。转辙器正在往回移动,整个枢纽合谋要将他们推入陷坑。

扳道工们勉力控制机械装置,对付一个强势的自变道枢纽&一个恐怖的活动枢纽;最终胜利将左舷方向扭转为右舷航向,朝岩柱奋力进发。"这是个神争陷阱。"本迪大声宣布。

"车长?"武里南说,"现在好了吗?"

"不,"纳菲说,"不太对劲……"她凝视着前方必经的立柱,它在大地上投下极长的阴影,他们身在其中。车长举起麦克风,下令:"抄家伙。"车员们愣了几秒,没弄明白。"抄家伙!"她又说,尖叫声随即响起。

蘑菇岛两侧的洞穴里,岩灰表皮的拟态生物脱离蛰伏状态,如蛇一般盘绕的身体舒展开,猛然钻了出来。

"海特托芬在上,"武里南小声说,"那是什么……"

三条,五条,一共七条。那群怪物蛇行游动,上下摇摆,没有眼睛但口器扎眼——每一条顶端都是一圈环状的湿润牙龈，密布几丁质的尖齿。

"拿武器！"有人喊道。有人已经在开火，猎手们争先恐后去取枪。"拿上武器，快！"那些东西游动着根根竖起，搏动的口中涎水积聚，向外一喷，落点留下黏稠的唾沫。轨车员纷纷开枪，子弹如同苍蝇疯狂飞舞。敌怪不堪其扰，触手样的躯体稍向后退，接着像鞭子一样迅速抽来。

其中一根扣上约卡吉·特奥多索的胸膛，发出恐怖的吮吸声。他嘶声尖叫。那东西把他拖下厢顶甲板，晃荡两下，收卷起来运到他们刚刚经过的小岛。"开枪！开枪！"纳菲车长高喊。轨车员们尖声呼喊特奥多索的名字。子弹击中来袭怪兽的皮肤，喷出黑血。它们暂时缩了回去，仍在近处徘徊，摸索着向下伸展打探，咂巴着湿答答的齿口。

敌怪再次向乘员发起集体进攻。亚什坎高声号叫着，一边跑一边用手枪往身后胡乱开火，险些打中林德。本迪弯腰躲过一根盘曲触手，跳过另一根，挥动弯刀砍向第三根。那滑溜溜的东西痉挛抖动，渗出大量浓稠粘液。

"快开枪！快开车！"车长喊道，"加速！斗志燃起来，大伙儿！"盘曲触手再次垂下，再次抓到猎物。一根缠住塞西莉·克里米的左膀，一根卷上她的右臂。乘员伙伴疯狂呼喊她的名字，跑过来向她伸出手，林德、本迪，就连亚什坎也骂骂咧咧地伸手去扒拉，那两条圆口触手朝不同方向一齐拖拽，生生把她拽下了行驶的轨车，空余一连串尖叫。乘员们开枪的动作顿时更加果决，砍杀的动力已不纯粹是恐慌。"克里米！"他们喊道，"特奥多索！"

两位同伴不见了。被拖入乱石，消失在视线之外。一个接一个的触手兽冲上来，想抓住行驶的轨车，圆口贴向转动的车轮&碎裂的甲板。

"你们休想！"纳菲本人不住高呼。她站在那里，毫不退缩，单手高举武器射击，旋身避过扎向左臂的一连串尖牙&利齿，看准一处恶心的波浪形边缘，砍向来袭的盘绕触手。

"咱们得倒回去！"武里南大喊，而怪物再度来袭，轨车则持续前行，加速。"咱们得倒回去救他们!"比奈特利发出怒吼,举起大型快枪速射,怪物随之颤抖,一道涟漪荡漾着升高,眼前隆起一座小岛。

"啊,天哪!"富勒姆洛说,"竟然是个单体!"

石头上的根根长颈汇聚成一条粗绳形状的躯干,蜿蜒伸向高天。在山地最顶端,触及毒云的高度,是那怪物膨胀而散漫的身体,如同参天的树冠上结满了圆睁的眼睛。

山峦震动,海岸线扭曲。"弥底斯号"终于冲入安全地带,远离一侧的陷坑&另一侧的怪物,停在阳光下。遭受重创的乘员们还未回过神来,人群中传出哭泣。

"那天杀下地狱的是什么鬼东西?"有人说。

"石须。"富勒姆洛医生说着,看向车长,看向他们身后的怪物,它的触手已被甩到视线之外了。他们已然撤离危险,静静停在原地。"它叫石须,呼吸高天的毒气,腕足伸到这地面上捕食。而那边……"医生指着峡谷,"那是克里比斯陷坑。石须在这里守株待兔,就是等着逃离陷坑的人主动送上门来。"

"那些铁轨!"武里南高声抱怨,"瞎变道,把咱带进该死的陷坑里!天使怎么不来修一修?"

"它们没坏。"富勒姆洛医生说,"这个地方的铁轨本来就是这样。这是一个很老很老的陷阱。"

"车长,"武里南说,"咱们得回去了。"纳菲车长没有回答,只忙着查看追踪器。"我还以为这种地方是该死的传说。"武里南小声嘀咕。他盯着纳菲,突然站直身体,向她发难:"你早知道。"

纳菲仍不搭话,只抬头与他对视,脸上毫无怯色。她放下扫描器,舒展一下人造义指。

"别磨叽,武里南先生,"她说,"有什么指控都讲出来。"

"你知道那是什么地方,"他呼吸粗重,"但是,因为你那头该死的巨鼹在附近,所以你什么也没说。不愿意打乱计划,绕道而行。"他哽咽了,不再出声。乘员们全都瞪大了眼睛。

"还有人吗？"最后，纳菲终于开口，"谁还有类似的帽子要扣我头上？请随意发言。"无人回应。"很好。我确实听说过这个地方，和你一样。没错，本迪先生说转辙器失灵的时候，我就想到了一种可能。所以，如果你要以学识不扎实&记忆不牢靠为由，要求法庭传讯我，那么我认罪。

"可是，你竟然声称我是蓄意让乘员驶向危险，先生，你哪来的脸？"她朝武里南走去，"设定路线&目标的时候，我并没听到你的抱怨。我也没听你说过，若本次行动成功，你要拒绝分成啊。"

武里南被她盯得好不自在。"你还是只顾着看那台扫描器，"他说，"还是只关心那头该死的鼹鼠在哪里，别的一概不在乎。"

"没错！"纳菲喊道，捏起拳头对他晃了晃，"咔咔"声较响的那只。"的确，那才是我们寻猎的目标，那才是我们在这里的正题。现在，要想给克里米的家人一个交代，要想让她&特奥多索的记忆传承下去，要确保那个恐怖的时刻血债血偿，只能是打败那头野兽，了结那个执念。所以，没错，武里南先生，我要的是莫克杰克。"

车长仍旧对他握紧了拳头，义肢光点闪烁，咔嗒直响。可是——且慢。"你的胳膊，"武里南说，"车长，那东西伤了你，你在——流血？"

她的人造手臂开裂了。匪夷所思的是，裂口渗出了鲜血。

"她怎么会……？"

"那是从哪儿……？"

车长本人也呆看着，像是和乘员们一起被那鲜红的血滴摄走了心魂。富勒姆洛很快过来，轻轻按压&细看她受伤的肢体。纳菲仿佛大梦初醒，努力想要挣脱，但医生不为所动，继续完成检查。

"你的伤口相当深，车长。"富勒姆洛终于宣布。医生不屑地丢开手臂，好像那东西烫手似的。他转身面对乘员伙伴，继续道："你的胳膊，车长，看似用金属&鼹骨取代的那根，其实从未断过，只是藏了起来。你健在的左臂受伤了，车长。"

沉默如溢油一般向外渗透。纳菲镇定自若地起身，脸上没有浮现片刻的窘迫。她沉稳地迎上乘员们的注视，缓慢地，高调地，抬起流血的左臂。

"的确。"她终于开口，"需要你帮我处置一下。"

"原来……"武里南念念有词。本迪盯着纳菲，又转头看看好友武里南，视线在两人之间折返。"你一直在骗人！"武里南说，"把大伙儿当猴耍！啊，我明白了，只有这样，别人才会把你当回事，你才不会受其他车长排挤。"武里南瞪圆了眼睛，浑身发抖，像要冲上去打架似的。他的外套沾满了灰尘。

那伪装的断肢，象征着意志，象征着荣誉。纳菲是否担心，拥有完整的天然的躯体，她便无法展现必要的坚毅？显然这是她表现出的观念。

她挺起身子。"那些人，"她用最威严的声音说，"需要信仰，需要执念，需要追寻自己身上被夺走的东西，需要那种恐怖的兽口逃生&断筋裂骨才能激发斗志，一心复仇。

"他们心智薄弱，"她继续道，"而我不会傻等。同时，我并非没有品尝过为执念而痛苦煎熬的滋味。所以。因此。"她高举起机械假肢套，"我不明白你的用意。武里南先生，出于对自己的严苛，我在拒绝牺牲肢体的表象之下，真正地做出了牺牲。"

非常精彩的说辞。车员们一个接一个地回头看武里南，他沮丧地跺了跺脚。

"你他妈说的什么浑话！"他有些歇斯底里，"全他妈胡言乱语！"

"我突然想到一点，"富勒姆洛医生说，"我要指出的是，现在咱们关注的重点，不应该是莫克杰克所在的地方，暂时也别去管车长的皮肉&骨头&电路。"什么地方传来噪声，机车行驶的声音。"先专注于重要的事情，我们刚刚失去了两位朋友。"医生等待同伴们细细琢磨，"问题不在于巨鼹的位置，也不在于它当下的活动。"

富勒姆洛指着他们刚刚经过的隧口。"大伙说说看，我们刚才到那边的时候,它就待在那里,像那样嚎叫,不早不晚,是碰巧吗?分明是有意让我们开进去,故意把我们送进陷阱。"

"太牵强了吧。"有人开口。

"它故意引诱我们进入危险,"弗雷姆洛打断他,"那头鼹鼠想杀了我们。"

久久无人应声,仿佛莫克杰克将要大笑,仿佛他们在等待一声响若轰雷的巨鼹的冷嘲。而事实与之相反,只有风声呢喃。

"啊,石像神保佑。"最后,叉戟手哲德开口。纳菲车长动了动左手,五指包扎得好像马蹄。"怎么办?"哲德说,"再没有比这更诡异的事了。"

拒不回应那样的挑战,着实不礼貌。正当最后一个字从哲德口中吐出时,忽然传来高空坠物的呼啸声,一个结实的小巧身影重重地从天而降,落到武里南手上。

乘员们惊慌喊叫。武里南也大叫着踉跄后退,但那坠落的小东西紧抓住他,他终于看清它吱吱喳喳的小脸。小夏的蝙蝠,阿福,腿上的发射器仍在闪烁。

第六十四章

该讲施罗克姐弟了吧?
还没到时间。

第六十五章

小夏卷起袖子来到岸边，望着损毁的轨车。

凭着胆大心细&卖力吃苦，他得以在轨道&轨枕之间，依靠他能利用的种种天然&脱轨车物品存活下来。他因陋就简做了辆推车，必要时甚至拖着它踏足海床。最后，他抵达一列曾经意气风发的货运轨车残骸，拆下各类装置，并挖掘泥土，拔出埋在地下的零件。

这项工作很危险，全凭意志力坚持。他把所有发现都扔到岸上，收集起各种废品。他反复前往脱轨车几趟，收获满满一院子现代打捞物。夜幕降临时，他着手开始拼搭；等到太阳升起，他已经骄傲地站在一座棚屋里。

他进入旧轨车的货舱，开心地发现里面正好装载有种子。他把种子种到地里，继续修房子，用彩钢瓦圈出小小领地。他的庄稼茁壮成长。他收集雨水，编织亚麻，驯化当地野生动物，从轨车上搜集到更多东西。他做出了面包。

第二年他觉得有些寂寞了，但紧接着幸运地发现岛上有另一个人的脚印。循着脚印走去，他遇到一名土著，对方惊讶于他的存在，却又为他所折服，于是做了他快乐的仆人。两人合作继续建设，再过几年，小夏终于

轨洋

造出了真正的轨车,随即离开他用故乡旧物巧手创立的新王国,启程返回斯特勒盖,头发在风中飞扬。

以上故事并未发生。

小夏坐在沙滩上,又冷又饿,满心忧惧。他盯着虚空。白日幻想并没有让他好受一点,它丝毫不具真实感。

他嚼着……嗯,应该是他找到的一种叶子。

"呣,"他出声地自言自语,"松针味儿。就用你做首要原料,创造一种新型饮品吧。"他龇牙咧嘴地吞了下去,"给你取名字叫沫子邦特。"

他真用废品修建了一个棚子,但他不好意思说材料是"打捞"来的:都只是搁浅在岸边的垃圾。他也不好意思说他"修建"了棚子:其实只算是把材料一个叠一个往上垒。他更不好意思说这是"棚子",它就是乱七八糟的一堆。

"特鲁斯,"他轻声唤道,吸了吸鼻子,"沃安。"他们对他颇有期待——是不是太愚蠢了?他们最终的期盼,希望他至少能接触到一种执念,现在看来是不是特别糟糕?

风吹在身上,感觉像是在嘲笑他。像是在鄙夷地朝他吐舌头,奚落他彻底失败的荒岛求生。认了吧,风这样说着,劈头盖脸朝他打来。他想哭,哭出来了一点,眼角泛出一点泪花,只是因为眼里进了些吹散的沙砾,虽然真要论起来,事实并不完全如此。

跟白日梦中一样,小夏确实花了很多时间留意那些打捞物。他很饿。已经两天了。他非常饿。他把时间都用来观赏那些报废的轨车、形似骨头的摊开的起重机桩、零落的推车,把大拇指当粗凿&尖锥在木棒上生抠,一点点雕出人形,弄得指头擦伤出血。他不知道接下来会有怎样的遭遇。

推车凌乱停放着。有的破裂开,有的翻倒了。有一个半掩在离岸百十码远的灌木丛中,正面朝上,车轮完好。

车轮完好,停在轨道上。

小夏缓缓起身,走向轨洋边沿。它甚至算不上推车,没有马达,连侧挡板也没有。古早的平板人力小推车，基本上就一块桌板，加了根两头反向运动的曲柄，两个车夫上下推拉，驱动轮子转动。

双人手动引擎，紧急情况下，单人也可使用。

其实——

其实什么啊，小夏心说，够了。

他直直望向轨洋上肆虐的风，风沙迷了他的眼。决意在胸中激荡，他感觉内心有点点的星火在引燃，久停未动的车轮努力打转，尽力让他振作起来。

小夏吞了口唾沫。他毕竟做过车员，凭借受训的技能，靠肉眼觅到了一条通往推车的轨道航线。他把还没做好的手抠雕像一把扔开。

就不能再等等吗？

小夏不止一次在脑子里听到那个声音。在他收集海岸上那些无用的零碎废品的时候，在他伸个懒腰振作起来的时候。脑海中有个害怕的小声音问他，真的确定不再等一等吗？万一有人出现呢，说不准的。

够了。他打断思绪，出其不意地扣住那小小的悲愁，就像扣住大风中在甲板上翻滚的细碎物件。不，我不应该干等。他想，我不会干等。

他必须离开这儿。小夏没有停下来思考成功的概率——他只知道自己不会坐以待毙。他要填饱肚子，他要复仇，他要找到从前的伙伴。他还在为施罗克姐弟担心，他们的敌人仍未罢手。

小夏站在沙滩上，抡了抡胳膊，衣服褪到了腰间。他瘦了。他扔了把石子，施个障眼法。再扔一把，然后趁那些小圆叉戟还在海床上滚动，赶紧跳上最近的轨枕。他走上铁轨，尽力保持平衡，在枕木间跳跃然后又扔下一批调虎离山的石子。他在一个枢纽处转向，跳过几码宽的连续土地，登上另一条铁轨。

小夏打个滚，跟跟跄跄起身，再丢出几粒石子。他在铁轨上行走！他走在轨洋上！这是世间第二凶险的事，仅次于踏上真正的轨洋泥土。

嘘，别想那些了。他沿着计划路线飞快地跑起来，越跑越快，心脏怦怦直跳，最后铆足了气奋力一跃，胜利落上推车，静静躺在车板上。

"这招怎么样，阿福，嗯？"他喘着粗气，"你觉得呢，卡尔德拉？"

小夏没有失去理智。他知道蝙蝠不在身边，施罗克家的姐姐距这里也有无数英里远。他只是希望境况能有所不同。他回忆着蝙蝠美丽的五彩皮毛，女孩坦率的视线，令他手足无措的瞬间。小夏起身，站在新的栖身之地，扑面而来的无力感令他无比厌烦，他受够了。他意识到，只有行动起来，才能有所行动。

+++

手柄自然锈得严严实实，他费劲地摆弄着，用石头敲打，想方设法把旁边残留的机油往接合处抹。一遍又一遍又一遍：敲打、抹油。

他持续捶打了很久，响声渐渐融进轨洋之中，动物们也逐渐习以为常。慢慢地，兽群拱出地表，而他还在坚持这项呆板的工程。附近一头鼹鼠出地，个头和他差不多大。它脸上的鼻头颤动着嗅了嗅，发出粗哑的吼叫，但他没有理会。一群胳膊粗的蚯蚓在轨枕之间蠕动。某处传来塑料撞击一般的"嗒嗒"声，一只甲虫半露出海床，随便瞥一眼那双巨颚，他便庆幸自己离地有一段距离。砰，抹，哐，涂。天色已近黄昏，小夏还在不停地敲击&涂抹。

然后，手柄动了。它松动了，小夏欢呼起来，用尽全身力气往下拽，双腿在空中乱蹬。终于，锈蚀放弃了抵抗，在滞涩&沉闷的摩擦声中，手柄慢慢下降，推车轮子也尖声抱怨着转动了起来。

这毕竟是双人推车，上下推拉曲柄的动作十分耗费体力。很快，小夏的肩膀&胳膊开始发疼，没多久便疼得要命。但车总算开动了，氧化的锈痂渐渐脱落，苍老的齿轮逐渐记起自己的使命，每驶过一英尺，速度便快一分。

小夏头晕眼花，边唱车员号子边推拉手柄，驶入轨洋的黄昏——天啊，已经很晚了。

没有照明，全靠裸眼视力。天上的云不多，月光竭尽全力穿透高天洒下。速度快不起来。小夏走走停停，让可怜的胳膊腿随时休息。他在枢纽处减速，但多数情况下都保持原路前进；偶尔直觉一闪，也从不多虑，遵循内心指引，用力踢打陈旧转辙器，直到变轨完成，转上新的支线。

小夏不清楚前路通往何方。尽管很冷，行进速度又慢得令人煎熬，他却心如止水，平和而非疲惫，天知道他为什么不觉得心累。他聆听着穴居动物粗声鸣叫，那是夜行猎手的号角。他看见猛禽飞掠过高天，荧光倏忽流过，尾迹好似一条光彩闪烁的神经或丝带。他知道，那只行迹繁复的野禽近看一定可怕极了，但那不妨碍它此刻在空中铺出丝绸，随风拂动，真美。

小夏大概是睡着了，睁开眼时，天边已出现鱼肚白，他继续推拉手动引擎。吱嘎&吱嘎&呜呜，已成为他的生命之音。数小时的推拉&停停走走，又抵达一处浅滩。脚掌大的肉虫子钻出地表，潜行地下，集体行进，速度跟他乘旧推车一样快。

现在怎么办？一只吠叫的野兽下巴上还有一小截钩子，它曾是某人的捕猎对象。小夏跟着兽群，推拉驱动装置，望着自己斜长的影子在推车的长影子里起伏。前方有一片泥土正在翻腾，近处的丛林里，甲虫在嬉戏。

看错了吗？怎么没动静了？这些动物是圈养的，在细网里缠成一团。小夏渐渐清醒。条条蠕虫慌乱地扭动着，甩尾巴&喷沙尘。**现在想抓条虫子真的不太难**，小夏想，太久没有进食，他快饿昏了。

他思索着怎样能捕上一条，要怎么煮熟，是否受得了生吃，而胃部的蠕动告诉他，可以，他宁愿相信自己可以。正当这时，他听见除了泥土翻搅声之外的别的声音。

他仰起头，阵阵波涛涌来。他愣愣地望着，干渴的舌头舔舔干渴的嘴唇，最后发出一声嘶哑而颤抖的"哈喽"。

那不是蜃景，而是风帆，越来越近。

第六十六章

　　下雨了，轨洋变成一汪泥泞，铁轨&轨枕都滑溜溜的。翻涌的乌云遮蔽了高天，"弥底斯号"仿佛在倾盆大雨中缩成一团。

　　旁边是潜地掘进车"品雄号"，姿态舒展，破土而出。纳菲车长站在"弥底斯号"厢顶甲板上，四周围了一圈车副，再往外围了一圈车员，圆圈中央，与她并肩而立的是打捞人特拉维桑德·西洛可。

　　先前，阿福降落到甲板上时，车员们迅速侦察了一番周围，发现有一根管道从不近不远的地下伸出，穿行于泥土之中，转动着观察他们。潜望镜。地表翻起，向两侧推开，"啊嘿！"一个声音在地下掘进机的扬声器中炸响，"抱歉打扰各位，有件事要知会大家。"

　　"瞧瞧那个，"西洛可登上"弥底斯号"，盯着远方根基深厚的石须说道，"从没见过那种东西。啊，那是克里比斯陷坑，对吧？真想过去看看，那么多打捞物。可是石头太硬了，下面肯定生长着异常凶狠的扁虱。算了，我自己主要探寻的是原始打捞物。"

　　西洛可抬起手，防护服上镶嵌的各类回收物纷纷立起，如同呼应一般。"请允许我解释一下为什么会来这里。我在马尼希基见过贵车上一位年轻人，和他聊了聊。他看上去是个好孩子。"

"他就在你车上吧？"有人大声说道。她翻个白眼。

"当初他在我面前打捞人这、打捞物那，叨叨个不停的时候，"她娓娓讲述，"知道我怎么回复他的吗？ 我叫他跟乘员伙伴待在一块儿。所以到后来，我听人说他在我车上，觉得真是太无厘头了。根本就没在啊。"

于是她讲到，她原本在朝某个不愿明确透露的方向前进，打算洗劫一处新的灾祸现场——她在马尼希基得到消息，灾祸源自某列轨车的插足，兴许还和他们失踪的少年有关。总之，她正航行在半道上的时候，这个小东西恰好就从天而降。

"有一封密信。"她说，"印象中，我记得小夏提起过一只蝙蝠什么的。信就绑在蝙蝠腿上，我觉得你们会有兴趣。所以我一路打听。谁都知道，车过就会留痕。一辆猎鼹车，来到了世界的禁区。一辆猎鼹车，出航捕猎最庞大的猎物，但前路渺渺。"她笑道："我费了很大的劲找你们，然后，就在前两天，这小东西突然疯了，"——她指着阿福——"一惊一乍的，好像听到什么似的。我就是跟着它来的。"

这蝙蝠怎么会知道"弥底斯号"的位置？西洛可耸耸肩。"你以为我追着它满轨洋跑，是锻炼身体吗？我忙着呢，正事是干打捞，可没那闲工夫开小差，去抓什么野蝙蝠。"

"所以呢？"纳菲车长说，"你干吗来了？"

西洛可举起小夏手写的密信。纳菲伸手去抢，而西洛可退后一步，兀自向听众朗读起来。"求救！"她开口，"我被非法拘禁在'塔拉勒什号'轨车上……"

待她读完，又是一段漫长的沉默。列位乘员&打捞人&蝙蝠&车长站在"弥底斯号"甲板上，全淋成了落汤鸡，却没人在意这场雨，只是面面相觑。视线茫然地投射，投向西洛可，投向彼此，投向车长。

"啊，石像神啊。"不知谁的声音传来。

"太离谱了。"车长说着,抓过密信。虽然进了血水,那根人造假肢却似乎没有短路。纸上的铅笔字迹在雨中渐渐晕开。"根本看不懂这写的是啥,"她冷哼,"更别提写信人是谁了。很可能就是一出精心策划的把戏,出于什么目的还不清楚。"

"真的吗?"说话的是富勒姆洛医生,"咱们这车上,真有人觉得小夏是不小心把阿福放出来的,认真的吗?连假意做个态都不肯?这位打捞人,正是他期望同行的伙伴,而她出现在这里,身边完全没有小夏的影子。这是他深爱的飞行兽,我们都知道,他把自己错位的情感倾注在小宠物身上,换得了对方的依恋与喜爱。现在它飞来这里,急切地渴望带我们去某个地方。我们乘员伙伴所在的地点,并非他自主自愿的选择。"

"一,派,胡,言。"纳菲咬牙切齿,"真不明白为什么总有人阻止我——"她瞥了眼莫克杰克的方向,又盯着西洛可,"你有什么计划?你要求我们——"

"我不是求你,"西洛可说,"只是传递蝙蝠的消息。我的任务已经完成了。"她慢悠悠踱到栏杆旁。

"我不知道这玩意儿怎么找到这里来的。"车长说,"我们至多能推断,它逃离小夏身边,跟他断了联系。这个故事没有一个字可信。"

乘员们呆若木鸡。纳菲车长闭上眼睛。"我们曾经告诫过他的,"纳菲说,"别在猎鼹车上打感情牌。"

"好在,"富勒姆洛应道,"没有哪个地方比猎鼹车更认感情牌。"

武里南突然着急起来,骄横的目光从头至尾扫过甲板,挨个与同车伙伴对视。他清了清嗓子。小夏。有史以来最差劲的轨车医助。连套圈都不会玩。乘员们仍是呆若木鸡。

"但愿他吉人天相,"亚什坎突然说,"但我们不能——"

"吉人天相?"武里南阴阳怪气地重复,"你?"

"打捞人臭名远扬。"纳菲说着,看了眼西洛可,"我们无法确定她为什么出现在这里,也不知道她要寻找什么东西,有什么计划。本迪先生,设定路线。"她拿出扫描器,挥舞机身搜索信号,摇了两下,近旁阿福腿上的发射器似乎产生了干扰,蝙蝠抖抖索索地尖叫起来。车长的指尖疾速敲击,纷如雨下。乘员们呆立不动,左右张望。

"本迪先生,"车长说,"立即规划路线。再行驶几英里,你、我、所有人,就将遇见世上最大的巨鼹。"车长快速伸出她没戴手套的右手,一把抓住阿福。它扑腾起来,西洛可嘶嘶地唤它,也抓住它伸展的另一侧翅翼。蝙蝠在两人拉扯之下,不断地"吱吱"惨叫。"我自打少女时代起,"纳菲说,"就一直在寻猎那头野兽。捕猎它,是我们义无反顾的渴望。"她嗓门越来越大,"现在,距离那个执念仅有一支叉戟的掷程。我,是列位的车长。"

轨车员们望着纳菲车长&打捞人拉扯阿福,它的翅膀被完全抻开,发出惊恐的尖叫。

武里南咕哝了句"小夏",似乎有话要说。正当这时,德拉明清了清嗓子。众人纷纷转头看去。厨师竖起手指,好像在思考。

"那孩子,遇到麻烦了。"他终于组织好了语言,听得出,这番话令他自己也感觉吃惊。

"什么?"亚什坎说,但他刚一开口,屡次跟他合伙整蛊小夏的林德便伸出食指竖到他嘴边,制止他继续发话。

"本迪先生,"武里南说,"我能否提议,咱们继续出发,放这只昼行蝠飞在前面带路?它铁定能找回他身边。也许还可以问问这位打捞人,她是在哪里遇到蝙蝠的?"

"好主意。"本迪说,"我认为这个提议很有建设性。"他看着纳菲,"车长,请下令吧?"

纳菲车长渐次打量过一张张脸孔。有人向往地看着凶猛大王鼹的方向,有人满脸惊愕。众人曾经幻想能靠成功捕猎莫克杰克而收入囊中的幻想的财富,此时在幻想中化作泡影,几乎能听到"啪啪"爆裂的声响。而更多的人面无表情——车长仔细掂量,就差没说出口来:本迪礼貌的请求

轨洋

背后，暗藏着一场哗变。

车长低下头，心底深处传来一个声音，呼气的声音。她又扬起头，仰天长啸，视线逐渐抬高，抬高，最后直望向倾斜的天空，而号叫声仍未停止。弥久，响亮，凄厉。以这时刻，哀悼那回不去的时刻。乘员们没有制止。总体而言，她还是一位好车长。

末了，她低头放开蝙蝠，看它飞进西洛可怀里。

"本迪先生，"她发令，语调波澜不惊，"尽快发现下一个枢纽。扳道工，就位。那位，小姐，女士，西洛可，打捞人，"她连珠炮般地发话，"我们认为，蝙蝠记得它来的方向。它现在信任你吧？"

打捞人西洛可耸耸肩，或许露出了一丝秘而不察的微笑。"那我就跟着你们，"她说，"路上肯定能遇着打捞物。"

"各就各位！"车长喊道。机车头完成点火，轨车颤动起来。"寻找路线绕过这个陷坑，去搜寻那位年轻的车员同伴，名为小夏·阿普苏拉普。"

第六十七章

旅队御风款款而行，娴熟地迎风逆风调整方向，迅速轻掠过渡线，在轨道间灵巧地游走。一队轨车员，乘坐单节车厢，每一个都由轻盈的炭化木材制成，没有连接笨重的机车头，而是借助风力，桅杆上张开三角形风帆，在强风拖曳下鼓得满满的，汇集成繁复的拼贴画。风力轨车队画着之字形路线跨越轨洋，站在头车车首的正是小夏。

航程的安静仍然令他惊异。（哪怕他老催着对方再他妈开快一点。）他积累的轮轨节奏词汇对这些游猎民毫无意义：车轮本身是木头做的，传递到脚上的震动比此前任何一种体验都要柔和&轻盈。等返回斯特勒盖，他得发明一些新词，才好讲述这段故事。熟练变道时是"呼啦轰"，走长直线时是"特特特"。

救起他的巴杰尔人逐鼹鼠而行：马匹大小的红毛鼹鼠，行动迅速，脾气暴烈，在多方围追堵截下急红了眼。巴杰尔人放出家鹰俯冲攻击；猎狗沿铁轨奔跑，张口撕咬；猎手投出标枪，四处阻截，不厌其烦。帆车穿梭在野兽的逃路之间，有条不紊，车帆左摇右摆。

这种狩猎属于碰运气，随天意，不强求。巴杰尔人收获的肉类，大多来自沿途布下的网罾。小夏就是他们用网捞上来的，当时他饥困交迫，已经产生了幻觉。

几天以来，跟着救命恩人吃住，他逐渐习惯了带膻味的风干鼹肉&香料烹饪的菜肴，在这种滋味调理下，他恢复了健康。他身上破敝的旧衣服，已经不再宽松到往下掉了，外面罩着巴杰尔式皮草袍。

一个略比小夏年长的青年来到身后。他叫什么名字来着，斯托弗尔之类？他会说几个洋径邦语词，而且颇有学习外语的热情。另有几个巴杰尔人跟他水平差不多，小夏能够用简单的混合语言和他们磕磕巴巴地交谈。

小夏知道自己着急上火的追问有些烦人，但仍不免开口："那……什么时候？什么时候去马尼希基？"年轻人耸耸肩。小夏甚至无法确定当前的目的地是哪里。

巴杰尔人是他的救命恩人无疑，所以小夏也清楚，自己既没有权利，也没有理由，去要求对方打乱自身的生活节奏，可他实在太无助，太心急，忍不住见一个就问一个。他了解到，轨洋游猎民族的航行路线往往设在各贸易点之间，没准就会在那种地方撒下他——主要是轨洋上的小型村镇集市&离群索居的狩猎团体，或许还包括海盗城镇。唔，那就难搞了。也无所谓。不过，他们有时候也会到较大的贸易集散地逗留，极偶尔的情况下，会去马尼希基。

据小夏判断，经过他孜孜不倦的热烈乞求，巴杰尔人已经同意将暂靠那座城市的时间，在无穷无尽的旅程中略微往前调整了一点。这样做无疑非常危险，却是他踏上回乡之路，或跟上施罗克姐弟的最佳机会。与此同时，他所能做的也无非是用两件事来宽慰自己：第一，当前速度比手动推车快多了；第二，他还活着。

小夏尝试着学习驾驭风帆。他总禁不住去担心卡尔德拉&德罗，想必海军正在搜寻他们。不过他也知道，面对海军这样的专业武装，即使寻遍整片轨洋，也找不出哪里有谁的逃生技能比得上施罗克家的卡尔德拉&德罗这对亲搭档。想到这里，他释怀了，笑容又回到脸上。

有关那个家庭的回忆，让他想起了什么。小夏已将自己贫瘠的故事向救命恩人和盘托出，但对方似乎并不太觉得意外，这反倒让他感到意外了。也许他们一向都在援救漂流孤客&招待热爱本族文化的旅人，他想。

一念及此，那段回忆在他心中蠢蠢欲动。在那间打捞物无序堆叠的厨房里，卡尔德拉曾提及父母的准备&研究。他们是轨洋学家，出发前巨细无遗地做好了准备。小夏突然想起，他们曾向轨洋游猎民族寻求&钻研某些特殊技能。

"施罗克，"他问，"认识吗？施罗克，开轨车的。"施卢克？巴杰尔人交头接耳，施罗特？施拉特？"施罗克！"啊，有一两个人记得这个名字。

"很多年前，"一个人说，"研究轨道。"

"他们来讨教过什么？"小夏说。又是一轮低声讨论。

"天堂。"他们说。天堂？"有些传闻，关于……"叽里咕噜，叽里咕噜，巴杰尔人争论着最恰当的措辞。"避岸，"有人接下话，"愤怒天使。"好吧，小夏不安地想，又是"避岸"。"泪水，"巴杰尔人说，"永恒之泪。"没错，他以前听说过。"避岸泪水"，小夏反复琢磨，不管怎么解释，都不太像对天堂的描述。

第六十八章

多数的晚上，这支巴杰尔旅队会找一处轨道枢纽，尽量把帆车围成一个圈，在轨洋地面上生火&做饭&商榷事项，让随车狩猎的半驯化狗烤火取暖。

身为客人，小夏得到了体面的优待——起初觉得荣幸，现在却担心自己有点惹人烦。换作别的时候，他或许会为游猎生活的方方面面而着迷，没准还能学会抛竿、撒网捕虫、唱歌、玩骰子游戏，召唤猎鸟。只恨时机不宜。每天他都早早醒来，瞭望天际，视线越过鼹丘&白蚁丘，径直掠过零星的打捞物残片却视而不见。

小夏的巴杰尔同伴望见另一拨帆车，调整方向去与他们会合。他们不紧不慢地把车聚到一起，开心地共进晚餐，交流新闻&八卦，各位热心人士低声在小夏耳边翻译。小夏急得快要哭了。

"哦——他们说这个人死了，被蚁狮吃掉了。"短暂的停顿，片刻的默哀，"另外一队人马发现，嗯，狩猎地……还好，说我们应该去一趟。"**啊天杀的，千万别去啊**，小夏心里嘀咕。"他们想知道你是谁，我们怎么带上你的。"巴杰尔人复述了那个故事，主要人物为施罗克姐弟&海盗&小夏&海军。

那天晚上，推车间串车的频率比以往高得多。一位同龄的巴杰尔女孩直白地向小夏表示关注，把他吓了一跳，脸烧得绯红。一番惶恐的心理斗争之后，他躲开了她，溜去睡觉，却怎么也睡不着。*下次吧*。他又想，*啊，要是还有下次该多好*。

第二天早晨，两队人马在盛大的告别声中分道扬镳，小夏留意到其间有一部分成员流动。粗算一下，整个欢聚时光也就半天左右。几天后，小夏又发现一批帆车飞速接近，料想自己这次可能真会崩溃得哭出来。

但这一次，氛围却不轻松，也没有闲聊&晚宴。新来的车队吹响警号，打出旗语，待距离足够近了，他看见对方满脸都是痛苦&愤怒的表情。他们挥舞旗帜，指指戳戳，无不指向小夏。

营救他的人想方设法解释：在某个地方，巴杰尔人视如珍宝的东西遭到了攻击，在他们狩猎&耕获的宝地。那不是一场意外，而是跟小夏有关。

"这都哪儿跟哪儿啊？"小夏诧问。

他们并不是指责他，虽然众人望向他的眼神里盛满怀疑&愤怒，只是出于人道而没有动手。没有确切的消息；旅人们并未亲眼目睹，只混乱地传递着各自接收到的混乱信息。但是，随着源初的细节逐渐散失，轨道沿路&旅人团队间传播的小道消息将那宗暴行——凶残海盗犯下弥天大罪，屠杀某个群体&荼毒他们的逃亡之路——与小夏从捕虫陷阱中获救的故事联系在了一起。

据少数幸存者讲述，袭击者在搜寻一个人，得不到线索誓不罢休。有个逃跑的少年，老家在斯特勒盖的，从海盗手下逃脱了。

"咱们去。"大伙整理起各自的推车&武器。"瞧，巴杰尔人全员都去。"向东，前往袭击发生地，不论具体为何处。离开马尼希基，偏离施罗克姐弟可能去的方向区间。

"但是……"小夏有几分想求他们，"不能再浪费时间了。"可他怎么能如愿？自己的同胞有难，怎么可能不去？

他们没有任何心理准备。向东跋涉三天后，两支队伍会合，抵达受袭地带外围。小夏原以为那里也许能遇上逃生的伤员或其遗骨，以及损毁的帆车队。

空气中弥漫着一股恶臭。化学药品，比任何工厂里闻过的都要刺鼻。他们向浓烟驶去。"看。"小夏指向下方一股臭味的源头，定睛细看。油污聚集在轨道间的地面上，在树根周围，从枝头滴下，滴上铁轨。轨车员们变道、转向、行驶，神色严峻。

一阵哀痛的沉默降临，就连车轮也仿佛收起了声响。众人抵达巴杰尔车筏碎裂散落的残骸旁。小夏的视野边缘矗立着一座高塔，一种散见于轨洋的巨型机车，从海床深处汲取能量。它岿然不动，没有排放任何废烟。

"是泄漏吗？"小夏说，"爆炸了？是不是这么回事？"

其余的帆车逐渐跟上。随着消息散播，汇集的队伍越来越壮大。他们使用彩旗打出信号，交换各自掌握的少量信息，一同慢慢深入这片看似被工业污水&落叶剂&毒剂浸透、溶解、破坏殆尽的区域。人们的恶心&悲痛有增无减。

"车厢泄漏绝不至于这样。"小夏说。这是一场暴行，一场针对自然的屠杀，是某人下达给巴杰尔的警告。从今往后，这里将寸草不生，再无野物可狩猎，如此持续经年。大地一片死寂，动物腐烂在各自的巢穴里。

紧追而来的车队当中，小夏发现其中一列的身躯远远大于那些"咯噔咯噔"响的木质推车。周围的巴杰尔人仍直愣愣盯着这起军事行动留下的黏糊景象，小夏则眯眼眺望。远道而来的大型轨车喷出柴油的废烟。

四下里满目疮痍，同伴们消沉愤怒，唯有小夏惊喜得浑身发抖。一列轨车正穿过毒废料堆积的狩猎场驶来，与乘风的巴杰尔帆车队并排行进，横越方今生灵绝灭的海域。那是"弥底斯号"。

于是，在巴杰尔人眼睁睁目睹灾祸的当口，小夏发出一声欢呼，紧接着又是一声。一只蝙蝠自天空疾速飞降，像一道霹雳闪现在他怀里，颤动的鼻头狠狠送上一吻。来者正是阿福。

第六部分

蠼螋

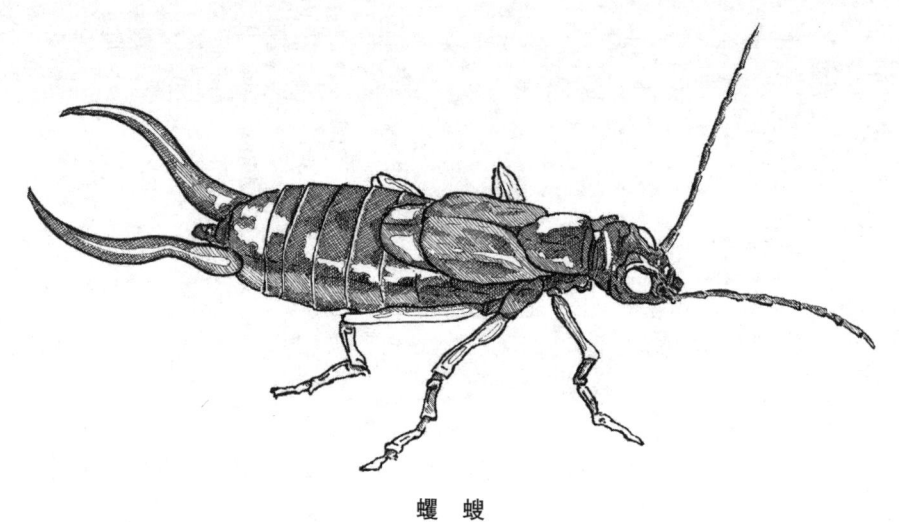

学名凶异革翅目（Dermaptera monstruosus）

图片来自斯特勒盖猎鼹人慈善协会档案馆，复制已授权。

第六十九章

一列体无完肤的轨车，损毁严重，杂音刺耳。施罗克姐弟驾着它穿越了大多数轨车员望而却步的天际。他们的麻烦就此开启。

实际上——

现在其实还没到讲施罗克姐弟这条线的时候。时机还不太合适。

那句话——麻烦就此开启——历来是众多故事的立脚点，每到这个时刻，读者便发现背景比他们以为的要宏大得多&错乱得多。这是万物的本质。

严格来讲，就科学术语而言，我们叫做"智人"，有智慧的人。同时，我们也有诸多别名：叙事人、礼法人、游戏人、流散人，各自侧重讲述故事、宣扬礼法、进行游戏、流离失所等特征。各有其真，但无以概全。

那句话蕴含着秘密。你我皆为临渊人：摄人心魄的无垠巨洞横陈眼前，迄今如此，往后亦然。

第七十章

轨车向东南方驶出,时而长啸,时而吹起唿哨。它呼出柴油的气息,沿航线穿越已知轨洋,前往未知。一列普通猎鼹轨车,由于事态紧急&航向特殊,它完全改换了形态,功能与规模都远远胜过自身,更加大张旗鼓,意气风发。

"弥底斯号"并非独行,它拥有众多伙伴。

风推动着巴杰尔战团的硬木帆车,紧随在"弥底斯号"身后,将它钢铁车轮的断续节奏切分得愈加短促。潜地车"品雄号"则像一头不太会捕猎的巨兽,隆隆响着迅速上浮至轨道间的光明之中,又再次下沉,在猎车左右&下方掘地前行。

小夏立在这支无敌车队前首,凭栏倚向"弥底斯号"舷外。别为这事纠缠,他心里有个声音说,连想都别去想。你正事还没完成呢。

在疮痍的巴杰尔土地上重逢,众人的心情苦乐交织。来自乘员伙伴的热烈欢迎,自然令小夏喜极而泣;而后他听说了横遭的惨祸,克里米&特奥多索丧命于邪恶高天的怪物之手,喜悦顿时消散了,只有眼泪留在脸颊。

"有人惩罚我们。"一名巴杰尔战士说道,盯着地面上一洼洼污水。这里曾是一片沃土。"谁？什么目的？"

"谁？"西洛可说，"答案很简单。"她靠在潜地车舱口前。

"还有你！"小夏说。

"很高兴和你再会，小伙子。"没戴帽子的她做了个摸帽檐的动作。

"你怎么会在这儿？"

"小夏！"是霍布·武里南。经历过无情的旅途，那身隐约还能看出华贵布料的大衣比平日里更加破旧，脸上的倦意使他的样子老了许多，但皱纹之中洋溢着喜悦。他张开双臂一把抱住小夏，两人互相捶打对方的背以示寒暄，武里南一个劲揉着小夏满头的乱发，谁也没想到会有那么久，没几秒就把气氛弄得颇为尴尬。

下一个是本迪，双脚轮换跳着，这段欢迎差不多同样充满精气神，然后是绮罗雅暮·拉克，略有克制但不多，接着是沙比，一个个同车伙伴。富勒姆洛医生的突然出现，让小夏开心得嗓子都破了音。他大展双臂拥抱小夏许久，随即退后一步，和他握手。

"要不是她，我们绝对找不到你。"本迪指着打捞人说，"她知道怎么追踪蛛丝马迹，一直留意蝙蝠的动向，后来听说你被谁抓起来了，遭遇了惨绝人寰的经历。总之是她的功劳。"

"我？"西洛可说着，垂眉看了眼"品雄号"内部，"我不过是追逐打捞物罢了。"

众人列队欢迎少年归车，就连林德&亚什坎也和小夏握了手，动作粗鲁，但并非全然无礼。而后，纳菲车长赫然现身。

她站在队伍后面。小夏有些迟疑。见到她的感觉，究竟是开心还是难过，他说不出。她的形象不似从前那般高大了。瘦了吗？她的假肢上缠了绷带——见到这景象，小夏眨了眨眼。他鞠了一躬，车长也鞠躬还礼。"阿普苏拉普，"她说，"很高兴看到你还活着。我们费了很大力气寻你，付出了很多代价，很多。"

"你们怎么知道我在哪儿？"他说，"你们为什么会中止猎鼹？"他盯着周围那片恶臭的土地,"那是谁干的?"

"谁干的?"西洛可说,"你觉得是谁干的?"

"海盗!"有人大叫。西洛可摇摇头。

"那个,看到了吗?"她指向一条特别油腻的水沟,"那种油——抱歉,大家可能想象得到,我对污水&地表水还是很了解的——那种特殊的油……"她像鉴香师一样扇闻几下,"……基本上只由一支部队独家使用。马尼希基铁道军。"

一段沉默。"那个——"她指向一棵枯死的灌木,枝头悬垂着被分解酶化成稠浆的树叶,像一条条撒盐的鼻涕虫,"——就是他们最喜欢用的除叶剂。"

"听说是海盗干的。"之前那同一个声音说。

"他们车上可能插着骷髅&扳手的旗子,"西洛可耸耸肩,"但是……"她比画了一个军礼。

"他们想干什么?"小夏思索着,目光扫过广袤而涸竭的巴杰尔土地,说道,"我知道原因了。那帮人想要情报&惩罚巴杰尔人,因为他们曾经给两个人提供帮助。"

"什么?"武里南说,"他们帮助过谁?"

"那帮人在打探我的消息,"小夏说,"还有我在找的人。巴杰尔人遭到惩罚,是因为向外人传授了轨洋的秘密。"

一些巴杰尔人听明白了,点头赞同。"施罗克夫妇。"有人说。

"施罗克夫妇。"小夏重复道。那段短暂的历史,卡尔德拉&德罗双亲的调查,思想的碰撞。多年前,巴杰尔人帮助施罗克夫妇找到前往天堂&永恒泪海的道路,如今付出了故土绝灭的代价。当年帮助过夫妇俩,如今又帮助了他。

"有没有谁,"富勒姆洛叫道,"那个谁,石像神横眉在上,小夏·阿普苏拉普,就是你,能不能解释一下你到底在说啥?"

于是小夏匆匆讲完细节&保证回头再详细说说,便转而给人群讲述起施罗克姐弟的故事,讲到他们的家庭&父母的毕生事业,两人正向某种未知度极高的东西展开历险,以及什么机构&什么人在追杀他们。

巴杰尔人没有扬声器,但西洛可有三个。"真不敢相信她会来找我。"小夏低声对武里南说。设备已完成检查,启动运行。他盯着守望台上的纳菲车长。

"嗯……"武里南耸耸肩道,"稍后跟你说。"

小夏看见车长又在一遍遍查看扫描器,她怀念猎鼹征途的点滴情怀,倒也不必追究。她的发言中气十足。

"我能否提议,"她说,"咱们把问题梳理一下?"于是每列车的喇叭渐次响起,重述、翻译、争论,最终所有人都明白了当前形势:关键点是,小夏要寻找一对被追杀的姐弟。

"不管你们怎么决定,"小夏说,"我都要去找他们。义不容辞。他们需要帮助。"

巴杰尔人群情激愤。他们隆重誓师,一边低声给小夏翻译:为死者,为这片土地,必须复仇。"我觉得那群痛下毒手的不会善罢甘休,"小夏说,"他们绝不会空手而回。"

"惩治!"一传十十传百,越来越多的巴杰尔人开始在洋泾邦语中使用这个词。

"另外,"小夏适当停顿片刻,继续道,"我们要去的地方标了个X。未知的X。就在地图边缘。这个不抽象,大家都知道X代表着什么。"他伸出指头做着捻钱的动作。

夜幕降临。风滚草在人群四周翻滚,车上人声鼎沸,宣称的话语趋于一致。

小夏仔细听着,渐渐感到惊喜,不禁咬住嘴唇。年轻的施罗克姐弟遭到装甲轨车追赶,不论是出于正义感,还是对宝藏的期待,还是对生杀予夺的愤怒,还是受他人格感染,还是兼有多个原因,现场准备跟随他的人数竟然多得惊人。

"可是去哪儿呢?"本迪说,"重点是——"他指指毒浆,"——没人知道施罗克姐弟去哪儿了。"

接下来是一段沉默,小夏陷入思索。个人无法实施的策略,在同伴扶持下,或许是可行的。

"巴杰尔人足迹遍布全世界,是吧?遍布整个轨洋。还有西洛可,"正躺在掘地车外壳上享受月光浴的西洛可礼貌地抬起头。"你一定经常出海,到处都有打捞物。再加我们。"小夏看向"弥底斯号"乘员。"咱们有斯特勒盖人、马尼希基人、洛克华恩人、莫洛柴人,来自世界各地。我们是轨车员,轨洋上凡是值得了解的信息,我们都了如指掌。大伙儿齐心协力,"他说,"必定能解决绝大部分认知类的问题。"

"车长,"小夏决定弃守最后的秘密,沉声向她开口,"很久以前,你跟我见过一些照片。"人们纷纷转头盯着她。"希望你能帮帮我,因为你也见过。要想找到施罗克姐弟,"小夏继续道,"必须先弄清楚他们的目的地。所以,大家请听好,我要向各位描述一些地理风貌,告诉我,你们认为那都是什么地方。"

第七十一章

现在。终于。肯定。

现在肯定是时候回到施罗克姐弟及其航程的故事线了。肯定的。

没错,现在真正到了施罗克时间。

那列怪车挺了过去。它的外表破烂不堪,车身短了许多,到处打满补丁。这里玻璃碎了,那里让野兽截断了,外层装甲被袭击未遂的海盗火力消耗不少。

窄距轨道上,机车也能勉强运行。面对多数轨车望而兴叹的陡峭上坡轨道,施罗克轨车应付了下来,撑过一场场腥风血雨。

远离故土的海盗双翼机打破了探险飞行的首要规则——"切勿"。它们不断从空中突袭,逼得姐弟俩躲进悬崖下。铁轨穿过岩石,进入黑暗,被韧密丝布包裹,隧道已被吞食轨车的漏斗蛛占据做巢穴。他们继续丢弃后车厢吸引敌手注意,如同蜥蜴断尾求生。有一次,他们在堆积着破裂头盔的海滩上方欣赏两只高天扁体小怪物的缠斗,结果一不小心被发现了,其中一只冲过来猛喷腐蚀性的口水,吓得两人慌忙逃走。

卡尔德拉跟轨车一样浑身是伤。她疲惫地看着残缺的屏显内容。

轨洋

"所以……"德罗说。

"所以啥?"卡尔德拉问。她的声音有些沙哑。

"等等。我在想。"

"记得小时候爸妈从巴杰尔人那里学回来一种不太能伪装的车。如果开那个,你要扣1000万点血。"卡尔德拉说。

"住口。"

"你已经负了1700万点。"

"住口。"德罗说,"从前有只老鼠,住在地洞里。"开车时通常是卡尔德拉讲故事,但这次换了人。

"住哪儿?"卡尔德拉问,"轨道中间吗?"

"蠢死了。它能钻出来啊,就跟打墙洞一样。而且它还会变魔法。"

卡尔德拉查看笔记。"哪种魔法?"

"耍棍子的魔法。"德罗确定了说辞,"它能把棍子变成活的。"

然后姐弟俩同时抽了一口凉气。轨车外的半空中突然传来有节奏的轰响,角落里的警报也跟着呼啸起来,好像嫌这场面还不够嘈杂刺耳似的。他们头顶飞来一种机械,不像飞机,倒像昆虫,包裹在一片迷蒙空气中抖动摇晃。

"那是什么?"德罗低声道。

"它在干吗?"卡尔德拉说。然后——

"啊,我的神哪,"卡尔德拉压低嗓子,"是天使。"

不是天堂那种恐怖的无人驾驶大轨车——修缮地基的轮式天使车。这是监视器,肃正鸟。它在上方紧紧跟随,深色球形探头对准他们的方向,冷漠地观察。姐弟俩屏住呼吸。天使喷出浊气,黑云环绕周围。这东西离得很近,能清楚看见它的甲胄,积满了铁锈&污垢,重叠着裂损&划痕。它在空中急行急停。

最后,它转身收起圆头,伴着"咔嗒咔嗒"的节奏喷出黑烟,瞬间消失了,速度超越任何禽鸟或蝙蝠。

"这东西,"卡尔德拉最后说,"有点不够意思。"

"你失望了?"德罗说。

"怎么会。只是第一次见到那种东西没来索命,还有些不习惯。"

"啊,"德罗嘀咕道,"时候未到吧。"

施罗克姐弟只剩最后一节车了。他们住在狭窄逼仄的引擎室里,倒班驾驶,轮到睡觉时间,就顺着房间对角线躺下。

德罗揉揉眼睛,喝口水,拿出干粮吃了点零嘴(越来越少了——嘘)。

"怎么开得这么慢?"德罗说着,四处嗅嗅。"咱俩臭死了。"他嘟囔道。

"是你臭,"卡尔德拉说,"我香得像朵花。"

"咱们得开快些,"德罗说,"肯定快到了。"他前后摇晃身体,好像这样能给轨车借点动力似的。他转头望向后窗外。

"小心驶得万年车。"卡尔德拉说,"我好像听到了什么动静,这是安全前提下最快的速度。"

"嗯,"德罗说道,仔细斟酌措辞的严密,"嗯,我想你也许应该考虑一下,开快一点可能比当前速度安全一些。瞧,因为咱们屁股后面有一列轨车。"

"什么?"确实如此。他们的扫描器肯定出了故障,因为后边的确有列轨车,凭肉眼也能看见。"从哪儿来的?"她大喘粗气。

"那片小树丛后面吧,"德罗说,"我觉得。"

"那后面什么也没有!又是海盗。"卡尔德拉说完,随即倒吸一口凉气。它越来越近了,跟她想的不一样,是一列马尼希基铁道军车。毋庸置疑。这就完全是另一码事了。

施罗克姐弟面面相觑。"终于还是,"德罗低声认命,"让他们逮住了。"

"终于来了。"卡尔德拉叹道,"或者说,他们——他们可能已经跟了我们很久,甚至一直在追踪我们。"她咽口唾沫,"现在他们很清楚咱们的路线,也许就是咱们自己暴露的。"

"姐,"德罗坚定地说,"我们还有机会。咱们离开这里吧,全速前进。出发!"

卡尔德拉一动不动。

"现在,"德罗说,"能行了吧。"

"不行。"卡尔德拉咬着嘴唇。

"引擎?"

"引擎。"

"又出毛病了?"

"毛病大着呢。"

他瞪着她,她也瞪着他。马尼希基官兵迅疾追来。

"你刚说你是故意减速的。"德罗指出。

"我骗你的。"

"就知道是骗我的。"

在施罗克轨车有心情开动的时候,姐弟俩知道怎么让它跑起来,但他们不会乱动父母修造的奇异金属核心&管道。引擎"突突"响着,行驶速度慢得可怜。

"那,"德罗说,"依你的高见,我们该怎么办?"

卡尔德拉将身子探出窗外。"我说,"最后她开口道,激动之情越发高涨,"我觉得他们不见得真看到咱们了。瞧瞧他们变道的路径。他们知道我们大致在附近,但是……"

她重新焕发活力,驾车开过几个道岔,航线转向一面极具压迫感的悬崖附近。植被茂密繁盛。历经长途跋涉,他们的轨车侧面已溅满了泥土灰尘。"好嘞。"卡尔德拉说着,进一步减速,将轨车停在阴影中。"快。"她催促道,爬出车顶舱门,钩子&手并用,从悬崖上扯下植被。德罗同样忙活着,直到两人脚下积了一大堆清香水嫩的绿植。他们把藤蔓垂挂在车厢外。

"这个方案真垃圾。"两人爬回车里时,德罗说道。

"我急切期待你能改一改。空口抱怨真的帮大忙了。"

凑近看,施罗克家这列绿皮轨车破绽多到可笑。不过,从数英里远处的运动视角望来,在轨洋鲜明的光影对比下,这可怜的破车或许能被误认作不值得深究的普通藤蔓之类。德罗&卡尔德拉凝神等待,透过脏污的玻璃观察开来的轨车,现在这扇窗也披上了翠绿的流苏。

"早就知道爸妈惹毛了他们。"德罗说道,紧握着卡尔德拉的手,等待。海军轨车逐渐逼近,持续向前,越来越近,越来越近,与他们平齐,相隔仅几道铁轨。

它又开走了。施罗克姐弟俩总算松了口气。

"这东西基本上跑不动了。"德罗终于打破沉默。他踢踢车厢内壁,"咱们该怎么办?"

"他们还会再找到我们的,你说是吧。"卡尔德拉开口,"我觉得甩不掉了。他们可能会再来。"

"对。"德罗说。在那悲伤&恐怖的瞬间,他好像要哭出来了,"那咱们该怎么办?"

"还能怎么办?"卡尔德拉最后说,"各种办法都试一遍,尽力就好。"

她耸耸肩。不一会儿,她弟弟也耸了耸肩。

第七十二章

细节非常明朗，详情十分具体，趋势也很明确。遇事、遇人，继续前进，施罗克轨车慢慢败落，冲破万难顽强坚挺着。迄今为止一直如此。

轨车本身已经残破不堪。这里毕竟是轨洋，施罗克姐弟仍能存留，自然是更大的奇迹。

谁也说不准德罗是否承认，但卡尔德拉显然喜出望外。

"好啊，终于摆平了！"卡尔德拉不管谁在听，只顾自己嚷着。

纯粹出于祖坟冒青烟的运气，马尼希基轨车没有调转头回来追他们。然而追过来的另有其人。

施罗克轨车在条条轨道间艰难跋涉，在连哄带劝下履行车生最后的契约。现在已无处可藏。最外围的轨洋上，没有一样东西的表现是正常的，包括地貌、动植物、铁轨本身。他们跨越没头没尾的桥梁，在曲线顶点莫名折回；还有的航线盘曲环绕通往陷坑。鸟类体形也比通常的大得多，腿爪或许有些不协调，但飞得很高，足以蹿到高天。

"说不定外轨洋所有航线都乱七八糟的，"德罗低声道，"没准儿天上的鸟在和高天的邪恶生物生宝宝。"

卡尔德拉&德罗仔细研读航图，调侃已故的父母字迹潦草。他们制订了计划。缺吃少食，只能干瞪眼。德罗语气暴躁，卡尔德拉的话越来越少，有时候几个小时都不开口。

现在有辆轨车朝他们冲来，意图十分明显。"怎么就摆不平了！"卡尔德拉再次吼道。这群土匪，她想着，凶猛小巧的战列轨车，来自附近岛屿，据说能够穿越过往时空，车上全是妖魔&怪才。感觉起来，他们要么听说过施罗克家，要么惯以好勇斗狠的姿态迎接所有入境者。

"没完没了的，给我摆平啊！"卡尔德拉大喊着，向前猛推操纵杆，然而毫无用处。

摆脱这种敌方的难度，不亚于这辈子不再碰三明治&西洋双陆棋。现在，他们的机车狂喘着左摇右摆，像头快死的骡子。德罗完成变道，追击者拉近一步。柴油机的咆哮声越来越大。

最后一推，再加一次油门。卡尔德拉屏住呼吸。

她听见一声炮响，随即闭上眼睛。然而他们并未被击中，轨车在纷如雨下的泥块中摇颤。

"姐。"德罗叫道。

一波飞戟铺天盖地射向后方来袭的轨车。石头、弓箭、轻武器，没什么杀伤力，但足以惹恼那些荒野匪帮，让他们晕头转向，甚至受点小伤。对方连忙把武器对准新的威胁。

风力推车！它们驾驭轨道&变道的技巧令人赏心悦目；迎着阵风即时转换航线，发射投石机、弹弓、弩箭、手枪，进线出线打游击。这里，在风帆伙伴带领下，一列猎鼹轨车乘上土匪轨车的变道航线驶来。它以猎鼹为目标，行驶路线却距离鼹鼠活动范围无数英里之遥。

风帆车厢四散分开，行进途中持续开火。猎鼹车迅速参战，叉戟枪瞄准目标，直面同一条轨道上对向而来的袭击者。卡尔德拉连连摇头。"他们在干吗？"她低声道。即便是顶级的猎鼹人也绝非这些地方军阀的对手。

非常感谢你们前来搭救，卡尔德拉想，**希望你们别死**。她为两车相撞预估

轨洋

着倒计时。十。她默念道，九。八。

可是不对：这是一场胸有成竹的挑战。土匪们集体颠簸一下，方向急变，斜刺里滑向猎鼹车航线之外，前方地面猛然弹起，好似被激怒的猛兽。

一台机器轰隆隆驶出，冲破轨洋的各类禁忌。这列潜地车撞断轨枕，挤弯轨道，撞得海盗轨车飞向空中，掉落坠毁。

猎鼹车及时减速，车员们远远观望。海盗哭爹喊娘。尘土喷洒，接着是一片寂静。而后："来吧，他们完蛋啦！"

施罗克姐弟认得那个声音。卡尔德拉抓住德罗的胳膊。只见一位少年站在猎鼹车的机车顶上。

"先等等。"德罗说，"是不是，你又不知道……"但卡尔德拉已长啸着回应了对方。那人影举着一把粗制的手枪，向她挥手。

他的视线越过好几码长的铁轨，穿透卡尔德拉·施罗克那列可怜破车的窗户，直视她可怜的疲惫的眼睛。又一声汽笛般的长啸，如同轨车顺利抵达终点时的报喜。车停了，卡尔德拉探出身子挥手应和。她&新来客小夏·阿普苏拉普，在各自轨车上不约而同地露出了笑容。

第七部分

血 兔

学名血兔（Lepus cruentus）

图片来自斯特勒盖猎鼹人慈善协会档案馆，复制已授权。

第七十三章

"各位不必再跟着我。"小夏说,"我根本没想过你们还会愿意陪着我。我不配。但是,没错,我当然要继续前行,"他笑道,"跟他们一起。"

卡尔德拉也笑了,朝他做个"谢谢"的口型。

坚持航行到这里的巴杰尔人,大多已在施罗克姐弟的解救之战后自行离开。现在,施罗克姐弟至少已暂时无虞。要继续前行只有一个理由,那就是探寻照片之外的土地,而巴杰尔人&车员伙伴连照片都没见过,自然对旅途兴趣寥寥。不过也有例外。还有人听施罗克姐弟说马尼希基海军轨车就在附近,坚持要打击报复。

前身为猎鼹轨车,现今性质不明的"弥底斯号"上,乘员们既已完成向小夏承诺的营救,便和巴杰尔人一样,再没有义务追随。车长,或者说前任车长,摆弄着她的追踪器。

"我还要缠上你们一阵子,如果你们没意见的话。"西洛可说。

"啊,"武里南说,"都快到跟前了,干吗不去见证一下会有什么发现?"

他的话代表了大部分乘员的心声。其余的少数人则登上巴杰尔帆车,一边抱怨着另类的交通方式,一边慢速返回东边的已知世界。

轨洋

"纳菲车长?"小夏问。她回过神来,抬起头。她一直在追踪装置上点来点去,用的是胳膊上突出来的那个工具,乘员们现在把它叫做"伪假手"。

"真该把那该死的东西丢给莫克杰克。"富勒姆洛嘀咕道。

"我要留在自己车上。"纳菲最后表完态,又转身继续摆弄那个装置。事情就此告一段落。

有人选择返回,有的继续前进,大家好聚好散,和和气气地挥手道别。帆车队散开,驶回远处的群山。

加入调查的乘员们就线索草图论辩不休。"说的啥啊?"有人突然叫道,旁人便会在车长低声提示下,大声重复几遍小夏描述的内容。之后是一番争论:"那好像是这个这个地方。""不,你疯啦,那里是什么什么。""这些那些山是不是有个什么故事?"巴杰尔侦察推车沿各个备选方向先行探路,确认继续行进之后,"弥底斯号"&后方巴杰尔帆车&"品雄号"随即跟上。

德罗&卡尔德拉望着自家轨车消失在身后,他们赖以生存已久的家园机车。"接受现实吧,"小夏平静地说,"它就快散架了。"施罗克姐弟好一阵子没发话。

最后,德罗开口:"谢谢你让我们乘坐你的轨车,继续寻梦。"*其实不是我的。*小夏想着,离开了施罗克姐弟,没有回应他们的告别。

车长在"弥底斯号"车尾专心做她古怪的研究,颇有成就感地哼了一声。阿福在空中转向。遥远外轨洋的空气似乎令它迷茫,它陡然绕个大弯飞回轨车,没有飞向小夏,而是直奔最后一节车厢,盘旋在纳菲车长周围。她则回头望着来路,望着她无缘的执念的方向,像一具装反了的车首饰像。没有人打扰她,也没有人理会她的倒车指令。她摆弄着手中机械,蝙蝠在四周盘旋。

就连这片地带也有打捞物,有一两次,他们发现了损毁轨车的残骸。路途进展缓慢——有些日子他们认定走错了方向,整个车队便集体倒车,或继续行驶到能够换向的枢纽。好在他们吃一堑长一智,犯错误的时候越来越少。

毕竟他们有办法确认路线是否正确:铁轨突然转弯的时候,小夏若是发现眼前风光与记忆中点阵屏上的景象完全重叠,便会涌出一种越发难以名状的踏实感。只是天空略有不同,云层&高天的滚墨总在变化。旧照片一张张重现。

他们越过轨洋贸易航线,给航图上语焉不详的传闻补充细节。越往前行驶,轨洋越稀薄,连续土地的面积逐渐增大,轨道数量越发减少。铁轨岔道逐渐削减。

还有一件事,使他们确信自己正在前往轨洋边缘,也即世界边缘的隐秘之所:他们受到了天使的骚扰。

第七十四章

夜晚已至,他们仍保持行进。一名巴杰尔侦察员报告远处有异样。空中的震动令探险队全员惊醒。

"什么……?"

"那是……?"

他们登上甲板,揉着睡眼,抬头看天边低垂的光点。一队飞行天使压境。

"啊,石像神哪。"小夏低声说。

乘员们望向破空而来的侦察机,却看不太清楚:灯光摇曳,倒映在反曲外壳上,微光中仿若群星闪耀。太虚幻了!世界边缘的守望者,讼争诸神的传令官。肃正鸟,空中传谕使。和大多数圣物一样,有各种不同的名字。

乘员们不敢造次,手中紧握武器,低声嘱咐扳道工随时待命,准备还击。但袭击并未降临。终于,旋翼机械散开了,有的原路返回到世界边缘,有的则飞向东面&南面。

"它们这是去哪儿?"卡尔德拉说,"要是有飞机就能打探到了。"

小夏看着她,转动脑筋。"那个倒没有,"他说,"但有别的东西可以试试。"

他攀上瞭望热气球。记得以前，我连这都做不到。小夏想着，进入冰寒阴暗的空气中，手持望远镜等待。他一边找寻飞行的光点，一边开动思绪。要是满脑子只关注自己在什么地方干什么，怎么爬上来的，精神压力实在太大，所以他没想这些，而是回忆关于前方地界的传说：世界尽头、幽冥财富、无限的悲伤。小夏极目远眺。

天黑了，但还没全黑。星星藏起了身影，只零星亮出几颗。小夏静静坐着，眺望了许久，许久，终于辨识出黑暗中的形状。他们正在接近什么东西边缘。地平线。就是它，重叠在暗夜中的暗影。毫无疑问，地平线绝对比它理论上的位置要近。他屏住呼吸。

山脉、岩石、裂缝、沟堑、截短的土地。

随即一阵风声呼啸，一道光芒旋转，又一个天使冲进视野。它在四周咆哮，聒噪的半空中灰尘弥漫。他抓住绳梯，咬紧牙关。他看见乘员伙伴在下面大喊大叫，可是，自然，什么也听不见。天使终于向东飞走了，小夏把镜头对准它。

阿福跟着冲了出去，仿佛要在空中截住它撕碎似的。小夏望着阿福腿上闪烁的二极管光点。阿福现在克服了昼行习性，也跟主人小夏一样成天熬夜，但它表现得还不太清醒，飞行路线歪歪扭扭。它再次转弯飞向车长站立的位置。虽然夜色已深，她仍在独自忙碌。

她在装置上点个没完。阿福在她周围扑腾，小夏定睛观察着。

"车长。"

纳菲转身，后面是列队整齐的乘员。一时间，周围只有轨车的响声，每个人随它的运动左右摇摆。

"车长。"小夏再次叫她，施罗克姐弟分立他左右，"你在干什么？"

她不避他的目光。"密切监视。"她说。

"具体是监视什么？"卡尔德拉·施罗克问。

轨洋

"你知道我们前方有什么吗,车长?"小夏说,"一道边缘,一个终点。我已经看到了,你却只盯着相反的方向。你在监视什么?我们后面有什么?"

车长目光如炬,他傲然对视。武里南看准机会,依照计划给她双眼蒙上了布条。年轻的轨车杂役踏前一步,轻轻抢过她手中装置,以免弄坏。"不!"她大叫,但武里南早已得手,扔给小夏。"不!"车长再次喊着迈步上前,此时比奈特利出手制住了她。她不断挣扎。

阿福落在小夏手臂上,鼻子蹭蹭接收器。"你们早晚会放了我的!"车长喊道。

"本迪,"小夏说,"这个是什么意思?"他指着一个坐标点,它的闪烁伴随着唿哨的声音。

对方研究了一会儿,终于说道:"那边的小光点吗?"本迪抬起头,"是你的小朋友。但那儿还有一个。"他指着另一个光点,咽了口唾沫,"看样子是个大家伙,正朝我们追过来。速度很快。"

纳菲车长停止挣扎。她挺直身子,整了整衣服。

"你什么时候知道的,车长?"小夏说,"你什么时候知道我们要遭遇它的?"他举起接收器,"莫克杰克。"

大家不约而同地抽了口气。"巨鼹莫克杰克,"小夏说,"我们已经不再寻猎它,但它追着我们来了。"

+++

"它绝不会放过我们的。"车长说,"是傲慢,让我们自以为在寻猎它。从来都不是我们在寻猎它。"她的语调并不疯狂。"现在形势完全逆转,得真刀真枪拼一场了。"她笑道,"莫克杰克是我的执念,我也是它的执念。"

"西洛可,"小夏说着,再次摆弄那个装置,一边观察阿福的移动,"这种信号的效能是双向的吗?"

"啊——"西洛可拖长声音，若有所思地点点头，"可以，应该能做到。"

"你们看阿福。"小夏说着，晃晃接收器，蝙蝠跟着上下跳动。

"没有跟它同频呀，"卡尔德拉说，"频率都不一样，怎么会显示在上头？"

"打捞物嘛，"西洛可解释道，"总有些不稳定的，肯定会有串频。尤其是，比如现在，你手里那东西肯定在大幅释放能量。是吧，车长？你什么时候学会调转能量场的？"西洛可说。

"小夏，"武里南抱怨道，"拜托，你觉得是不是该跟我们几个外行说一说，你们在聊什么鬼东西？"

"她把信号调转了。"小夏说，"这东西……"他晃晃接收器，"不再是追踪莫克杰克，而是招引它过来，现在是巨鼹在追踪它。"

乘员们顿时目瞪口呆。"那快把这该死的东西关掉啊！"武里南尖叫道。西洛可从小夏手里拿过接收器，匆忙摆弄着。

"你怎么学会这招的，车长？"她说。

"你们打捞人，"纳菲得意道，"稍加吹捧，就竹筒倒豆子全讲出来，就为了显摆。"

"你以为她为什么赖在车上不走？"本迪说着，疯狂拔扯自己的头发，"她不会让我们占领'弥底斯号'的。她需要猎鼹车。"

"能靠速度甩掉巨鼹吗？"小夏说。本迪仔细查看屏幕。

"能。"他判断。

"不行。"车长说。

"不行，"本迪改口，"我说不好。"

"不知道能不能把信号调转回去。"西洛可开口。

"太迟了。"车长说，"你们真觉得，莫克杰克现在闻不到我们的味道，感觉不到我们的存在吗？它会不清楚我们车轮的印迹吗？它追来了，正中我们下怀。"

"不,车长,"小夏高声反驳,"是正中你意。我们其余人要的东西,他妈的,不一样!"

"它速度真的很快。"本迪盯着显示屏低声道,"我感觉,最多几小时就能追上。真的快得跟风一样。"他吞了口唾沫。

"等一等,"小夏缓缓开口,"西洛可,别关。"

"什么?"武里南说,"你疯了吗?"

"反正现在莫克杰克怎么都能找到我们。开着的话,至少还能确定它的位置。"

他们站在甲板上张望,拿不准该去哪里,也不知道该说什么。小夏冥思苦想,却拿不定一个主意。"已经这么近了。"他说道,指了指黑暗边缘的方向,肉眼可见,它越来越近。

"啊嘿!"右舷侧跟上来两位巴杰尔侦察员,用灯笼打着信号。他们逐渐接近,举起扩音器操着各种语言喊叫,努力让对方听见&听懂。

"怎么了?"小夏用喇叭喊话回去,"我们正搅和到一桩麻烦事里头。"

"天使飞去那边的原因!"一个人高声回答,指向他们来路的东边。

"侦察鼹鼠,是吗?"小夏高声追问。

"不是!什么?鼹鼠什么?还有。"

"还有什么?"

"别的轨车。"

"海盗?"小夏喊道。巴杰尔人摇着手指给出否定答案。

"海军!"他们大吼,"马尼希基海军来了!"

第七十五章

轨洋抖落夜幕，露出诸多古代轨车的残躯。这是墓场吗？令人毛骨悚然的景象，勾勒出一场场失败的冒险。

"品雄号"连接上"弥底斯号"尾部，用自身的小轮搭在铁轨上前进，它的掘地速度远远跟不上轨车的行驶。纳菲仍在车尾呆立不动——只面对执念追来的方向遥望。既然如此，软禁她的意义何在？远方，已能清楚看见追杀而来的海军笼罩着一团尘云，包含废气、浓烟、风尘。

"他们绝不会放过我们的。"卡尔德拉说着翻开航图，颠来倒去地查看，"我们很接近那东西了。已经能看到父母当年的目的地，能看见……我觉得，咱们要去的地方，是他们当年拼命要逃离的……"

"来过的轨车都被什么东西干掉了。"德罗说，"瞧这一地。"

"我们得好好想想。"小夏评论，"必须先想透彻。"

他们没有时间在废弃的车壳之间穿行变道，调查情况了。驶出那片疮痍景象时，德罗伸手一指。离最密集那堆脱轨车残骸较远的地方，有一节造型奇特、破烂不堪的车厢，在某种罕见的灾难中翻了个个儿，原本的车顶放置于一个简易平板车上，平板车轮子依然接触着铁轨。车底朝天，铺着防水布，前端折回成丑陋的楔形。德罗&卡尔德拉同时抽了口气。西洛可以评判的眼光看着车厢。

小夏明白了，它曾是姐弟俩父母所乘轨车的一部分，参与过初代施罗克的探险。"它怎么成这样了？"小夏说。

"有时候他们会脱弃车厢，"德罗说，"也教过我俩。但是这个样子……"

"我不知道这样子像什么。"卡尔德拉插话。

"瞧，"西洛可指向视野中逐渐清晰的海军，"他们速度比咱快。"

"又是那伙人，"德罗低声说，"总是第一个发现我们。好像比我们还先到这里。"

"可能，"小夏回忆起犹大摩的手绘，字斟句酌地说，"他们有些人掌握了信息，知道你们要去哪里。"

借助"弥底斯号"最精良的望远镜，小夏也只能看见模糊的虚影。西洛可递过她自己的打捞物望远装备，现代打捞物&原始打捞物的结合。他放到眼前，立即惊得跳了起来。目标明晰地出现在近处，一列海军大战车，根根枪炮刺向天空。

"里斯。"他低声念叨，心里思量着，是哪个在轨洋死里逃生的海盗清楚记得那些绘画，乃至于给里斯提供线索？是谁？犹大摩？埃尔弗里什已经死了。罗巴尔森也已经惨死。

铁轨逐渐变得稀疏。"弥底斯号"在推车队陪伴下驶向一排危岩。峭壁中间开了几道裂缝，仿佛有心急的演员躲在幕布后面偷看。"接下来需得非常机灵地微调航向，"小夏说，"真他妈要特别机灵才行。"

队尾的巴杰尔风力推车逐渐落在后面。现在"弥底斯号"两侧的航线数量不足以让他们全体跟上。"等等！"小夏远远地向他们喊话，用对方的语言求他们别走，他没想到自己无意间竟已学会那么多基本词汇。"上车吧！已经很接近了！"

"接近什么？"有人高声发问。

一些车厢里发生了争吵，各条线路上，意见不合的推车倾斜晃动。小

RAILSEA

夏着急地看着一名巴杰尔女战士向同伴挥挥拳头，转身矫健地从推车上一跃而起，越过几码宽的轨洋，落上"弥底斯号"舷侧，抓住栏杆，握紧，快速攀上车来，而推车偏离方向远去。还有些勇士也效仿她的样子，为求有始有终。他们需要跃过的距离正在迅速拉大。

"快！"小夏喊道。附近一名车员看差了跳车时机。他一跃而起，手指却没能把稳猎鼹车侧舷，打滑了。一声惊喘，一声尖叫，一声撞击，他被甩上铁轨旁的岩石，情况惨不忍睹。

众人惊得目瞪口呆，就连车长也震惊地扬起了头。巴杰尔帆车逐渐远去。现在已经太晚了。准备登车的战士此刻一筹莫展，只能仰头看着遥远轨道前方的小夏，挥手做个未完成的告别。

帆车变成了小点。小夏希望对方也看见自己扬起手臂，表示回应&感谢。

"卡尔德拉——"德罗开口。

"走那边。"卡尔德拉说着，给小夏看她航图上的一个地点，手指着它，眼神无比坚定，"那儿。"

"——有个主意。"她弟弟这才说完。

小夏一秒钟也没浪费。没有要求解释，没有质疑卡尔德拉·施罗克，直接朝扳道工大声下令，对方立即按他要求完成变道，没有提出任何反驳或疑虑。通过最后几处相距几码的道岔，转弯行驶一英里多，进入一小团纠缠的航线，这段路靠近大大小小的山丘。

现在，即使不依赖炫酷的打捞物装置，也能轻易看见战车。"我们去那边。"卡尔德拉低声用气音念叨着，继续发出指令。"弥底斯号"车身震颤。

一只肃正鸟飞过头顶，侦察海军情况。它还未接近，战车上猛然火光喷射，一枚飞弹呼啸着冲向天空。一声巨响，天使在火海中炸裂，碎片四散掉落。

轨洋

"啊,石像神宽恕!"武里南大叫,"他们疯了!竟然朝天堂宣战!"

"他们要抓的是我们,"富勒姆洛说,"绝不可能有其他目的。"

此刻,整个视野中仅有两列轨车,穿行在凹凸不平、锈迹斑斑的弃车之间。战车已近在咫尺,能看到车上海兵的冷笑。猎鼹人各自手执叉戟就位,仿佛能在马尼希基追兵赶上时做一点该死的抵抗似的。

"弥底斯号"全速通过混沌航线中最后的弯拐,经过山洞&土坡,冲向卡尔德拉已经破解的谜题。混乱之中,小夏竟未留意到目标已越来越近。

至关重要的一次转弯悄无声息。突然间,他们便飞驰过最后一批脱轨车旁,经过最后一段山脚隧道,驶出轨洋,驶上终末那段遗世独立的单一铁轨。

"看。"小夏大喘粗气。到了。他正在自己无数次端详的照片风光中疾行,与乘员伙伴&朋友一道。

"我在看。"卡尔德拉说。

"快看它!"海军很快会抓到小夏,但眼前的时刻仍属于他。

"你看这些脱轨车,"卡尔德拉说,"一地的碎片残渣。"小夏眼睛只盯着那条独一的铁轨。"小夏,你认为罪魁祸首是谁?当年我父母瞧了一眼,立马就掉头离开了,还记得吧?依你看,我为什么要把大伙带到我父母都没敢来的地方?"

好问题,足以打消小夏的心猿意马。他转身面对她,又回头看身后里斯的轨车轰隆隆追着他们驶上终极航线。"再过大约十五秒,"卡尔德拉低声说,"你就会知道答案。"

小夏眯起眼睛。"有个东西……"十二秒。

"以前专门在这里拦截旅人。"西洛可说。八。七。

"现在还在。"富勒姆勒补充道,"那东西……"

"……是个大家伙。"小夏说。

RAILSEA

三。

二。

一。

他们刚刚经过的深洞里传出巨响。

"加速。"卡尔德拉说。噪音越来越大。"真的,全速前进。"巨响环绕四周,甲板上每个人都不禁环顾左右,寻找如此可怕声响的来源。如此低沉的滚碾声,如此尖利的金属摩擦音。战车甲板上的官兵也左顾右盼。一座小山震动起来。

"我觉得已经够近了。"德罗说。粒粒道砟弹跳起来,洞口垂帘般的藤蔓不断颤动。汽笛声响彻云霄。有什么东西乘着轨道,从洞内驶出。

一列天使车,世人见所未见。

乘员们口中发出的声音,无不传递着恐惧。

地下出现一列轨车,钢铁车身布满长牙&尖刺,喷出蒸汽,滴落火球,顶背上一排烟囱涌起灰色烟雾。它包含多少部件?谁能数得清?它一节一节展露在天光下,像一支荆棘塔组成的队列。

这鬼东西是几时诞生的?鸟儿惊啼着飞散,阿福瑟缩在小夏臂弯里。天使的千钧重量压上铁轨,发出钻心刻骨的响声。它的车首是把楔形铲刀,朝着前方推进过来,发出闷雷一般的轰响。

距离一码码缩短。速度奇快无比,武器灼热发光。乘员们瞠目结舌,像一群亲见神迹的信徒。

"欢迎来到天堂前哨。"小夏喋嚅道。

"就是它,"卡尔德拉低声说,"守卫着世界边缘,不让人们靠近。"

"但是,"德罗说,"它不能同时对付两列轨车。"

天使怒吼着驶上独一的源初轨道,追逐马尼希基战车。三列车全挤在一条轨道上——天使、海军、猎鼹车,一个追一个。他们只能抓紧跑路。

"快开走!"是纳菲车长,视线越过"品雄号"&魁伟的战车,望向世界尽头的守护天使,却是在朝乘员高声下令。众人心知走为上策,奋力执

297

行,"弥底斯号"成功提速。

天使以风驰电掣的速度逼近,追上里斯的轨车。小夏看见对方车长呆望着天使迫近,靠拢,短兵相接。

要论这些马尼希基官兵哪点引人钦佩,他们都拥有勇敢无畏的灵魂。他们持续开火,向来袭的天使倾泻子弹,发射飞弹,投掷炸弹。而天使毫不在乎,驶过爆炸的火力网,抵达战车末节车厢。

天使的楔形车首掀开,露出熔炉做的大口,内部明光灼灼,布满天工齿轮&锋利金属。巨口一闭一张,喷出烈火。

惨绝人寰的相撞。一道闪光,一道钢铁漩涡。战车消失了。

直接——灰飞烟灭。快得叫人始料不及。如此暴虐行径引得猎鼹人失声惊叫,即使遇难的是敌方。战车连车带人被吞噬烧毁,遭受天使的车轮碾压。几秒之间,马尼希基的骄傲全成了废品,散落一地狼藉。

沉默再度在"弥底斯号"蔓延。小夏浑身战栗。天使燃烧着烈焰,冲过那片狼藉。

"它把敌军截住了!"有人喊道。

"它把敌军截住了,没错。"小夏说,"但还没到激动的时候,因为现在没有别的东西拦它了。它正在朝我们冲过来。"

第七十六章

天使负有上千种职责，每种职责配有专门形态，每项任务都对应神明工厂的绝佳天工机械。然而古神造人时，却鲜少参考这种极度细致&极其精密的蓝图。

曾有人说，在天使的章法里，2乘以2等于13。这不是诋毁。但天使不是疯子，跟"疯"字八竿子打不着。迄今为止，神学家有一个共识，天使的宗旨绝对纯粹，对清扫天堂的任务抱有无上忠诚。

在头脑混乱的人类眼中，在临渊人眼中，如此明白精确的动机无法理喻，比人们所称的疯言谵语难懂多了。

完全理智&绝对清醒的天使，在可怜的人类眼中，只能是疯狂无情的杀戮机器。

第七十七章

小夏咽了口唾沫。车长后方,紧随轨车跟来的,是龇牙咧嘴的火焰巨怪,天使轨车。

它有大大小小各式车轮,侧面齿轮相互咬合,组成不规则形状。车身全副武装。没有车窗,也不需要车窗,里外互相看不见。这是一列循行轨道的复仇战车,怒火熊熊,点燃了沿途的丛丛灌木。

"弥底斯号"上,就连不信神的乘员也开始低声祈祷。小夏吞咽着口水。快呀,他催促自己,脑子赶紧转,继续想办法。

近在眼前的是地平线,世界的尽头。反方向同等距离之处,是天使车,速度比"弥底斯号"更快。简单的数学计算结果:绝境。等不及抵达未知终点,就会被天使车率先赶上。

车长纹丝不动。面对凶神恶煞的天使,她似乎视而不见,视线仿佛穿透了它。小夏看看手中的接收器,屏幕上出现一个光点,险些被他遗忘的莫克杰克。

"全完了。"有人大叫。

"这下死定了!"另一个人嚷道。

小夏摆弄着那件装置,感觉阿福绷紧了身体。他记起车长操作它时,蝙蝠曾冷不丁朝她猛冲过去。他眯起眼睛。"我也是它的执念。"纳菲曾如此提及巨鼹。

"西洛可，"小夏说着，挥了挥手中装置，阿福随之上下起伏，"能让这东西的信号增强一些吗？"

她面露疑色。"应该可以，但是电力不够。"

"那就给它连上——"他环顾四周，指向"弥底斯号"的内线广播，"机车的电源。动手吧，你不是打捞人吗？这是你的专长。"

她从工具带上抽出工具，扯下喇叭线剥掉绝缘壳，解开一些电路，把另一些元件连在一起。稍作犹豫后，将工具插进了疾驰的"弥底斯号"的核心。一声巨响，轨车上所有机器瞬间熄火&再次启动。

"啊我的脑袋！"西洛可大叫。所有人都感觉到了，轨车车身上空，车体本身，有什么东西嗡嗡响着逐渐涌起，伴着莫名的震颤。乘员们哭丧起来，就连车长都打了个趔趄。小夏面色痛苦，抓住西洛可的胳膊拿过接收器。它现在已经与轨车核心机械串联。

阿福朝他发出尖叫，对机器又抓又挠。小夏定睛看去，只见屏幕大放光芒，提示音急促得如同羊啼。代表莫克杰克的光点移动速度之快，他从未见识过。

"啊，我的个夹钳锤子，"武里南低声说，"你到底干了什么？"

"强化信号啊。"西洛可说。

"那有什么意义？"本迪吼道，"让鼹鼠跑得更快了？"

"我个人倒不愿妨碍这项技术成就。"富勒姆洛说。医生直直看着轨车后方咆哮的天使，乘员们的视线也凝固了。

"莫克杰克。"车长的声音如同梦呓，"莫克杰克这个执念，此刻也属于你们，你们也是它的执念。必须直面它了！"从车长的表现，丝毫看不出她为天使而担忧。她笑着走向守望台，乘员们呆呆地盯着她。

"她说得对。"小夏赞同道。

"什么？"武里南咬牙切齿，"她疯了！你看清楚了后头追来的是什么吗?"他指着那恐怖的机车头,"问题是,这他妈的不是鼹鼠!"

"她说得对。"小夏仍为她辩护,"我们是猎鼹人,眼下就是考验我们猎鼹技能的时刻。"

第七十八章

左右没有其他航线，无法放下推车。车头的触爆叉戟对着错误方向，派不上用场。于是，乘员全聚在了"弥底斯号"车尾，比奈特利更是远行一步，跳上挂在后面的"品雄号"，直奔潜地车尽头。后方庞大的天使车映衬着他站立的身影，相距不过几码远。天使张开紧闭的铁口，发出巨吼。

天光渐逝。铁轨上雷鸣滚滚，地面下亦传来轰然巨响。"那是什么？"卡尔德拉说。就在追击者后方，一马平川的地面颤抖着，爆裂开来，一座巨型鼹丘骤然立起。小夏倒吸一口凉气。大地嘶吼着，朝他们的方向送出一道深沟。

"石像神啊。"小夏低声道。西洛可扯扯多线头发射器，榨干了它顽强的最后一滴电量。小夏听见莫克杰克的咆哮，源自数英里厚的泥土之下。

"弥底斯号"谨慎驶入岩区中的裂缝，不过几秒，天使车便加速赶上。

乘员伙伴们望着比奈特利。即便是他这般壮实的人，鼓起浑身肌肉，在那直行无忌的天堂来客面前也显得十分渺小。他举起叉戟，对准天使。很可笑。比奈特利肘部下压，伺机出击，这场景却莫名地不觉荒谬。天使愈发接近。

轨洋

"你在干什么？"车长呵斥，"莫克杰克还没到。"比奈特利一言不发，而世界已替他作答。

地动山摇，岩区震颤。他们身后，在岩缝入口处，地面高高拱起，裂开，比海潮更加壮观。漆黑的泥土簌簌掉落，下方有个黄色东西正在露头，摇撼了岩石&铁轨，石块飞速地斜刺里滚落，仿佛大地吐出了一座逐渐立起的新山，覆满毛皮，生有利齿。雄伟无双的象牙色巨鼹，鼹鼠中的巨灵神。

小夏感觉肚子一凉。他跟跄了一下。阿芭卡·纳菲高声欢迎它到来。

一个毛蓬蓬的苍白巨影，一双没有视力的赤色眼睛，在土块中间朦胧闪现。大王鼹放声咆哮。

又潜回下方的黑暗土地。暴怒天使身后，轨洋的终极单线不安地起伏着，节段变形折叠。巨鼹正以超越任何轨车的速度，掘地冲向召唤它的信号源。

小夏眨眨眼，挤出震惊的泪水。乘员们也为那一前一后的天使&巨兽而目瞪口呆，站立不稳。来不及反应了，"弥底斯号"风驰电掣般驶出岩缝，轮轨的回声变换了韵律，余音刹那间拉远。天使迅速逼近。小夏转头看向前路，再次倒抽一口凉气。

一座桥，无穷无尽。一座桥，从世界尽头伸出，通往黑暗之中。

他们已来到轨洋边缘，向尽头的悬崖冲去。世界戛然终止，大地之外尽是虚空，只有一条源初轨道继续延伸，进入那虚空。

他们速度太快，根本刹不住车，再说后面还有天使紧追，机车头唱着胜利之歌轰隆隆逼近。

"你，"比奈特利对它说，"距离够了。"

天使的钢铁巨口豁然洞开。比奈特利唱起狩猎战歌。小夏伸出手。

西洛可将接收器从增幅线接口扯下，递给小夏，然后拦在车长身前。

"不！"纳菲大喊，但打捞人将她死死挡在身后，小夏趁机向前跑去，低声祷告一句，将接收器脱手扔向"品雄号"，扔向比奈特利。

RAILSEA

它划出一道弧线。太高了！太高了，啊，我在干啥啊？

而比奈特利径直跃起，指尖在半空中夹住充电完毕的接收器，落地时已将之扣上叉戟。他旋即站稳，摆好投掷姿势，瞄准。在纳菲车长的叫喊声中，天使车再次张开车头巨口，咬合的燃烧齿轮送出一波热气，比奈特利迎着那灼热的必胜焚风投了过去。

短矛飞出，掷得极远。比奈特利瞄准的不是天使，而是它的预期轨迹点。短矛扎进金属大口，巨嘴立即合拢。

"弥底斯号"的车轮"哐哐哐"驶上突然升高的铁轨，掠起一阵疾风。它斜冲上桥面，陆地在视野中后退，而前路不知何终。有人发出尖叫，有人高喊着："刹车！"左右两侧俱是深渊。小夏急急转身，目瞪口呆地看着天使呼啸而来。

螳螂捕蝉，黄雀在后。即时的地震摇撼着世界边缘。漆黑的泥土裂开，巨兽冲破地表。

浅色的利维坦自下方冲出，咬合门齿，暴怒齐天。那张巨嘴！尖牙挤挤挨挨，涎水从中滴落。巨鼹发出咆哮，后腿立似巉岩，前爪粗如高塔，突入天光之下。

光润油亮的狰狞巨兽出地了。

莫克杰克腾空而起，如云层遮天蔽日，凶猛异常。

它在空中扭转身姿，翻滚着向天使发起猛扑，小夏看见它无边无际的肚腹&侧胁上扎满了武器的残端。折断的手把&柄杆，连着刺入皮毛的尖刃，这是穴居巨兽几百年来收集的战利品，历数着它发起挑衅并击退人类的无数次狩猎。

此刻，密集的信号从天使口中发出，搜寻那无形的打捞物魔力。巨鼹从天而降，砸向天使，门齿展露。莫克杰克狠狠咬合，传出金属变形断裂的脆响。

天使车火力全开。烈火席卷了这头巨兽，烧焦了它黄色的皮毛。它喉

305

间发出低吼，但持续的灼烧并未逼它松口，强力的撕咬看得乘员们瞠目结舌。

车长朝莫克杰克高声呐喊，不成词句的声音，包含了问候、挑战与悲叹。

巨鼹爆发神力，将天使拽下铁轨。两个庞然大物以慢动作翻滚、滑行、铲起终末的土地。莫克杰克抖得猎物七零八落，来自天堂的废件&火点纷如雨下。

绝壁边缘，天使以垂直姿态竖立好几秒，形如高塔，车轮飞速旋转，仿佛在犹豫是否要倒回平地。着火的莫克杰克不顾流血，抓住它咬穿铁皮，同时紧盯着"弥底斯号"。

小夏知道那两颗血红的眼球几乎只能分辨明暗，但他总会向听众发誓，巨鼹留神看着他们的方向，目不转睛地，撕咬着天使往前推，顷刻之后，将猎物连带着自己一道推下了世界的尽头。

巨鼹&天使双双坠落。天使轨车翻滚着，随它一道跌入深渊的，是那南方巨鼹，凶猛大王鼹，巨兽莫克杰克，车长的执念。小夏愿以他在乎的所有人的性命发誓，巨鼹下落时一直望着车长的眼睛，邪恶眼神里带着满足。

天使车解体成一团混沌黑云，又化作一阵火雨。庞大如岛屿的巨鼹发着幽光坠落，直到轨洋外这道天堑以深不见底的黑暗将之吞没。只有"弥底斯号"幸存于虚空之上，等待那一声再未传来的落地巨响。

"干得漂亮。"终于，小夏低声打破沉寂。

武里南重复了他的话。富勒姆洛跟着说了一遍，又来一遍，然后是本迪，接着又是富勒姆洛。其他人也加入进来，呼声越来越大，就连亚什坎也清清嗓子，嘀咕着同样的词语。四个字接续传递下去，越发响亮，直到所有人齐声喝彩："干得漂亮！干得漂亮，神啊，干得漂亮！"

"干得漂亮，老鼹鼠！"

第八部分

苔原蚯蚓

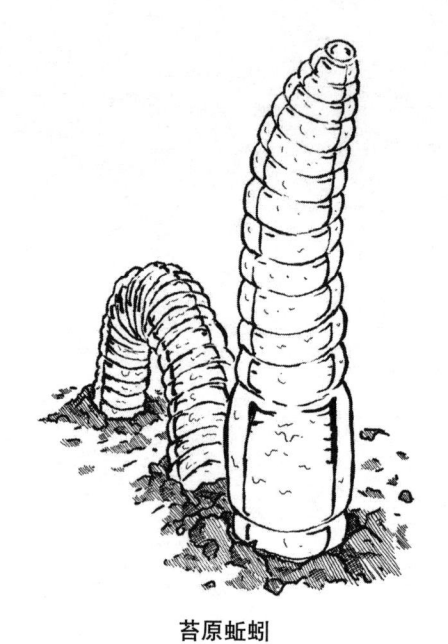

学名寒漠正蚓（Lumbricus frigidinculta）

图片来自斯特勒盖猎鼹人慈善协会档案馆，复制已授权。

第七十九章

车长发出的声音引人侧目。小夏从未听过任何人类像这样讲话。纳菲既未尖叫也未哭泣，既非号叫亦非抱怨。她站在轨车边缘，凝视她的执念坠落的空寂深渊，发出一连串单音，像是正常说话时口舌带出的杂音，如同语言里的废品&碎屑。

"啊，"她轻叹着，语气平静，"呼。"

方才坠落深渊的景象仍然令小夏头晕目眩。他把注意力移到车长身上。

"嘶，"她念叨，"哈，嗯。"她迈着发条般僵硬的步子，走到甲板边缘。小夏追了过去，瞪大眼睛提防着她。从西洛可身边经过时，他顺手从打捞工具带上拿了把尖利的工具。

"等等！"他说。

纳菲转过头来，面色坚毅。"弥底斯号"乘员纷纷看着她。小夏加快了速度。纳菲左手抓住栏杆，矫健地挺起身子，向乘员们敬了个礼，用的是右手，从头至尾以血肉示人的那条肢体。她拔刀准备近战，然后转身面对黑暗。

"别！"小夏大喊。

轨洋

　　车长用仿生增强机械臂抓紧护栏，撑着它蹬地跃起，双腿划道弧线，越过车舷边缘滑入虚空。她像体操运动员般利落地完成大回环，转为直立，准备垂直落体，追随坠落的巨鼹。

　　而小夏已及时赶到。正当车长要放开栏杆的时候，他把西洛可的工具直插进了假假肢的精密部位。

　　没时间瞄准要害，只把尖刃往管线一捅。伴着电流的"嚓嚓"，接着"噗"一团轻烟，车长穿戴多年的金属手套短路了，抖动着猛然合拢，把她吊在"弥底斯号"车舷外。

　　"帮帮忙！"小夏大喊着将身子探出车外，盯紧了车长。车长悬在无尽深渊之上，仰头看他。

　　"啊，这下……"她开口，语气反常地温和。她双脚对着轨车舷侧又踹又踢，着急地用匕首猛戳机械手套外壳，想把它撬开，好摆脱意外扣紧的左手，去追随她的执念。

　　"帮帮忙！"小夏再次大喊着，伸手去抓她，同时尽力躲避她手中利器。西洛可来了，本迪也来了，还有比奈特利，以猎手的精准击落她手中刀刃，匕首转着圈落向视野之外。他们抓到车长，合力把她拖回甲板上。

　　"啊，这下，"她不停地低声说着，"我得挽回点什么。"她没有怎么挣扎。

　　"把她看紧了！"本迪喊道。众人制住车长，西洛可用钳子&螺丝刀对付那条握紧的机械臂，"咔嗒"一声，松开了。乘员们忙把纳菲双手铐在背后。

　　"啊，这下……"她又说了一遍，然后摇摇头，嘴里嘀嘀咕咕，兀自念叨了些什么，颓然坐地。既未挣扎，也未哀哭。

　　"该死的天使车！"现在大喊的是西洛可。她站在"品雄号"上，双手叉腰，像车长先前一样低头俯视，捶胸顿足。"没了！不见了！真是一场灾难！"

　　是吗？小夏累得无心争论，也懒得思考，只望着施罗克姐弟。德罗屏住呼吸，低头凝视黑暗。卡尔德拉大睁着眼睛，呼吸急促，兴奋得直发抖，好像下一秒就要爆发似的。

这是座砖砌的钢架桥，弧形桥拱直抵如削的天堑壁，桥墩直插入轨洋侧边，周围是搁浅的鹅卵石、夯实的泥土、打捞物的沉积线。铁轨桥伸进扑面而来的暗夜，看似无穷无尽。"这样也不会倒，太不可思议了。"小夏说。

"是材料的关系，"卡尔德拉颤声说，"我们未知的材料。"

"天堂的物产？"武里南问。

卡尔德拉耸耸肩。"你怎么看？"她说。

我们到了这儿，来到虚空中的桥上。小夏想，我们逃离了守护天使！而前路漫漫。

通向天堂，这独一条轨道。

"那么……"富勒姆洛开口。阿福跃入黑夜，立即栽了下来，好像连它也患了头晕似的。"那么，到这儿了。"富勒姆洛说，"现在怎么办？"

回望来路，莫克杰克将天使车摔下虚空的地方，残渣碎片覆满了轨道，需要好几个小时才能清理干净。

"'怎么办？'"德罗大声重复，"喊！当然是前进了！"

随之而来的寂静中，听不见一丝拍翅的声响。

这是趟前所未有的旅程。"弥底斯号"车灯暗淡微渺，将银光投上前面几码长的铁轨，而左右后方一片漆黑。没有经过任何枢纽，不需扳动任何道岔。夜空下独一条高架轨道。轨车行驶过一个个数英里长的砖砌桥拱，桥墩垂直通向承载着整个宇宙的地面，桥拱下一片虚无。小夏找不到词语来描述这种轮轨相击的声音。

阴霾终于开始消散。天空变得像寻常早晨一般温和清明，清澈之上涌动着高天的灰霾&漩涡。轨车左右舷外皆是虚空，前后则只有长桥。下方云层同上方云层一样遥远。凌空铁路线上不见一只飞鸟，只有他们"突

轨洋

突"前行。

我们即将见证，小夏想道。跨越轨洋全域，跨越鼹鼠活动区&所有打捞物。用这双眼睛见证。他已经闯了出来。

有活物。他们看见铁轨上有跑动的飞影。蜥蜴。既然这些生物存在，一定有虫子做它们的食粮。枕木的斑纹间植被葱茏。轨道内小型生态系统，位于通往天堂的路上。

凭借专业技能，西洛可用工具&零件替车长修好了左臂。纳菲默默看着，没有任何动作。乘员们用粗重的铁链把机械臂铐在栏杆上，免得她自残。

"要是一直延伸下去，没有尽头怎么办？"小夏说，"这条航线。"

"假如它延伸不绝，"卡尔德拉说，"那咱们就准备远征。"

第二天清早，他们发现有个庞然大物堵住了前路。轨车离它越来越近，乘员们远望那苍蝇复眼般的球形车头、耸立的尖刺、鼓突的烟筒。内线广播里突然切入本迪惊慌的声音："又来一个天使！正对着咱们！冲咱们来了！全速倒车！"

一片混乱。大伙儿争相冲向各自的岗位，扒拉着操纵机车头。

"别慌！"有人喊道。惶恐之余，乘员们认出是纳菲车长的声音。"别慌。"她的语气自带威严，不借助喇叭也掷地有声。"仔细瞧瞧，"她说，"它不会开过来的。好好看看。"

天使甲胄上的接缝&裂口爬满了铜绿，杂草丛生，车身渗出的液状物质大量积聚硬化。车厢内外长满苔藓&地衣，车身变得毛茸茸的，探出粗粗细细的枝干，那是喷涌物凝固的模样。

"报废了。"德罗说。

的确。天使已殁。

它的残骸体积庞大，两三层甲板规模。早已冷却的它，仍让观者目瞪口呆。它散发着古老的气息，难以言喻的浮夸的古旧感。奇异的机械零件上装饰着象形的字符,好似岩洞里发现的壁画。

"弥底斯号"来到它跟前停下。乘员们凝望它许久。

小夏颤抖着伸出手指。"当心,小夏。"武里南低声道。小夏顿了顿,做一番心理建设,准备亲手触碰那永恒长眠的世外使者。然而,还未及碰到,一发箭矢已从头顶掠过,伴着短促的"叮"声,在天使车车头弹开了。

"你他妈疯了?"他尖叫着转过身。卡尔德拉站在原地,胳膊依然保持着投掷姿势。乘员们呆呆盯着她。

"什么?"她兴奋地说。小夏还来不及出声,德罗又投出一发飞戟。小夏急得直喊,那东西叮叮当当回弹到桥外,落入无尽的虚空。

"别再朝报废天使车丢家伙什了!"小夏大喊。

"什么?"卡尔德拉高声问道,神色怪异地盯着那台老机车头,"为什么?"

第八十章

"什么意思，你要在这儿下车?"小夏问。

"哪个字不明白?"西洛可说着对他笑笑，并无刻薄之意。

"你都到这里了，"小夏说，"走了这么远，而且，而且你救了我！前面还有最后一点点路途，就一点点。"

小夏站在"弥底斯号"车头，大声向她喊话。西洛可则站在天使车尾端。人类轨车紧贴着天使车，像是献上卑躬屈膝的一吻。西洛可早已跳过去，费力爬上天使车的弧线，宣布其权属，准备实施打捞。乘员们疑惑地呆看着，她已经开始在车身甲壳上这里敲敲那里戳戳，见着缝隙便撬一撬了。

行吧。问题是前路已经阻塞。只有一道铁轨，却没法搬开那具尸体，也没法把推车从它鬼斧神工的躯体上拖过去。

"啊呀，得靠脚走了。"德罗说。其余乘员大体上还被刚才的突发景象惊得没回过神来，或者可以说是心有余悸，只默默看着施罗克姐弟背上装有干粮&水壶&工具&小件杂物的背包，像山羊似的跳上陷进地里的天使车。卡尔德拉回头看了不止一眼，最后站在历尽沧桑的天使车顶上，与小夏对视。

"等等！"小夏喊道，"你们两个不要命的，上哪儿去？"

"啊，少来！"卡尔德拉高声答道，耸了耸肩，"你很清楚，小夏。咱们是比别人走得远了那么一点，但还没到。"

"到哪儿才算到？"

"到了就知道了。问题是你怎么打算？"她继续往前走，蹚过一簇簇天线、铁锈疙瘩、陈年污迹。

"你们两个姓施罗克的，站住！"小夏大叫道，卡尔德拉踟蹰片刻。"给我们五分钟时间，搞什么鸡毛。咱们大家都去！"

还真不一定。

"我就在这儿下车。你怎么会觉得我想去世界尽头？"西洛可说。她在天使车外壳上钻开了一个孔，正将手伸进它冰冷的内部。

"我们早已越过了世界尽头，"小夏解释道，"我是这么打算的，我是说，既然你跟着我过来……"

"啊，那个，其实我的目标就是这个。"说着，她拍拍机车残骸侧面。护目镜的内置探照灯给她的笑容蒙上一层浅灰色光芒。

"打捞？"小夏问，"你是来打捞的？"

"小夏，阿普宝贝苏拉普，"西洛可说，"我喜欢你，小夏，也喜欢你的朋友，但我来这里不是追随你，甚至不是跟来随便打捞一下。老派的打捞，上哪儿没有。我是专为打捞天使而来的！"

"你怎么知道我们会——"

"遇上天使车？谁都知道它们挡在前往天堂的路上。至于打败它们么，我倒没想过。我赌了一把，你可以当作是给你投了信任票。"

"小夏！"卡尔德拉催促。

"马上！"他高声回答。

"得知你要去哪儿的时候，我就想到会遇上天使车。"西洛可说，"我有信心。但我真不敢相信，那头老鼹鼠把它干掉了。完全、没法、相信。

不过，再坚持几英里，就有了这样的收获。你明白这是什么吗？它不是现代打捞物，也不是原始打捞物，甚至不是异世打捞物，它属于完全不同的性质。这是天堂的废品，是神级打捞物！而且属于我。"她得意忘形，模样有几分狰狞。

"我们还需要你的帮助。"小夏说。

"不，不需要了。就算有困难，恐怕也是不该招惹的事。衷心祝愿大家一切顺利。而我心愿已了，收获满满。祝各位好运相随。"

她从一个口袋里掏出麦克风，虽然很小，但内置的扩音技术让所有乘员都能听到她的声音。"请注意，"她说，"前路已经不通。我提议合作打捞，如何？我的方案清楚明白。你们有车，大家可以合计一下。"

"我知道去哪儿售卖。这是我的寻猎，就像你们寻猎那头超大巨鼹一样。你们打回鼹肉有相关分成制度，打捞同样如此。你们觉得巨鼹皮肉收益很可观吧？哼，你们根本没做过打捞。这可不是普通的打捞物，这是属于我们大家的财富。"

"行吧。"小夏打断他，"我要跟施罗克姐弟继续往前。该死的，我那份就归你。"他提高音量，"还有谁愿意一起来？"

紧随其后的却是一段沉默。竟然没人举手，没人发话，着实令我意外。小夏想，可见我这人到底怎样？

"小夏，"本迪说，"咱们不是探险家，而是猎手，和朋友相互照应。我们就是跟随你来的，没错吧？"小夏的几个同伴贪婪地注视着报废的天使车。有几人窘迫地偷瞄他，有几人刻意转头不看他&施罗克姐弟。"所以，听弟兄们一句劝。你根本不知道前面是什么地方。"本迪说着摊开手，皮衣的衣袖嚓嚓直响，"甚至不知道另一头能不能走通。"

"这是座桥，"小夏说，"另一头当然能走通。"

"那可没个准。"本迪反驳。

"比奈特利！"小夏点名。

叉戟手清了清嗓子，洪亮低沉的北方口音传递出犹豫："算了，小夏。

没必要这样。你们也是,施罗克家的两位。"这话换来卡尔德拉一句粗野的应声。

"霍布?"小夏继续发出邀请,"富勒姆洛?"他们却连看都不看他一眼。他简直不敢相信。

"步行吗?"富勒姆洛说,"走过虚空?深入完全的未知?小夏,我求你……"

"来个人吧!"小夏大喊。

"我们是追随你来的,"武里南说,"为了营救施罗克家的两位。我们到了天使车这儿,已经别无所求了。快跟我们回去吧。"

"拜托替我向特鲁斯&沃安致意,我要继续前进了。"小夏头也不回地说。

"我也去。"

是纳菲车长。大伙齐刷刷地盯着她。

就连施罗克姐弟也转回了头。纳菲将锁链摇得哗哗响,不可一世地看着他们。终于有个人跑过去替她解开了。

"我的执念落了空,"车长说道,看了看卡尔德拉,然后是德罗,最后是小夏·阿普苏拉普,"那就追寻别人的吧,总比没有强。"

第八十一章

行走在轨道上的感觉很奇怪,更别提是这样的铁轨。施罗克姐弟、车长、小夏以单人纵列前进。铁轨两侧的桥面窄得可怕,就这样兀然架在空中。身后不断传来乘员回收打捞物的咔嗒声&钻孔声,伴着西洛可急躁的督促。伙伴们高声道别,但施罗克姐弟、小夏、车长都没有应答。

连续几个小时,小夏一直目视前方,用各种思绪填满脑海,不去想如影随形的坠桥风险。他想象着乘员们扒开古老天使车的外壳,掏出里面的细碎零件,拔下它嘴里的牙齿,将它钢筋铁骨的肉身——陶瓷、玻璃、旧金属机械——装满推车,堆满屠宰车地板,塞满储藏箱,搬进"弥底斯号"的货舱。

天光渐逝,他们继续前行,直到暮色浓重得连电筒也无法驱散,危险系数陡增。他们一起吃了饭。施罗克姐弟俩交头接耳,有时跟小夏说悄悄话。纳菲则保持沉默。他们把身体绑在铁轨上入睡,以免在梦中打挺或者翻身摔下去。

大伙醒来时,太阳还未完全升起,肃正鸟在头顶"嘎嗒嘎嗒"飞过。"他们走的时候,也许能感觉到。"四人囫囵吞了些早餐以后,卡尔德拉说,"我是指轨车。应该能感觉到铁轨震动。"

"没准会把我们震下去。"德罗说完,吹了声唿哨,模仿高空坠物的声音。

"肯定会有感觉的。"小夏表示赞同。他们已经走了很长一段时间。"要是下雨怎么办?"

"那还有个鬼的办法,小心为上。"德罗说。

当天的漫长时光中,他们一直在艰难跋涉。大部分时候,小夏都盯着地面,以免铁轨线或者周围环境令他眼花头晕。正因如此,他没发现空旷的天穹不见飞鸟,也几乎不见其他事物,直到听见卡尔德拉的大喊,才停下来望望前方。

他们正走向另一面崖壁,它在一段水平的薄雾间若隐若现。铁路桥越来越细,变成一条线,最后看不见了。它的尽头连接着垂直延伸的土石,即鸿沟对岸。

小夏咽了口唾沫。天知道还要走多少英里。他们不断前行。每次抬头看去,崖壁似乎都同样遥远。但随着黄昏临近,他忽然发觉已能辨认出它的纹理,能看见它和桥墩的相接点。

到了子夜,伸手不见五指,他们又困又乏,暂时休息。但毕竟走了大半夜,没过多久,初升的朝阳又把小夏唤醒了,他终于得以看清前路,惊诧得吸了口气。

前方不过一英里之遥,桥头与陆地相接。

第八十二章

亮出武器，睁大眼睛，他们慢慢接近一片不同的岩石，不同的土地。天堂的地质风貌独具特色。

到处都是残垣断壁。山峦起伏，险坡巉岩连着悬崖，陡转直下。他们踏过一根根空中架起的枕木，穿过一道石拱门，经过几扇活动门&不明所以的路轨仪器箱，涉足全新大陆。天堂固有其机理。

众人沉默不语，一路走来，身上沾满了灰尘。轨道带领他们穿过一道灰色峡谷。阿福围着徒步旅人们绕圈，从未飞远。四周奇峰突兀，山顶轻轻松松刺入高天。

"那是什么声音？"小夏说。前方传来天堂的第一段话语，一种重复节奏——微弱的轻声拍击，无休无止。

"看！"德罗喊道。一座塔。

立于石岬之上。它没有窗户，是一座废弃的奇特古建筑。徒步的来客定在原地，好像它会冲过来似的。但它一动不动。四人终于继续前进，地势逐渐降低。直到铁轨转弯，两条金属就此伸进一座疾风吹拂、云雾缭绕的寂静城市。小夏不禁吸了口气。

低矮棚屋，混凝土残块，被铁轨一分为二的城市经受了时间的冲刷。

破损的房屋框架里除了有风吹过，别无其他。天空中没有鸟儿。小夏听到石头崩落的啪嗒声，阿福飞起来侦察情况，却总叫那空旷的长天吓得不轻，又回到小夏肩上。

徒步旅人沿着颤颤巍巍的轨道前行，越过一个纵深的缺口。视野中不见一根杂草，一只鸟，一头动物。高天灰黄的云层兀自飘移，全无生气。铁轨穿过废城中损毁已久的混凝土、硬结成坨的垃圾、纸屑堆积的小丘。上方形似藤蔓的线条，是被厚厚尘泥坠弯的老化电线。

"那，人们常说的宝藏在哪儿？"德罗终于开口。没有人看他。

他们步履缓慢，深一脚浅一脚地往前走。小夏凝视着眼前的堆堆瓦砾，其下勉强能辨出城区布局的遗迹，他忽然悟出了什么。

天堂空空荡荡，这片轨洋之外的世界早已死去。他虽然深觉震撼，却毫不惊讶。霎时间，一切清晰起来，却被抽离了意义，他的思绪仿佛立时被掏空了，如同这座古城一般，塞满了无用之物的渣滓&残骸，还充斥着一种潜滋暗长的难以捉摸的兴奋。

不知走了多久以后，前方出现一幅匪夷所思的景象，着实令小夏大吃一惊。准确地讲，令他惊恐失色。他倒吸一口凉气，先是他，然后是施罗克姐弟，然后是纳菲车长。

"那……是……什么？"德罗终于打破沉默。

轨道终止了。

它没有绕个圈倒回来连成环道，没有与各种各样的其他航线无谓地纠缠，也没有发散为多条支线，并进一步发散、旋绕以至于错乱无章。它并非受到滑坡或爆炸等意外事故破坏，有待天使车的修理。

它终止了。

它伸进一座站场，在一栋建筑物的阴影中，靠近一堵墙边，就此终结。一座支架上探出两个状似活塞的大家伙，似乎用于推回冲向墙面的轨车。而铁路线，

轨洋

就这样，

终止了。

诡异离奇，令人无法直视。铁路的常态当是纵横交叉，无止无尽，眼前景象却与之完全相悖，然而又切实存在。

"航线终点。"最后，卡尔德拉开口，而这个词组听起来也足够亵渎，"这就是我父母探寻的目标。航线终点。"

漫长的沉默。轨道戛然而止，称得上惊世骇俗，众人无不目瞪口呆。小夏忽然发觉，某个地方仍然无休无止地传来嗡嗡声，好像在不断地命人噤声一样。

"你没有想过，"德罗声音空洞地说，"轨道会有终点吧？"

"那倒未必，"小夏说，"这里可能是轨洋的起点。"

在缺口&铁轨的末端——轨道的末端！——有一截摇摇欲坠的楼梯，通往上方的城市。德罗登上台阶，阿福围着他打转。卡尔德拉眼睛仍盯着轨道尽头，双脚已从旁边绕过，走向建筑物废墟中间断墙里的门洞，忽然火急火燎地往前跑。

"你要上哪儿去？"小夏大喊。她挤进门洞。小夏骂了句街。

"快来！"德罗在楼梯顶部喊道，一溜烟没了影。小夏听见废墟里的卡尔德拉发出吸气的声音。

"德罗，等等！"小夏喊道，一时不知该去哪边。纳菲跟上了卡尔德拉。"德罗，回来！"他大叫，追着施罗克姐姐跑进阴影。

光线斜刺里照进来，一股股灰蒙蒙的尘风涌进半毁的房间。陡峭的之字形楼梯板立起几英尺高。轨道尽头的这座大厅曾有好几个楼层，如今已无踪可觅。轨洋来客站在水泥洞窟底部，木块&塑料片积了小腿深，那是曾经的办公桌&点阵屏。整栋楼的文件柜堆在一起，有的大敞四开，散落的文件覆了满地，有的被完全掩埋，有的被紧紧卡住，各个方柜组成凹凸不平的迷宫山。

卡尔德拉爬上小山，抓着柜门把手，将手探入柜间的狭缝，把柜门顶开。"你在干什么？"小夏说。

伴着抽屉拉开的"砰砰"声，她的话语回荡着传出来。"帮我接一下，"她说着，递过残缺的纸张，"当心点儿，很容易碎。"

"快出来。"小夏催促。她又递了些文件给他。金属吱嘎作响。她挨个搜过一摞抽屉，拿了满手的文件夹，表情十分迷茫。

"你在找什么？"纳菲说。

"我需要了解，"卡尔德拉沉默半晌，终于开口，"了解……所有的一切。我父母经常挂在嘴边的那些。"她眉头紧锁，开始发疯般地翻阅手中文件，"以及轨洋。"

"了解什么啊，"小夏劝道，"快出来吧。"

"这个……没法……"她摇摇头，努力想为一切赋予意义，"怎么说呢，做这些到底为了什么？"手里的报告散落开来，她的手指抚过污迹，"我母亲教会我们念这种古文。道岔……"她念道，"油库……"她翻阅着发霉的纸页，一张接一张，"经手人、票价、抵扣。字都认识，但看不懂。"

"你已经懂了。"小夏温和地说。

"我就是不懂才来的！"

"这里还有什么你不懂的。"小夏说道，卡尔德拉直视着他，"老早以前你就全知道了。这里是轨洋的源头。你见过那台报废天使车面对的方向。"他语速很慢，"这都是你告诉我的，还有诸神讼争的本质。啊，这座小城就是讼争的发生地，胜利者的居所。"他缓缓抬起双手，"而他们都不在了。你在这里根本找不到新的线索。你不是为这个来的，卡尔德拉。"

卡尔德拉吸吸鼻子。"是吗？"她说，"那我是为什么来的？"

"你来这儿，是因为你的父母不偏听盲从，也从不逃避。他们想亲见

323

轨洋

世界尽头的模样,而你实现了他们的遗愿,知其然,求其所以然,孜孜不倦。"小夏迎上她的目光。

"嘿。"是德罗。他逆着光站在门框里。阿福在他身后激动地绕着圈。
"你们施罗克家的,"小夏说,"就爱东跑西窜……"
"我带你去看样东西。"德罗说道,语调平淡有如梦呓,"一定要让你看看。"

轨道&高楼之外,是几码长的硬化地面,更多的混凝土断墙无谓地挺立着,之后,陆地陡然终止,整片陆地到了尽头。但这次,前方不是虚空。

他们站在一条坑坑洼洼的海滨道路上,路面高于一侧,跟轨洋的海岸一样。但它又区别于普通海岸线,并非俯瞰条条轨道,而是高卧在一片烟波缭乱、浩渺无垠的水域旁,绵延数英里长。

第八十三章

小夏有些眩晕。浪涛溅起飞沫，翻涌着冲刷向混凝土堤壁。小夏的心怦怦直跳。这是什么？它的对岸又是什么？一道破败的码头悬突在波浪上方，正如轨道上方的普通码头。小夏惊叹不已，小心翼翼地走到它边缘。

水体浩瀚广阔，波涛汹涌起伏，超乎他的一切想象。

上方，有什么东西划破了空气诡异的死寂。海鸥！它们盘旋着，鸣声悠长，这就是先前那单调重复的嗞嗞声。海鸥好奇地飞掠过阿福身边，阿福则兴奋地冲向空中表演飞行特技。水波拍击着陆地，前后荡漾摇晃。

"水位这么高，"纳菲终于低声开口，又回头看看来路，"怎么也该倒灌进那道天堑，甚至涌进轨洋，淹没一半的土地。"

"你曾经告诉我，整个世界被他们随意操纵。"小夏对卡尔德拉说，"也许他们蓄水的时候，给这里的岩石做了什么密封处理，所以水既不溢出来，也不从侧壁渗漏。"

"是啊。"卡尔德拉说，"只是，他们并非有意蓄水，而是随手倾倒在这儿。"她也望了望水面，但仍不忘翻看手中的文件，皱着眉头浏览那些不成体系的零碎信息。"他们抽干了其余的水，好为轨道打下路基。"

"全世界？"小夏问。

轨洋

"都曾是一片汪洋。"

他们待在那里,久久没再多言。小夏深觉震撼,几乎忘了自己还在挨冻。太阳慢慢溜达过高天背后,将它照亮。这里,视野中没有任何陆兽,只有曲线飞行的海鸥。

鸟群在水体上空盘旋&疾掠。*水里有它们的食物*。小夏想着,回忆起轨洋中&岛屿上的小池浅塘,那些地方也生存着细长的小鱼。他向地平线极目眺望,思索着水生生物在如此广阔宽舒的空间里,体形能增长到多大。

忽而,他感到骨肉间透出异样的震颤。阿福也感受到了,警觉地呼哧喘气。节奏越来越响。"肃正鸟。"小夏说。

三架飞行机械,从山后来到凄寂天堂。它们转弯朝访客飞来,比小夏之前见识的要低得多。它们喷出黑烟,旋翼扇出的风卷起垃圾。它们倏然离去,疾速穿过古老的城墟,冲向视野之外某座为疲惫的上古天使而设的巢窠。

"那是干什么?"德罗说,"看热闹?"

"我倒不觉得。"小夏低声道,"我认为它们在指路。"他伸手指了指。

古城的残垣断壁之间,幢幢人影浮现。

那是什么人,天堂的居民?衣衫褴褛,须发蓬乱,笨重的躯体鬼鬼祟祟,吸着鼻子快步拥出,高高扬起尘土。十,十二,十五个人。膀大腰圆的男男女女,全身筋肉暴突,龇牙咧嘴,有的直立有的爬行,如猿似狼像肥猫,一路走一路紧盯着来客。

"咱们快撤吧。"德罗说。可是去路已被堵住。人群到达码头底部,在那里停了下来。他们的深色衣服破成一条一条,看起来像一身羽毛。他们舔着嘴唇,静静凝视许久。

"是我的错觉吗?"德罗终于又开口,"他们的样子好像很兴奋。"

"不是错觉。"小夏说。

废墟中有什么东西向他们接近。七英尺高，形体硕大，步态歪斜。是个虎背熊腰的老汉，腰围奇粗。他身穿一件缀着补丁的深色大衣，头戴一顶黑色高帽。

"那身装扮，"卡尔德拉说，"就像海特托芬。"

这个看似海特托芬低配版化身的人影慢慢走过同伴身边，向小夏一行人走来，大步震得码头微微摇晃。他快活地舔着脸。

"现在怎么办？"德罗低声问。

"先等等看。"小夏说道，一直没有举枪。那人止步于几英尺开外，大睁着眼睛注视访客。

然后，他深深鞠了一躬，身后的其他人乱哄哄叫起来，像是在欢呼胜利。大汉沉声发话。中气十足的喉音&缩气音，诘屈聱牙的语言。

"是东一字西一句的旧洋径邦语，很奇怪。"卡尔德拉说，"真的很过时了。"

"你能听懂吗？"小夏问。他自己倒辨认出了几个词，听到"总管"&"轨道"，还不无吃惊地听见那古老赞美诗中的呼叹："呜，避岸！"

"只懂一点。"卡尔德拉眯眼细听，"'谨此'……'最后'……'利息'。"

壮汉将手伸进大衣，纳菲&小夏立时身子一紧。但他只是抽出一沓纸递了过来。双方僵持几秒，纳菲仍握枪观望，小夏旋即前一把夺过，和施罗克姐弟一道研究起那叠文书。

各项栏目&明细，一页接着一页，老式的打印字体，小夏不怎么看得明白。冗长的摘要、列表、附注、备注。"这是什么？"他说。

这叠纸的末页上有一长串数字，用红色圈了起来。卡尔德拉看看弟弟，又抬头看看小夏。

"这是张账单。"她答道，"他们说我们欠付的账有这么多。"

过往种种在小夏脑海中闪过。人影在轨车&轨道调度场的废墟间如野兽般流窜，而那人的帽子与众不同。"他是领头的，"小夏说，"总管。"

卡尔德拉盯着那张纸。"这金额……超过史上任何款项的数字。"她低声道，"疯了吧。"

"他们的祖先肯定是在这里迷路了，"德罗说，"过天堑的时候上错了岸。"总管吼叫着奇怪的词句。

"他……"卡尔德拉似有所发现，"他在嚷嚷什么……清偿？"

"你刚才说什么抵扣来着。"小夏答道，"啊，这帮人没有迷路。他们就是在这里等。"

他盯着那身形巨硕的男人，总管。对方又舔了舔嘴唇，露出尖利的牙齿。"我们的祖上要使用铁轨，"小夏说，"但负担不起他们祖上开的条件。利打利，利滚利，欠账越积越多。他们以为我们是来销账的，他以为我们备好了钱款。"

小夏翻翻文书。"你们等多久了？"他说，"诸神的讼争，铁路商战，是多久以前的事？"许多年。许多世纪。许多纪元。

旁观的人发出哀号。其中一两人抖动着手中残片，在小夏看来，应该是公文包。他们肯定是顶着预言长大的，就像他们的父母&祖父母&无穷代以前的先祖，在崩解的城市中踽踽穿行，在虚无的董事会议室里等待。他们满心以为终将成真的预言。

小夏心中忽地涌起厌恶。他顾不得这些人也已迷失，受制于一种不知悔改的冲动，企业发死难财的饥渴，哪怕文明兴衰起落，外星访客现身&转变&离去&捡拾垃圾，海水移位，天穹毒素弥漫，大地万物突变，也决不肯将那耐心细致的账目宽限分毫，仍坚持按原定事项收费。账期无休止地延长，寄希望于到截止之日，经济复苏的程度足以清偿债务，而人类却不知自己负债累累，几千年来租购通行票证的费用一直在不断积聚。

"'财富的魂灵在天堂'。"小夏开口，"不是因为它死了，而是因为它还没现世。"他盯着大块头的脸，说道："我们什么都不欠你。"

总管盯着他，脸上焦渴而期待的神情慢慢淡去，变得阴晴不定，随后渐渐化为凄苦，又蓦然充满愤怒。

他高声怒吼。所有天堂住民齐声怒吼。他们一步一顿地上前，震得码头微微颤动。

阿福向那巨大身影发起冲锋，却被总管打退。"动手！"小夏大喊道，但还没来得及举起手枪，就已被总管擒住脖子一掐，打掉了手里的武器。耳中血管怦怦搏动，仍没能掩过手枪落水的声音。

他眼前发黑，双臂激烈挥打。他勉强辨认出施罗克姐弟正在想办法跑开，纳菲车长用手枪开了两枪，然后一块石头飞来，精准砸中她的手，解除了她的武装。再之后，小夏便觉得脑中缺血，难以集中注意力。

他挪了挪重心，痛得几乎昏厥。有人正在用脏兮兮的旧绳子把他双脚捆在一起，双手反扭在身后。他给戴上了手铐，又推又拉，拖到码头边缘，身后响起同伴的喊叫&挣扎，还有昼行蝠无能狂怒的尖啸。

他晕晕乎乎，耳边传来卡尔德拉的声音。她就在他右边，再往右是德罗，然后是纳菲，全都五花大绑，只有车长的超强改装臂用绳子捆不住，由几个押解员亲自把持着。对方叽里呱啦地聊天拌嘴。有人因预言破灭而心如死灰，悲伤啜泣。有人发出嘘声。有人忙着给俘虏衣袋里塞石块。

总管怒火冲天，咬牙切齿。阿福冲到好奇心切的海鸥下方，那人懒得理会，烦了就一巴掌把它拍飞。

"呜，避岸！"他低声道。恶商指向水面，又咆哮了几声。他在规训他的爪牙。小夏想，他在**宣布判决**。

"还会有人再来，"小夏高喊，"人们相信这里有宝藏！你们却幻想有人送钱来，抵付巨额的通行费！"

小夏被死死擒住，衣袋里坠满了石头。他跟跟跄跄，拼命挣扎，狠狠瞪着袭击的一方，瞪着那破败的官僚天堂。"不！"他大叫，"绝不会就这样完了！"

小夏看看右边的卡尔德拉，她也紧盯着他。他被推到人行道边缘，她惊叫一声："小夏！"

轨洋

小夏努力将脚趾抠紧地面。他感到大地传来震颤。一开始他以为是体内心跳过于剧烈的缘故，但押解他的人也分了神。这情景不寻常。

阿福的警报改换了音色。

什么东西隆隆作响，沿轨道朝他们倒开过来，穿过废墟的缺口，前往航线尽头的缓冲区。那是辆天使车，积存着沉重的岁月&满身的油污，小夏曾攀上它庞大的躯体。而今它再度苏醒，抖擞精神，笨重地倒退行驶在几个世代以前它必定行驶过的路上。

铁路工程的执行官们尖声惊呼，号叫着四散开去。小夏打了个趔趄。天使车一定在他们出生之前就早已报废，使他们与轨洋隔绝。他们当中没有人见过会动的轨车，也没在任何线路上见过机车车辆。

天使车喷出污黑的浓烟。叫喊声传来，小夏发现车尾坐着熟悉的身影：比奈特利&本迪&打捞人西洛可&富勒姆洛，还有武里南，他那千疮百孔的大衣帅气地飘荡在身后。乘员伙伴们坐上倒开的天使车车尾，向小夏驶来。

小夏卖力地叫喊着欢迎他们。比奈特利凌空跃起，那些野蛮的企业主一哄而散，只剩下身形巨大的总管。天使车车尾的铆钉部件插入缓冲区，停了下来。

"不！"总管喊道，仍是同样的字词，"不，不！呜，避岸！呜，避岸！"他以疾风之速就近抓向俘虏，大手朝卡尔德拉·施罗克伸去。见此情景，小夏不假思索地挺身而出，速度比他更快。

小夏冲向那大块头，相形之下他小得可怜，如同螳臂当车，能移动对方分毫都算得是个奇迹。正常情况下或许就是白跑一场，但此时这人碰巧站在人行道最外沿，小夏撞得他肩臂转了个方向，跟跄几步，脚下一滑，大吼着栽进了波涛。

落水途中，他怒不可遏地挥手乱抓。

抓住了小夏，把他拖离岸边，坠入水里。拉着他一道下沉。

第八十四章

谢谢。你感觉到了吗？

下落在放缓。

你我很快就要了结，在我们的目的地。

要细数世间万物有多少方面受到忽视，足以使人绝望，而该话题甚至从未有人谈起。事到如今，你可能听说过，东部&北部的轨道远远延伸至马尼希基以及所有海军势力范围之外，那里的野马群落已经熟习躲避穴居兽的安全法则，绝不偏离轨道&轨枕，这一习性烙印在它们骨髓之中。新生马驹的细腿即使走得东倒西歪，尚未硬化的马蹄也断然不会踏上开阔的海床。于是，航行于那片草甸的轨车员时常遇到野马，它们永远以长长的单纵列奔跑在轨道上，取食轨道之间鲜嫩多汁的青草。

"安曼普照"是一座高寒要塞，由冰做的轨车保障后勤，据说。德根拉什&莫宁顿之间的政治趣闻足以提供数个钟头的娱乐，相比而言，轨道尽头的小城里那些自封的企业主胆子又小，兴致又低，他们世世代代的乏味隐居生活令人提不起劲。不过，总管的暴富未遂也留下了不少教训。

如此云云。假如换你拍板，即使起点&终点不变，你也会得出不同的数字，不同的"&"。一切尚未盖棺定论。如果你想把任何信息告知他人，

轨洋

就起程吧，路上也可以随心前往别处。在那之前，务必注意安全，谢谢。

那么——小夏，你说呢？

小夏已经溺水。

第八十五章

水的味道像眼泪。小夏沉没时作如此想，它不同于轨洋上的山涧&塘池，它是咸的。

呜，避岸，永恒泪海。

他努力抵挡自己的缓慢下坠，但毫无益处。什么也看不见，四肢无法挣脱。耳边静寂一片，除了自己的脉搏。

下方的冰冷深渊寒及骨髓，他感觉到不知何处传来一丝扰动。总管的四肢在疯狂扑打，身体甩来甩去。但愿我别落到他身上。小夏想，我可不愿意……

不愿意。

我已见过世界的终点。小夏想着，不再扑腾，呼出一连串气泡，闭上眼睛，继续下沉。

而后，戛然停止。

感觉有什么东西扯着紧绑他双手的缚带，痛得吃紧。感觉到水压转向，向上移动，对抗地心引力，倒提着远离下方那人的魁梧身躯，而他刚刚还感受到那人最后的动作，往下方沉落。

轨洋

回到空气中,吐水,干呕,吸入氧气。车长救起了他,用金属手将他死死箍住。她腰上依旧拴着的绳索,由乘员们一个接一个合力拉紧,比奈特利锚定绳尾,稳住下盘。车长第一时间跟在小夏身后跳水,金属肢坠着她快速下潜。

纳菲抓住小夏饱浸盐水的腰部,把他送上码头。卡尔德拉第一个伸出手接住他,将他拖回去,抽他耳光,喊他的名字。阿福飞下来舔他的脸。他躺在水泥地上,咳嗽&呕水&喘气,施罗克姐弟&武里南&富勒姆洛&西洛可等一干人放下心来,纷纷鼓掌。

"那么,"小夏说,"怎么改的主意?"

"弥底斯号"猎罂车乘员,坐着翻修天使车车顶前来的旅客,在航线尽头生起篝火,一边唱歌一边用餐,互相讲述见闻。

火光之外夜色浓重。他们不止一次听到周围似乎传来竭力压低的人声。他们安排了岗哨,但也不必草木皆兵。

"最后一任大总管正在被消化变成鱼粪,"富勒姆洛开口,"我认为管理团其他人应该有些找不着北了,你们说呢?"

小夏点了点湿漉漉的头。脑袋湿了水,他才意识到头发已经长了老长。"我还以为你要回去。"他对西洛可说着,裹紧毛巾缩成一团。

"知道后来发生了什么吗?"西洛可说,"最有意思的是,我们在那儿把天使车拆开,扯出来乱七八糟的东西一大堆。然后我突然想,把这个稍微整一整,把那个替换一下,应该就能重新启动。这也算是打捞的核心要义:不需要理解,会用就行。

"反正,费了一些功夫,失败几次之后,它就动起来了。后来我们考虑怎么把猎罂车倒回去,好让天使车往前开,两车串联起来,把天使车底盘运回轨洋。然后有个人提议,我记不清是谁……"

"是你自己。"比奈特利告诉她。

"根本没印象。"西洛可否认，"有个人说，或许我们也可以跟过来，简短地迅速看一看，确认长桥尽头那几个人的情况。投了票，轻松通过。我们调头穿过那条隧道，听到一阵响动，然后就来了。"她拍拍双手，似乎在宣布任务完成。

然后就来了。小夏想，确实如此。

"明天，"西洛可娓娓道来，"我们要继续启程往回开，我是说往前开——回轨洋上。现在你也可以跟我们一起回去。"她把肉串伸进火苗里烤，那是她的晚餐。小夏拿起自己那串咬了一口，望望跳动火光中的施罗克姐弟，卡尔德拉迎上他的目光。"没有劝你走的意思，"西洛可笑道，"我是说，回去。"

"替我给家人捎个信吧？"小夏说。

"没问题。"西洛可应承下来，"你有什么打算，小夏？"

小夏盯着火堆。

轨洋的情况大体仍将照常，天使车将继续循着许久以前预编程的自动环线巡查轨道，几只肃正鸟会持续往返于废弃的总部，传回自动监控数据存档，一直保留至宇宙末日。轨车员欠这家化石公司的债务仍将日积月累，加上利息，数值越滚越大，越发失去意义。

不过，多亏了莫克杰克，守护桥头的天使车已坠深渊。在打捞人的努力下，拦路的废弃车身也已清除。"弥底斯号"乘员不会是最后的访客，虽然后继来人可能还要等很久——甚至好几年。道路已经畅通。

"我一直在思考，"他说，"首先琢磨的是潜天员。我打赌你有潜天服吧，西洛可？真想知道上面是什么样。"他抬眼看看周围的山影，"然后我想，既然穿着潜天服可以上天，也可以穿着它下水。"他用大拇指向身后水域一指，聆听怒涛拍岸，水与陆地反复接触。

"之后我又想，为什么要改航向？我已经往这个方向走这么久了。"他看着卡尔德拉，继续道，"我想去你们父母希望你们去的地方。"

"你说什么？"德罗问。

335

"怎么?"卡尔德拉说,"咱们已经到了啊。"

"他们那样积极地向巴杰尔人学习,"小夏沉吟道,"了解他们的神话、习俗,是吧,但故事再好也要经历很久才能消化。所以我在想,从二老身上还能学到别的什么吗?只有他们能手把手传授的?"

施罗克姐弟转头看着他,眼睛越瞪越大,向往的神情越发浓郁。

"还记得你们的父母留下的尾车厢吗?"小夏说,"桥附近奇形怪状的那个。我老是想到它,怎么也没法从脑子里抹去。我觉得他们是故意那样改造的。看到这个地方,我忽然想通了。"

第九部分

昼行蝠

学名白日蝙蝠（Vespertilio diei）

图片来自小夏·耶斯·阿普苏拉普个人收藏，复制已授权。

第八十六章

没有轮轨节奏，没有道岔。没有车轮与轨道的撞击，亦没有轨道与车轮可以相击。小夏为这全新的出航方式而高声呐喊。

他们告别了轨洋，最后一道铁轨早已消失在视野中。小夏欣喜若狂地浇泼着浪花，在水雾中放声欢呼。

过了好些天，费了好些劲，运用好些专业技能，他们终于回到老施罗克夫妇的尾车厢前，去验证小夏的预感，完成他们发觉尚未完成的事业。

车厢顶部改造成了密封的船底，车身往两头收窄为楔形，整体呈一道流线。内部划分为多个房间，空气充盈，也预留好了位置竖起一根剥皮树干做船桅。绳索&硬布锁在一只箱子里，小夏盯着它们，脑子里闪过新学的本事。谁说风帆只能用在轨车上？他自问。

巡行水上，高天更显稀薄，阳光在水雾间照出一道彩虹。他们在浩渺无际的水域中浮动。阿福急急往前飞，小夏跌跌撞撞跟在后头。习惯铁路的双腿走在新甲板上，在这漂浮的颠倒水上轨车上，很是吃力。我们得给这东西取个好点的名字，小夏想。

卡尔德拉&德罗整理着船帆，抬头仰望。小夏回忆着巴杰尔人的航行技术，高声下达指令。风帆鼓起，帆桁摇动，他们的船快速驶过水域，前

轫洋

往未知之地。

小夏抬起甲板上的舱门,下方通往小厨房&各间舱室,重新构筑的颠倒房间。他在梯子顶端停下来,看着纳菲。

车长是最后一位船员。她望着舷侧的一群银鳞鱼,若有所思地扫视过它们,又探身到舷外目不转睛地凝视,凝视幽暗的海水深处。

小夏面露笑容。

致谢

衷心感谢马克·博尔德、娜迪亚·布兹迪、米克·契瑟姆、朱莉·克里斯普、鲁巴·达斯古普塔、玛丽亚·达瓦纳、黑德利、克洛伊·希利、狄安娜·霍克、拉特纳、卡玛斯、西蒙·卡瓦纳、杰米玛·米耶维、戴维·蒙施、贝拉·帕甘、安妮·佩里、马克斯·谢夫、克里斯·史洛浦、杰拉德·修林、简·苏达尔特、杰西·苏达尔特、马克·塔瓦尼、伊凡·考尔德·威廉姆斯,以及麦克米伦&德尔雷的所有同仁。

我的作品一向仰仗诸多作家&艺术家的滋养,恕不在此一一列举。对本书影响尤其重大的有如下各位:琼·艾肯、约翰·安特罗布斯、大奥德里&小奥德里、凯瑟琳·贝斯特曼、露西·莱恩、克利福德、丹尼尔·笛福、F.丁尼生、杰西、埃里希、凯斯特纳、厄休拉·勒古恩、约翰·莱斯特、佩内洛普·莱夫利、赫尔曼、梅尔维尔、斯派克、米利甘、查尔斯·普拉特、罗伯特·路易斯·史蒂文森、斯特鲁加茨基兄弟。